Die Gedankenleser

The Thought Readers

Gedankendimensionen: Buch 1

Dima Zales

Aus dem Amerikanischen von
Grit Schellenberg

♠ Mozaika Publications ♠

BESCHREIBUNG

Alle denken, ich sei ein Genie.

Alle liegen falsch.

Sicher, ich habe Harvard im Alter von achtzehn Jahren abgeschlossen und verdiene jetzt eine unglaubliche Menge Geld mit einem Hedgefonds. Der Grund dafür ist allerdings nicht, dass ich besonders clever bin oder wie verrückt arbeite.

Ich betrüge.

Ich besitze eine einzigartige Fähigkeit. Ich kann die Gegenwart verlassen und in meine eigene persönliche Version der Realität eintauchen – den Ort, den ich die Stille nenne – an dem ich meine Umgebung erkunden kann, während die restliche Welt innehält.

Eigentlich dachte ich immer, ich sei der Einzige, der das tun kann – bis ich *sie* getroffen habe.

Ich heiße Darren, und das ist die Geschichte, wie ich herausgefunden habe, dass ich ein Leser bin.

ERSTES KAPITEL

Manchmal denke ich, dass ich verrückt bin. In diesem Moment sitze ich an einem Kasinotisch, und jeder um mich herum ist bewegungslos, so als sei er eingefroren. Ich nenne das *die Stille*, so als würde es das Ganze realer machen, wenn ich ihm einen Namen gebe – so als würde der Name etwas an der Tatsache ändern, dass alle Spieler um mich herum Statuen sind. Sie sitzen einfach nur da, und ich gehe um sie herum, schaue mir die Karten an, die sie gerade erhalten haben. Hört sich das verrückt an?

Das Problem an der Theorie, ich sei verrückt, ist, dass die Karten, welche die Spieler aufdecken, immer noch dieselben sind, wenn ich die Welt »entfriere«, so wie ich es gerade getan habe. Wäre ich verrückt, sollten die Karten dann nicht wenigstens ein wenig anders sein? Außer natürlich, ich bin schon so verrückt, dass ich mir auch die Karten auf dem Tisch einbilde.

Aber ich gewinne. Sollte das auch Einbildung sein – sollte der Stapel Chips neben mir auf dem Tisch nur eingebildet sein – dann könnte ich gleich alles in Frage stellen. Vielleicht heiße ich auch gar nicht Darren.

Nein. So kann ich nicht denken. Wenn ich wirklich so verwirrt sein sollte, dann möchte ich gar nicht aus diesem Zustand herausgeholt werden – denn in diesem Fall würde ich höchstwahrscheinlich in einer psychiatrischen Anstalt aufwachen.

Außerdem liebe ich mein Leben, verrückt oder nicht.

Meine Psychiaterin denkt, die Stille sei eine Erfindung, um die inneren Vorgänge meines Genies zu beschreiben. Das wiederum hört sich für mich verrückt an. Es könnte natürlich auch sein, dass sie mich begehrt, aber die Erwiderung derartiger Gefühle ist ausgeschlossen. Sie befindet sich komplett außerhalb der Altersgruppe, mit der ich ausgehe. Ihre Theorie würde mir sowieso nicht helfen, da sie nicht erklärt, wieso ich Dinge weiß, die selbst ein Genie nicht erahnen könnte – wie den genauen Wert des Blattes der anderen Spieler.

Ich sehe dem Croupier dabei zu, wie er eine neue Runde eröffnet. Außer mir befinden sich noch drei weitere Spieler am Tisch. Der Cowboy, die Großmutter und der Professionelle, wie ich sie in Gedanken nenne. Ich kann die jetzt fast spürbare Angst fühlen, die mit dem *Hineingleiten* einhergeht – das ist der Name, den ich diesem Vorgang gegeben habe: in die Stille hineingleiten. Meine Sorge, ich könne verrückt sein, hat das Hineingleiten schon immer vereinfacht. Angst scheint diesen Prozess zu begünstigen.

Ich gleite hinein, und alles ist still – daher der Name.

Selbst jetzt finde ich das noch unheimlich. In diesem Kasino ist es normalerweise sehr laut. Betrunkene Menschen, die sich unterhalten, Spielautomaten, das Läuten bei Gewinnen, Musik – nur in einem Klub oder bei Konzerten ist es noch lauter. Und trotzdem könnte ich genau in diesem Moment wahrscheinlich eine Stecknadel fallen hören. Es ist so, als sei ich gegenüber dem Chaos um mich herum taub geworden.

So viele eingefrorene Menschen um mich herum zu haben macht das Ganze nur noch eigenartiger. Eine Kellnerin hat mitten im Schritt mit ihrem Tablett auf dem Arm angehalten. Eine Frau ist gerade dabei, eine Münze in einen Spielautomaten zu schmeißen. An meinem eigenen Tisch ist die Hand des Croupiers erhoben, und die letzte Karte, die er gezogen hat, hängt unnatürlich in der Luft. Ich gehe von der Seite des Tisches auf sie zu und nehme sie in die Hand. Es ist ein König, der für den Professionellen bestimmt ist. Als ich die Karte wieder loslasse, fällt sie auf den Tisch, anstatt weiter in der Luft zu schweben, so wie sie es vorher getan hat. Ich weiß allerdings genau, dass sie sich, sobald ich mich aus diesem eingefrorenen Zustand zurückziehe, wieder an der ursprünglichen Stelle befinden wird – in genau derselben Position, in der sie war, bevor ich sie genommen habe.

Der Professionelle sieht genau so aus, wie ich mir immer Menschen vorgestellt habe, die mit Pokerspielen ihr Geld verdienen: ungepflegt, Schatten unter den Augen und generell ein wenig eigenartig. Er hat sein Pokerface das ganze Spiel über perfekt im Griff gehabt – es hat nicht ein einziges Mal ein Muskel gezuckt. Sein Gesicht ist so unbeweglich, dass ich mich frage, ob ihm vielleicht Botox dabei hilft, eine so steinerne Miene aufrechtzuerhalten. Seine Hand befindet sich auf dem Tisch und bedeckt beschützend die Karten, die ihm gegeben wurden.

Ich bewege seine schlaffe Hand zur Seite. Das fühlt sich wie im normalen Leben an. Also quasi. Seine Hand ist schweißnass und haarig, weshalb es unangenehm ist, sie zur Seite zu legen. Es ist anormal, so etwas zu tun. Der normale Teil des Ganzen ist, dass seine Hand eher warm als kalt ist. Als ich noch ein Kind war, erwartete ich, dass sich die Menschen in der Stille kalt anfühlen würden, wie Statuen aus Stein.

Nachdem ich die Hand des Professionellen zur Seite gelegt habe, nehme ich seine Karten auf. Zusammen mit dem König, der gerade in der Luft hängt, hat er ein hübsches hohes Blatt. Gut zu wissen.

Ich gehe zur Großmutter hinüber. Sie hält ihre Karten in der Hand. Dadurch, dass sie sie wie einen Fächer ausgebreitet hat, kann ich es vermeiden, ihre faltigen und fleckigen Hände zu berühren. Das ist eine Erleichterung, da ich in der letzten Zeit meine Probleme damit habe, in der Stille Menschen anzufassen – genauer gesagt Frauen. Falls ich es trotzdem tun müsste, würde ich das Berühren von Großmutters Hand rational als harmlos ansehen – oder es zumindest nicht gruselig finden – aber es ist trotzdem besser, es möglichst zu vermeiden.

Auf jeden Fall hat sie ein niedriges Blatt. Sie tut mir leid. Sie hat heute Nacht eine recht große Summe verloren. Ihre Chips gehen zur Neige. Vielleicht sind ihre Verluste, zumindest teilweise, der Tatsache zuzuschreiben, dass sie kein gutes Pokerface aufsetzen kann. Schon bevor ich einen Blick auf ihre Karten geworfen hatte, wusste ich, dass sie nicht gut sein würden. Ich konnte sehen, dass sie nicht glücklich mit dem war, was sie nach der Ausgabe ihrer Karten in der Hand hielt. Ich habe sie außerdem vor einigen Runden bei einem fröhlichen Aufblitzen ihrer Augen ertappt. Sie hatte ein Dreierpaar, welches gewann.

Pokern ist zu einem Großteil Übung, Menschen besser lesen zu können – eine Fähigkeit, die ich gerne besser beherrschen würde. In meiner Arbeit wurde mir gesagt, ich sei großartig darin, Menschen zu lesen. Aber das bin ich nicht. Ich bin einfach nur gut darin, die Stille zu verwenden, um Ihnen das vorzumachen. Allerdings würde ich gerne lernen, wie es im wirklichen Leben funktioniert.

Was mich am Pokern eher weniger interessiert, ist das Geld. Mir geht es finanziell gut genug, um nicht auf das Spielen als Einnahmequelle angewiesen zu sein. Mir ist es egal, ob ich gewinne oder verliere, auch wenn es mir Spaß gemacht hatte, mein Geld an dem Black-Jack-Tisch zu verfünffachen. Dieser ganze Ausflug zum Spielen findet überhaupt nur deshalb statt, weil ich es mit meinen frischen einundzwanzig endlich darf. Ich war nie ein Freund von falschen Ausweisen, und deshalb ist dieser Kasinobesuch wirklich ein Meilenstein für mich.

Ich verlasse die Großmutter und gehe hinüber zum Cowboy. Ich kann seinem Strohhut nicht widerstehen und setze ihn mir auf. Ich frage mich, ob ich dadurch Läuse bekommen könnte. Ich habe noch nie leblose Objekte aus der Stille zurückbringen können und auch anderweitig die Welt nicht nachhaltig verändert. Ich vermute also, dass ich auch kein lebendiges Ungeziefer mit mir zurücknehmen werde. Ich lege den Hut zurück und schaue mir seine Karten an. Er hat einige Asse – eine bessere Hand als der Professionelle. Der Cowboy könnte auch ein Professioneller sein. Soweit ich das beurteilen kann, hat er ein gutes Pokerface. Es wird interessant werden, die beiden in der nächsten Runde zu beobachten.

Als Nächstes ist der Kartenstapel an der Reihe. Ich schaue mir die obersten Karten an, um sie mir einzuprägen. Ich überlasse nichts dem Zufall.

Als ich meine Aufgabe in der Stille abgeschlossen habe, gehe ich zurück zu mir selbst. Ach ja, habe ich überhaupt erwähnt, dass ich meinen eigenen Körper dort sitzen sehen kann? Genauso eingefroren wie alle anderen? Das ist der verrückteste Teil an der ganzen

Sache. Es ist wie eine außerkörperliche Erfahrung.

Ich nähere mich meinem eingefrorenen Ich und betrachte es. Normalerweise vermeide ich das, weil es so beunruhigend ist. Weder sich selbst unzählige Male im Spiegel zu sehen noch sich Videos von sich selbst auf YouTube anzuschauen kann einen auf den Anblick des eigenen Körpers in 3D vorbereiten. Das ist nichts, das man jemals zu erleben erwartet. Außer vielleicht, man ist ein eineiiger Zwilling.

Es ist kaum zu glauben, dass ich diese Person bin. Sie sieht eher wie ein ganz normaler Typ aus. Vielleicht nach ein wenig mehr. Ich finde diesen Typen interessant. Er sieht cool aus. Er sieht clever aus.

Ich denke, Frauen könnten ihn als gut aussehend bezeichnen, auch wenn es nicht bescheiden von mir ist, das zu behaupten.

Ich bin nicht gut darin, die Attraktivität von Männern zu bewerten – das war ich noch nie –, aber einige Dinge sind allgemeingültig. Ich kann erkennen, wenn ein Typ hässlich ist, und mein eingefrorenes Ich ist es nicht. Ich weiß auch, dass ein symmetrisches Gesicht generell als schön angesehen wird – und meine Statue hat so eines. Ein starkes Kinn schadet auch nichts. Und genau so eins habe ich. Breite Schultern zu haben ist ebenfalls gut, und groß zu sein wirklich hilfreich. Diese Punkte decke ich auch ab. Außerdem habe ich blaue Augen – was ein Pluspunkt zu sein scheint. Mädchen haben mir gesagt, dass sie meine Augen mögen, auch wenn sie an meinem gefrorenen Ich jetzt gerade ein wenig angsteinflößend wirken – glasig und glänzend. Sie sehen aus wie die Augen einer Wachsfigur. Leblos.

Als mir auffällt, dass ich mich zu lange mit diesem Thema aufhalte, schüttele ich meinen Kopf. Ich stelle mir vor, wie meine Psychiaterin diesen Moment analysieren würde. Wer käme schon auf die Idee, diese Selbstbewunderung als Teil einer psychischen Erkrankung zu betrachten? Ich sehe sie regelrecht vor mir, wie sie das Wort »Narzisst« notiert und es mehrfach unterstreicht.

Genug. Ich muss die Stille verlassen. Ich hebe meine Hand, berühre mein eingefrorenes Ich auf der Stirn, und die Geräusche kehren zurück, sobald ich mich wieder in der richtigen Welt befinde.

Alles ist wieder normal.

Der König, den ich noch vor einem Moment betrachtete – der König, den ich auf dem Tisch liegen ließ –, befindet sich wieder in der Luft und folgt der Bahn, die ihm vorherbestimmt war. Er landet neben der Hand des Professionellen. Die Großmutter betrachtet immer noch enttäuscht ihre gefächerten Karten, und der Cowboy hat seinen Hut wieder auf dem Kopf, auch wenn ich ihn in der Stille abgenommen hatte. Es ist alles genau so wie in dem Augenblick, bevor ich in die Stille hineinglitt.

Auf einer bestimmten Ebene hört mein Gehirn nie auf, über diese Unterschiede zwischen der Stille und der Welt außerhalb überrascht zu sein. Die Menschen sind darauf programmiert, die Realität in Frage zu stellen, wenn solche Dinge passieren. Als ich am Anfang der Therapie einmal versuchte, meine Psychiaterin auszutricksen, las ich während einer Sitzung ein komplettes Lehrbuch über Psychologie. Ihr ist das natürlich nicht aufgefallen, da ich es in der Stille tat. Das Buch handelte davon, dass Babys, auch wenn sie erst zwei Monate alt sind, schon überrascht darüber sind, wenn sie etwas Ungewöhnliches sehen – wenn zum Beispiel eine Sache gegen die Regeln der Schwerkraft zu verstoßen scheint. Kein Wunder, dass mein Gehirn Schwierigkeiten damit hat, mit diesen Vorgängen zurechtzukommen. Bis ich zehn war, war mein Leben völlig normal. Dann begannen diese eigenartigen Sachen, um es vorsichtig auszudrücken.

Ich blicke hinab und stelle fest, drei Gleiche in der Hand zu halten. Das nächste Mal werde ich mir meine Karten anschauen, bevor ich hineingleite. Wenn ich so ein starkes Blatt habe, kann ich es auch darauf ankommen lassen, fair zu spielen.

Die Partie verläuft wie erwartet, schließlich kenne ich ja die Karten sämtlicher Mitspieler. Letztendlich steht die Großmutter auf. Sie hat offensichtlich genug Geld verloren.

Das ist der Moment, in dem ich sie zum ersten Mal sehe.

Sie ist heiß. Mein Freund und Arbeitskollege Bert – eigentlich Albert, aber es gibt niemanden der ihn so nennt – behauptet, ich hätte einen bestimmten

Frauentyp. Diese Vorstellung gefällt mir nicht, da ich nicht so oberflächlich und berechenbar sein möchte. Allerdings könnte trotzdem beides ein wenig auf mich zutreffen, da dieses Mädchen genau in das Beuteschema passt, welches Bert mir beschrieben hat. Und ich bin, milde ausgedrückt, extrem interessiert an ihr.

Große blaue Augen und deutlich ausgeprägte Wangenknochen in einem schmalen Gesicht mit einem Hauch Exotik. Lange, extrem wohlgeformte Beine, wie die einer Tänzerin. Dunkles, gewelltes Haar, das, wie ich es mag, zu einem Pferdeschwanz gebunden ist. Kein Pony – sehr gut. Ich hasse Ponys und kann mir auch nicht erklären, wie manche Mädchen sich so etwas antun können. Auch wenn die Abwesenheit des Ponys in Berts Beschreibung meines Frauentyps nicht vorkommt, gehört dieses Kriterium definitiv dazu.

Sie setzt sich zu uns an den Tisch, und ich kann nicht damit aufhören, sie weiterhin anzustarren. Mit den hohen Absätzen und dem engen Rock wirkt sie an diesem Ort overdressed. Oder vielleicht bin ich mit meiner Jeans und dem T-Shirt auch einfach underdressed. Wie dem auch sei, es interessiert mich nicht. Ich muss versuchen, mit ihr ins Gespräch zu kommen.

Ich denke darüber nach, in die Stille einzutauchen und mich ihr anzunähern. Auf diese Weise könnte ich Dinge tun, die normalerweise beunruhigend wirken. Ich könnte sie aus nächster Nähe anstarren oder sogar ihre Taschen durchwühlen, um etwas zu finden, das mir dabei hilft, mit ihr zu reden.

Ich entscheide mich dagegen, und wahrscheinlich ist es das erste Mal, dass das passiert.

Ich weiß, dass der Grund dafür, mein normales Verhaltensmuster zu durchbrechen, eigenartig ist. Falls man überhaupt von einem Grund sprechen kann. Ich stelle mir die folgende Handlungskette vor: Sie stimmt zu, sich mit mir zu verabreden, es wird ernst zwischen uns, und weil wir diese tiefe Verbindung haben, erzähle ich ihr von der Stille. Sie erfährt, dass ich etwas Unheimliches tue, bekommt Angst und verlässt mich. Es ist natürlich lächerlich, sich so etwas auszumalen, bevor wir überhaupt miteinander gesprochen haben. Möglicherweise hat sie einen IQ von unter 70 oder besitzt die Persönlichkeit eines Holzstücks. Es könnte zwanzig verschiedene Gründe dafür geben, weshalb ich mich nicht mit ihr treffen möchte. Und außerdem hängt das ja auch nicht von mir ab. Sie könnte mir genauso gut zu verstehen geben, sie in Ruhe zu lassen, sobald ich versuche, mit ihr zu sprechen.

Die Arbeit mit Hedgefonds hat mich allerdings gelehrt, mich abzusichern. So verrückt diese Entscheidung, nicht in die Stille einzutauchen, auch ist, ich bleibe bei ihr. Ich weiß, dass es so höflicher ist. Aus dem gleichen Grund beschließe ich außerdem, in dieser Pokerrunde nicht zu schummeln.

Sobald die Karten ausgegeben sind, denke ich darüber nach, wie gut es sich anfühlt, so ehrenvoll gehandelt zu haben – auch wenn das niemand weiß.

Vielleicht sollte ich häufiger versuchen, die Privatsphäre meiner Mitmenschen zu achten. Aber ich muss auch realistisch bleiben. Ich wäre nicht dort, wo ich heutzutage bin, wenn ich solchen Gefühlen gefolgt wäre. Ich würde sogar innerhalb weniger Tage meinen Job verlieren, sollte ich anfangen, die Privatsphäre anderer Menschen zu respektieren – und damit auch die ganzen Annehmlichkeiten, an die ich mich gewöhnt habe.

Ich mache es dem Professionellen nach und bedecke meine Karten, sobald ich sie bekomme, mit meiner Hand. Ich bin gerade dabei, einen Blick auf sie zu werfen, als etwas Ungewöhnliches passiert.

Die Welt um mich herum wird bewegungslos, so als würde ich gerade in die Stille hineingleiten ... aber das habe ich nicht getan.

Einen Augenblick später sehe ich *sie* – das Mädchen, welches mir am Tisch gegenübersitzt, das Mädchen, an das ich gerade gedacht habe. Sie steht neben mir und zieht ihre Hand von meiner weg. Oder, genauer gesagt, der Hand meines eingefrorenen Ichs – ich stehe ja daneben und schaue sie an.

Allerdings sitzt sie auch noch mir gegenüber am Tisch, eine eingefrorene Statue wie alle anderen auch.

Mir kommt nicht einmal der Gedanke, das zweite Mädchen könnte ihre Zwillingsschwester oder etwas Ähnliches sein. Ich weiß, dass sie es ist. Sie tut das Gleiche, was ich vor einigen Minuten getan habe. Sie geht in der Stille umher. Die Welt um uns herum ist eingefroren, aber wir sind es nicht.

Sie sieht schockiert aus, als ihr dasselbe klar wird. Mit einer Hand greift sie über den Tisch und berührt ihre eigene Stirn.

Die Welt wird wieder normal.

Sie starrt mich schockiert mit ihren großen Augen und dem blassen Gesicht an. Ich kann sehen, wie ihre Hände zittern, während sie aufspringt. Ohne ein Wort zu sagen dreht sie sich um und geht weg.

Als sie anfängt zu rennen, zögere ich nicht. Ich stehe auf und folge ihr. Das ist nicht sehr clever. Sie würde sich wohl kaum mit einem unbekannten Typen verabreden, der hinter ihr herrennt. Aber über diesen Punkt bin ich schon hinaus. Sie ist die einzige Person, die ich jemals getroffen habe, die das Gleiche kann wie ich. Sie ist der Beweis dafür, dass ich nicht verrückt bin. Sie könnte das besitzen, was ich mehr als alles andere möchte.

Sie könnte Antworten haben.

ZWEITES KAPITEL

Jemandem im Kasino hinterherzulaufen ist schwieriger, als ich gedacht hätte, und ich wünsche mir, ich hätte weniger getrunken. Ich weiche Ellenbogen aus und versuche, nicht über die Füße der anderen zu stolpern. Ich denke sogar darüber nach, mich in die Stille zu begeben, um mich besser orientieren zu können. Letztendlich entscheide ich mich aber dagegen, weil das Kasino noch genauso voller Menschen sein wird, wenn ich zurückkomme.

In dem Moment, in dem ich das Mädchen fast aus den Augen verliere, biegt sie um die Ecke Richtung Haupteingang. Ich muss sie so schnell wie möglich einholen, sonst entkommt sie mir. Mein Herz hämmert in meiner Brust, während ich mich flüchtig frage, was ich wohl zu ihr sagen werde, wenn ich sie einhole. Bevor ich lange darüber nachdenken kann, stellen sich mir zwei Männer in Anzügen genau in den Weg.

»Mein Herr«, sagt einer der beiden, und ich bekomme fast einen Herzinfarkt. Auch wenn ich sie in meiner Umgebung wahrgenommen hatte, war ich so auf das Mädchen fixiert gewesen, dass ich ihre Gegenwart nicht wirklich registriert hatte. Der Mann, der mich gerade angesprochen hat, ist groß, ein Riese in einem Anzug. Das ist kein gutes Zeichen.

»Was auch immer Sie verkaufen, ich bin nicht daran interessiert«, erkläre ich und hoffe, mich damit herauswinden zu können. Als sie nicht sehr überzeugt aussehen, füge ich hinzu: »Ich habe es eilig«, und versuche, hinter die beiden zu schauen, um meine Hast zu untermalen. Ich hoffe, ich sehe glaubwürdig aus, auch wenn meine Handflächen wie verrückt schwitzen und ich wegen meines Sprints keuche.

»Es tut mir leid, aber ich muss darauf bestehen, dass Sie uns begleiten«, sagt der zweite Mann und rückt näher. Im Gegensatz zu seinem Partner, dem runden Monster, ist dieser Mann schlank und extrem muskulös. Sie sehen beide wie Rausschmeißer aus. Ich nehme an, dass sie misstrauisch werden, wenn irgendein Idiot auf einmal durch das Kasino rennt. Sie sind es offensichtlich gewohnt, dahinter Diebstahl oder ein anderes Vergehen zu vermuten. Was zugegebenermaßen auch logisch ist.

»Meine Herren«, versuche ich es noch einmal mit

ruhiger und freundlicher Stimme, »mit allem Respekt, ich habe es wirklich eilig. Wäre es möglich, dass Sie mich schnell durchsuchen? Ich versuche gerade jemanden einzuholen.« Den letzten Satz füge ich hinzu, um den Verdacht auf illegale Tätigkeiten zu widerlegen und weil es der Wahrheit entspricht.

»Sie müssen uns wirklich begleiten«, sagt der dickere der beiden mit einem entschlossenen Zug um sein Kinn. Beide haben ihre Hände nahe den Innentaschen ihrer Jacken. Na großartig. Zu meinem Glück sind sie bewaffnet.

Während ich über einen Ausweg aus dieser unerwarteten Situation nachdenke, kanalisiere ich meine natürliche Angst in das Hineingleiten. Sobald ich mich in der Stille befinde, sehe ich mich in dieser schweigenden Welt an der Seite des nicht ganz so freundlichen Duos stehen. Ich fange sofort an weiterzulaufen und störe mich nicht länger daran, die bewegungslosen Menschen anzurempeln, die mir meinen Weg verstellen. Hier ist es nicht unfreundlich, sie wegzudrücken, da sie nichts davon spüren und auch nichts bemerken werden, wenn die Welt wieder normal sein wird.

Als ich in der Eingangshalle ankomme, ist das Mädchen schon weg. Ich gehe also weiter in die Lobby und suche diese methodisch nach ihr ab. Als ich in der Nähe des Fahrstuhls ein Mädchen mit einem Pferdeschwanz sehe, renne ich zu ihm hin und halte es fest. Ich drehe sie herum um mir ihr Gesicht anzusehen und frage mich, ob meine Berührung sie auch in die Stille holen wird. Ich bin mir ziemlich sicher, dass es das war, was vorhin geschehen ist – sie berührte mich und hat mich hineingezogen.

Aber diesmal passiert nichts und das Gesicht, welches mich anschaut, habe ich noch nie gesehen.

Verdammt. Ich habe das falsche Mädchen.

Mein Frust verwandelt sich in Zorn, als mir klar wird, dass ich sie verloren habe, als diese Idioten mich im kritischsten Moment aufgehalten haben. Ich rauche vor Wut, und um Druck abzulassen, schlage ich so kräftig ich kann auf die Person ein, die mir am nächsten steht. Wie immer in der Stille reagiert das Opfer meines Ausbruchs überhaupt nicht. Leider fühle ich mich aber auch nicht besser.

Bevor ich darüber nachdenken kann, was ich als Nächstes tun sollte, denke ich erst einmal über das nach, was an dem Tisch passiert ist. Das Mädchen hat es irgendwie geschafft, mich in die Stille zu holen, in der sie sich schon befand. Als sie mich sah, reagierte sie panisch und flüchtete. Vielleicht geht es ihr wie mir, und sie hat zum ersten Mal eine weitere Person »lebendig« darin gesehen. Jeder reagiert verschieden auf eigenartige Ereignisse, und nach vielen Jahren der Einsamkeit eine andere Person in der Stille zu treffen, ist definitiv komisch.

Hier herumzustehen und darüber nachzudenken wird mir auch keine Antworten geben, also entschließe ich mich dazu, gründlich vorzugehen und die Lobby noch einmal unter die Lupe zu nehmen.

Wieder habe ich kein Glück. Ich kann das Mädchen nirgendwo finden.

Als Nächstes gehe ich nach draußen und laufe die Einfahrt zum Kasino entlang, um zu sehen, ob ich sie dort entdecken kann. Ich werfe sogar einen Blick in die vorbeifahrenden Taxen, aber auch dort ist sie nicht.

Ich betrachte das glitzernde Gebäude, welches sich vor mir auftürmt und erwäge, jedes Zimmer im Hotel abzusuchen. Es handelt sich dabei um einige Tausende. Das würde zwar viel Zeit in Anspruch nehmen, aber sie könnte es wert sein. Ich muss das Mädchen finden und Antworten bekommen.

Auch wenn das gründliche Durchsuchen eines so großen Gebäudes kaum durchführbar zu sein scheint, ist es nicht gänzlich unmöglich – zumindest nicht für mich. In der Stille bekomme ich weder Hunger noch Durst, noch werde ich müde. Sogar die Toilette muss ich nie benutzen. Das ist sehr praktisch in Situationen wie dieser, wenn man mehr Zeit benötigt. Theoretisch kann ich jeden Raum durchsuchen – vorausgesetzt, ich kann irgendwie hineinkommen. Diese elektronischen Türen öffnen sich in der Stille nicht, nicht einmal mit einem Originalschlüssel der Gäste. Technologie generell funktioniert hier nicht; sie ist genauso eingefroren wie alles andere. Die einzigen Ausnahmen sind einfache mechanische Apparate wie meine mechanische Uhr – und selbst diese muss ich jedes Mal aufziehen, wenn ich in der Stille bin.

Ich wäge meine Optionen ab und stelle mir vor, wie viel physische Kraft ich aufwenden müsste, um in Tausende von Hotelzimmern einzubrechen. Da mein iPhone traurigerweise auch ein Opfer des Problems der Technik in der Stille ist, könnte ich nicht einmal Musik hören, um die Zeit totzuschlagen. Trotz eines so wichtigen Grundes bin ich nicht davon überzeugt, zu solch extremen Mitteln greifen zu wollen.

Außerdem wäre der jetzige Zeitpunkt auch nicht gerade ideal dafür, das Hotel zu durchsuchen, selbst wenn ich es wollte. Würde ich sie finden, könnte ich ihr in der echten Welt nicht folgen, da mir immer noch diese idiotischen Wächter im Weg stehen. Ich muss sie erst einmal loswerden, bevor ich mich für den nächsten Schritt entscheide.

Ich seufze und gehe wieder zurück ins Hotel. Als ich die Lobby betrete, suche ich mit den Augen erneut alles ab und hoffe, sie beim ersten Mal einfach nur übersehen zu haben. Ich kann den gleichen Zwang fühlen, den ich verspüre, wenn ich etwas im Haus verliere. Wenn das passiert, suche ich jeden Zentimeter immer wieder ab – ich schaue an denselben Orten nach, die ich gerade schon einmal überprüft habe und hoffe unerklärlicherweise, dass ich beim dritten Mal mehr Glück haben werde. Oder vielleicht beim vierten Mal. Ich muss wirklich damit aufhören, das zu tun. Wie Einstein gesagt hat, ist es verrückt, das Gleiche immer und immer wieder zu tun und unterschiedliche Ergebnisse zu erwarten.

Letztendlich gebe ich mich geschlagen und nähere mich den Rausschmeißern. Ich kann so viel Zeit wie ich möchte in der Stille verbringen, aber sobald ich herauskomme, befinde ich mich immer noch an derselben Stelle wie vorher. Das kann ich nicht vermeiden.

Ich gehe dicht an sie heran und schaue in die Tasche des dickeren Mannes, um herauszufinden, mit wem ich es zu tun habe. Seinem Ausweis nach ist sein Name Nick Shifer, und er gehört zum Sicherheitspersonal. Also hatte ich Recht – er ist ein Rausschmeißer. Sein Führerschein ist auch da, genauso wie ein kleines Familienfoto. Ich schaue mir beides genau an, falls ich die Information zu einem späteren Zeitpunkt benötigen sollte.

Als Nächstes wende ich meine Aufmerksamkeit der Tasche zu, neben der Nick seine Hand positioniert hat. Und es sieht so aus, als habe ich erneut Recht gehabt: er hat eine Waffe. Wenn ich jetzt die Pistole nähme und Nick damit aus nächster Nähe erschießen würde, bekäme er eine blutende Wunde und würde wahrscheinlich durch den Aufprall umfallen. Er würde nicht schreien und er würde sich nicht an die Brust fassen. Wenn ich danach zurückkehrte, stünde er wieder intakt da und würde keine Wunden aufweisen. Es wäre so, als sei nichts passiert.

Fragen Sie mich nicht, woher ich weiß, was passiert, wenn man jemanden in der Stille erschießt. Oder ersticht. Oder ihn mit einem Baseballschläger verprügelt. Oder das Gleiche mit einem Golfschläger tut. Oder ihm in die intimsten Bereiche tritt. Oder Ziegel auf seinem Kopf zerschlägt – oder einen Fernseher. Das Einzige, das ich zweifelsfrei bestätigen kann, ist, dass die Personen trotz aller grausamen und ungewöhnlichen Experimente unverletzt waren, als ich wieder aus der Stille hinauskam.

Genug mit dem Schwelgen in Erinnerungen. Jetzt muss ich ein Problem lösen und ich muss wegen der Waffen und dem ganzen anderen Geschehen vorsichtig sein.

Ich klopfe meinem eingefrorenen Ich auf den Hinterkopf, um die Stille zu verlassen.

Die Welt entfriert sich, und ich bin wieder zurück in der realen Welt mit den Rausschmeißern. Ich versuche, gelassen auszusehen, so als sei ich nicht wie ein Verrückter herumgerannt, um dieses unbekannte Mädchen zu finden – weil für sie nichts davon passiert ist.

»In Ordnung, Nick, ich begleite Sie sehr gerne, um dieses Missverständnis aus der Welt zu schaffen«, sage ich in meinem freundlichsten Ton.

Nicks Augen weiten sich, als er seinen Namen hört. »Sie kennen mich?«

»Du hast seine Akte gelesen, Nick«, meint sein schlanker Partner offensichtlich völlig unbeeindruckt. »Der Junge ist sehr clever.«

Die Akte? Worüber redet er? Ich war niemals zuvor in diesem Kasino gewesen. Und ich würde auch gerne wissen, inwiefern es hilfreich sein sollte, clever zu sein, um den Namen eines völlig Fremden innerhalb eines Augenaufschlags zu wissen. Die Menschen sagen dauernd solche Sachen über mich, auch wenn das gar keinen Sinn macht. Ich denke kurz darüber nach, in die Stille einzutauchen, um auch den Namen des zweiten Mannes herauszufinden, damit ich sie noch mehr verwirren kann. Das werde ich nicht tun, entscheide ich. Das wäre zu viel. Stattdessen beschließe ich, den schlanken Mann im Geiste Buff zu nennen.

»Bitte kommen Sie ruhig mit mir mit«, sagt Buff. Er steht etwas von mir entfernt, damit er hinter mir gehen kann. Nick geht voran und murmelt etwas darüber, dass es unmöglich ist, dass ich seinen Namen kenne, egal wie clever ich bin. Er ist ganz klar intelligenter als Buff. Ich frage mich, was er dazu sagen würde, dass ich weiß, wo er wohnt und dass er zwei Kinder hat. Würde er einen Personenkult starten oder mich erschießen?

Als wir durch das Kasino gehen, denke ich darüber nach, wie nützlich es für mich in den ganzen Jahren gewesen ist, Dinge zu wissen, die ich nicht hätte wissen sollen. Es ist einfach das, was ich tue, und ich habe es weit damit gebracht. Natürlich ist es auch möglich, dass die Tatsache, dass ich Dinge weiß, die ich nicht wissen sollte, der Grund dafür ist, dass sie eine Akte über mich haben. Vielleicht besitzt das Kasino Aufzeichnungen über Menschen, die dafür bekannt sind, ein besonders glückliches Händchen zu haben, wenn man das so nennen kann.

Als wir im Büro ankommen – einem recht kleinen Raum voller Kameras, die verschiedene Teile des Kasinos überwachen – bestätigt Buffs erste Frage meine Theorie. »Wissen Sie, wie viel Geld Sie heute gewonnen haben?«, fragt er und blickt mich an.

Ich entscheide mich dazu, mich dumm zu stellen. »Ich bin mir nicht sicher.«

»Sie sind eine echte statistische Anomalie«, erwidert Nick. Er ist wirklich stolz darauf, derartige Wörter zu kennen. »Ich möchte Ihnen etwas zeigen.« Er nimmt eine Fernbedienung vom Tisch, auf der ein Haufen Akten verteilt sind. Als Nick einen Knopf drückt, beginnt auf einem Monitor mein Spielverlauf des heutigen Abends abzulaufen. Ich schaue mir die Aufzeichnung an, und mir wird klar, dass ich zu oft gewonnen habe.

Genau genommen habe ich jedes Mal gewonnen.

Mist. Hätte es auffälliger sein können? Ich hätte nicht gedacht, so genau beobachtet zu werden, aber das war trotzdem dumm von mir. Ich hätte einige Male verlieren sollen, obwohl ich gewinnen konnte. Nur, um meine Spuren zu verwischen.

»Offensichtlich zählen Sie die Karten«, erklärt mir Nick und blickt mich streng an. »Es gibt keine andere Erklärung.«

Eigentlich gibt es die schon, aber ich habe nicht vor, sie ihm zu liefern. »Mit acht Kartenspielen?«, frage ich stattdessen und lasse meine Stimme so ungläubig wie möglich klingen.

Nick nimmt meine Akte vom Tisch und blättert sie durch.

»Darren Wang Goldberg, mit einem MBA und einem Universitätsabschluss in Jura von Harvard. Fast perfekten SAT-, LSAT-, GMAT- und GRE-Noten. CFA, CPA und einem Haufen mehr Titel.« Nick lacht leise auf, so als amüsiere ihn der letzte Teil, aber sein Ausdruck wird wieder hart als er fortfährt. »Die Liste hört gar nicht mehr auf. Wenn es also jemand schaffen könnte, die Karten zu zählen, dann Sie.«

Ich hole Luft und versuche meine Nervosität zu verbergen. »Da Sie so beeindruckt von meinem Lebenslauf sind, sollten Sie mir glauben, wenn ich Ihnen sage, dass niemand die Karten von acht Spielen zählen kann.« Ich habe keine Ahnung, ob das wirklich stimmt, aber es gibt Kasinos, die seit Ewigkeiten mit allen Mitteln versuchen, ihre Profite zu erhöhen. Und acht Kartenspiele sind selbst für ein mathematisches Wunderkind zu viele Karten, um sie kontrollieren zu können.

Als könne er meine Gedanken lesen, sagt Buff: »Und selbst wenn Sie es nicht alleine können, dann vielleicht mit Partnern.«

Partnern? Woher hat er diese Idee mit den Partnern?

Als Antwort auf meinen leeren Gesichtsausdruck drückt Nick wieder auf die Fernbedienung, und eine neue Aufzeichnung wird abgespielt. Diesmal mit dem Mädchen – wie es zuerst am Blackjack-Tisch gewinnt und danach an mehreren Pokertischen. Einen beeindruckenden Geldbetrag, sollte ich hinzufügen.

»Eine weitere statistische Anomalität«, meint Nick und schaut mich forschend an. »Eine Freundin von Ihnen?« Er muss vor diesem Job als Detektiv gearbeitet haben, denn er ist ziemlich gut, was die Befragung anbelangt. Ich nehme an, dass ich einen Alarm ausgelöst habe, als ich sie durch das Kasino verfolgte. Meine Reaktion hatte allerdings einen völlig anderen Grund als den, den er annimmt.

»Nein«, sage ich ehrlich. »Ich habe sie niemals zuvor in meinem ganzen Leben gesehen.«

Nicks Gesicht spannt sich verärgert an. »Sie haben zufällig am gleichen Pokertisch gespielt«, erwidert er, und seine Stimme wird mit jedem Wort lauter. »Dann sind Sie beide weggerannt, als wir auf sie zukamen. Ich nehme an, dass es sich hierbei auch nur um einen Zufall handelt? Haben Sie einen Kontaktmann im Kasino? Wer ist noch darin verwickelt?« Zu diesem Zeitpunkt brüllt er schon, und Spucke fliegt unkontrolliert durch die Luft.

Diese harte Vernehmung ist zu viel für mich, und ich ziehe mich in die Stille zurück, um mir ein wenig Zeit zum Nachdenken zu verschaffen.

Im Gegensatz zu dem, was Nick glaubt, sind das Mädchen und ich definitiv keine Partner. Und trotzdem ist es ganz offensichtlich, dass sie genau das Gleiche getan hat wie ich. Ihre Aufzeichnungen zeigen ganz klar, wie sie immer wieder gewinnt. Das bedeutet, dass ich nicht halluziniert habe und dass sie wirklich irgendwie in der Stille war. Sie kann das Gleiche tun wie ich. Mein Herz schlägt vor Aufregung schneller, als mir erneut klar wird, dass ich nicht der Einzige bin. Dieses Mädchen ist so wie ich – und das bedeutet, dass ich es dringend finden muss.

Aus einem Instinkt heraus gehe ich zum Tisch und nehme die dickste Akte in meine Hand.

Und damit habe ich meinen persönlichen Jackpot dieser Nacht.

Von der Akte blickt mich ihr Bild an. Ihr wirklicher Name, zumindest den Aufzeichnungen nach, ist Mira Tsiolkovsky. Sie lebt in Brooklyn, New York.

Ihr Alter überrascht mich. Sie ist erst achtzehn. Ich hätte sie auf Mitte zwanzig geschätzt – was auch genau in mein Beuteschema passen würde. Als ich den Ordner durchgehe, finde ich ebenfalls heraus, was der Grund dafür ist, dass ich so weit danebenlag: sie versucht sich älter zu machen, um in die Kasinos eingelassen zu werden. Die Akte zählt eine Reihe von falschen Namen auf, unter denen sie schon aus den Kasinos verbannt wurde. Die Altersspanne ihrer Pseudonyme reicht von einundzwanzig bis fünfundzwanzig.

Ihrer Akte nach ist sie hauptberuflich Betrügerin. Ein Abschnitt führt detailliert ihre Aktivitäten in Kasinos und illegalen Spielhöllen auf. Dem Namen nach angsteinflößende Orte, die mit dem organisierten Verbrechen in Verbindung gebracht werden.

Das hört sich verwegen an. Ich dagegen bin überhaupt nicht verwegen. Ich nutze meine besondere

Fähigkeit dazu, Geld in der Finanzindustrie zu verdienen, was um einiges sicherer ist als das, was Mira tut. Und nicht zu vergessen ist das Geld, welches ich auf legale Weise verdiene, zu viel, um das Risiko des Betruges in einem Kasino einzugehen – besonders, wenn ich an meine heutigen Erlebnisse denke. Offensichtlich sehen Kasinos nicht ruhig dabei zu, wie man ihr Geld nimmt. Sie beginnen damit, Akten über einen anzulegen, sobald sie denken, man könne sie betrügen, und sie verweigern einem den Zutritt, wenn man zu viel Glück hat. Das ist nicht fair, aber ich denke, geschäftlich gesehen macht das Sinn.

Ich wende meine Aufmerksamkeit wieder der Akte zu und finde kaum mehr persönliche Informationen über sie als ihren Namen und ihre Adresse – nur weitere Kasinos, Spiele und die Beträge, die sie unter ihren verschiedenen Namen gewonnen hat. Sie ist gut darin, ihre Erscheinung zu verändern; alle Bilder zeigen Frauen, die sehr unterschiedlich aussehen. Beeindruckend.

Nachdem ich versucht habe, mir so viele Fakten über Miras Akte zu merken wie ich kann, gehe ich zu Nick und nehme ihm meine Akte aus der Hand.

Erleichtert stelle ich fest, dass sich in ihr nicht viel befindet. Sie haben durch die Kreditkarte, mit der ich meine Getränke bezahlt habe, meinen Namen und meine Adresse herausgefunden. Sie wissen, dass ich für einen Hedgefonds arbeite und dass ich niemals mit dem Gesetz in Konflikt geraten bin – das ganze Zeug, was man im Internet findet. Andere Seiten drehen sich um Harvard und was ich sonst noch erreicht habe. Sie haben mich wahrscheinlich auf Google gesucht, als sie meinen Namen hatten.

Ich fühle mich besser, nachdem ich die Akte gelesen habe. Sie sind mir nicht auf der Spur. Sie haben wahrscheinlich gesehen, dass ich zu viel gewinne, und haben beschlossen, der Sache auf den Grund zu gehen. Das Beste, was ich zu diesem Zeitpunkt tun kann, ist, sie zu beruhigen, damit ich nach Hause gehen und das Ganze erst einmal verdauen kann. Das Hotel muss ich jetzt nicht mehr durchsuchen. Ich habe jetzt genügend Informationen über Mira und mein Freund Bert kann mir dabei helfen, den Rest des Puzzles zu lösen.

Nachdem ich zu diesem Entschluss gekommen bin, kehre ich wieder zurück. Das Gesicht meines eingefrorenen Ichs sieht verängstigt aus, aber ich fürchte mich nicht mehr, weil ich jetzt einen Plan habe.

Ich atme tief ein, berühre meine eingefrorene Stirn und verlasse die Stille.

Nick schreit mich immer noch an, und ich erkläre ihm freundlich: »Mein Herr, es tut mir wirklich leid, aber ich weiß nicht, wovon oder über wen sie da reden. Ich hatte Glück, das stimmt, aber ich betrüge nicht.« Meine Stimme zittert ein wenig bei dem letzten Teil. Es kann sein, dass ich gerade überreagiere, aber ich möchte überzeugend wie ein verängstigter junger Mann wirken. »Ich lasse gerne mein Geld hier und verspreche Ihnen, nie wieder in dieses Kasino zu kommen.«

»Sie werden uns das Geld dalassen und Sie werden nie wieder in diese Stadt kommen«, korrigiert mich Buff.

»In Ordnung, das werde ich nicht. Ich wollte mich hier einfach nur amüsieren«, erkläre ich mit festerer, aber immer noch unterwürfiger Stimme, so als hätte ich vor ihrer Autorität sehr viel Respekt. »Ich bin gerade einundzwanzig geworden, und es ist das Labor-Day-Wochenende, also bin ich zum ersten Mal spielen gegangen«, füge ich hinzu. Das sollte einen Hauch Ehrlichkeit hinzufügen, da es die Wahrheit ist. »Ich arbeite für einen Hedgefonds. Ich habe es nicht nötig, für Geld zu betrügen.«

Nick schnaubt. »Bitte. Leute wie Sie betrügen, weil sie das Gefühl mögen, so viel cleverer zu sein als alle anderen.«

Trotz dieser offensichtlichen Geringschätzung antworte ich ihm nicht. Alles, was mir einfällt, klingt abwertend. Stattdessen fahre ich damit fort, unterwürfig und immer freundlicher zu sagen, dass ich nichts weiß. Sie fragen mich erneut über Mira aus und darüber, wie ich betrüge. Aber ich streite weiterhin alles ab. Die Unterhaltung dreht sich weiter im Kreis. Ich weiß, dass sie ihrer genauso müde sind wie ich – vielleicht sogar noch mehr.

Ich sehe eine Schwachstelle und schlage zu. »Ich müsste bitte wissen, wie lange ich hier noch festgehalten werde«, erkläre ich Nick, »damit ich meiner Familie Bescheid geben kann.«

Ich gebe vor, dass sich einige Menschen darüber wundern würden, wenn ich nicht bald auftauche. Auch der Gebrauch des Wortes »festhalten« erinnert sie an ihre legalen Befugnisse – oder, was eher wahrscheinlich ist, an deren Abwesenheit.

Nick, der nicht aufgeben zu wollen scheint, runzelt die Stirn und sagt stur: »Sie können gehen, sobald Sie uns etwas Nützliches gesagt haben.« Er hört sich nicht überzeugt an, und ich weiß, dass meine Frage Erfolg hatte. Er will jetzt nur noch sein Gesicht wahren.

Er führt die Befragung hartnäckig fort und fragt mich erneut dieselben Fragen, auf die ich ihm genauso antworte wie beim ersten Mal. Nach einigen Minuten berührt Buff seine Schulter. Sie wechseln einen Blick.

»Warten Sie hier«, sagt Buff. Sie verlassen den Raum, offensichtlich, um etwas außerhalb meiner Hörweite zu besprechen.

Ich wünsche mir, ich könnte zuhören, aber leider ist das nicht einmal in der Stille möglich. Obwohl das so nicht ganz richtig ist. Ich habe Lippenlesen gelernt und bin schnell immer wieder in die Stille gegangen und sofort zurück. Auf diese Weise konnte ich Stück für Stück ihre Unterhaltung zusammenfügen. Aber das wäre eine lange und zähe Prozedur. Außerdem brauchte ich das nicht. Meine Logik sagte mir grob, was sie gerade besprechen mussten. Ich nehme an, es war ungefähr so: »Dieser Kerl ist zu clever für uns; wir sollten ihn gehen lassen, uns Donuts holen und bei einem Stripclub vorbeischauen.«

Sie kommen nach einigen Minuten zurück, und Buff sagt zu mir: »Wir werden dich gehen lassen, aber wir wollen weder dich noch deine Freundin hier wieder sehen.« Ich kann sehen, dass Nick nicht glücklich darüber ist, seine Befragung abbrechen zu müssen, ohne die gewünschten Antworten erhalten zu haben. Er äußert aber keine Einwände.

Ich unterdrücke ein erleichtertes Aufseufzen. Ich hatte halb befürchtet, sie könnten Hand an mich legen oder Ähnliches. Das wäre übel gewesen, aber nicht unerwartet – oder etwa unverdient, wenn man bedenkt, dass ich betrüge. Auf der anderen Seite haben sie keinen Beweis dafür. Und wahrscheinlich denken sie auch, dass ich intelligent genug bin, ihnen rechtliche Schwierigkeiten zu verursachen – gerade wegen meines Juraabschlusses.

Natürlich wäre es auch möglich, dass sie mehr wissen als das, was in der Akte steht. Vielleicht sind sie auf Informationen über meine Mütter gestoßen. Habe ich überhaupt erwähnt, zwei Mütter zu haben? Ja, die habe ich. Glauben Sie mir, ich weiß, wie eigenartig sich das anhört. Und bevor jemand auf dumme Gedanken kommt: ich möchte von niemandem einen Witz über dieses Thema hören. Davon habe ich schon in der Schule genug gehabt. Sogar an der Uni wurde von einigen abfällig darüber geredet. Natürlich stellte ich sicher, dass sie es bereuten.

Auf jeden Fall ist Lucy, meine Adoptivmutter – und trotzdem die tollste aller Mütter –, eine knallharte

Kriminalbeamtin. Wenn diese Dummköpfe mir auch nur ein Haar krümmen würden, würde sie sie wahrscheinlich aufspüren und ihnen persönlich in den Hintern treten. Sie hat ein Team, welches Bericht an sie erstattet und wahrscheinlich auch eingreifen würde. Sara, meine biologische Mutter – die normalerweise sehr still und friedliebend ist – würde sie auch nicht davon abhalten. Nicht in diesem Fall.

Nick und Buff schweigen, als sie mich aus ihrem Büro führen und durch das Kasino zu dem Taxi begleiten, welches draußen auf mich wartet.

»Sollten Sie noch einmal hierherkommen«, sagt Nick, als ich in das leere Taxi steige, »werde ich Ihnen etwas brechen. Persönlich.«

Ich nicke und schließe schnell die Tür. Es reicht mir schon, so freundlich darauf hingewiesen zu werden. Im Nachhinein gesehen war Atlantic City gar nicht so spaßig gewesen.

Ich bin überzeugt davon, nie wieder zurückkommen zu wollen.

DRITTES KAPITEL

Dienstagmorgen, am Tag nach Labor Day, fühle ich mich wie ein Zombie. Nach den Ereignissen im Kasino konnte ich nicht schlafen, aber ich kann heute auch nicht einfach die Arbeit sausen lassen. Ich habe einen Termin mit Bill.

Bill ist mein Chef, und niemand würde ihn jemals so nennen – nur ich in meinen Gedanken. Sein Name ist William Pierce. So wie in Pierce Capital Management. Sogar seine Frau nennt ihn William – das habe ich selbst gehört. Die meisten Menschen nennen ihn Mr. Pierce, weil sie sich nicht wohl dabei fühlen, ihn mit seinem Vornamen anzusprechen. Also ja, Bill ist einer der wenigen Menschen, die ich ernst nehme. Und trotzdem würde ich mich gerade lieber in mein Bett begeben, als ihn zu treffen.

Ich wünschte, es wäre möglich, in der Stille zu schlafen. Dann wäre das alles kein Problem. Ich würde mich hineinbegeben und unter meinem Schreibtisch schlafen, ohne dass es jemand mitbekäme.

Nach meinem ersten Kaffee scheint es so, als würde sich mein Hirn in Gang setzen. Zu diesem Zeitpunkt bin ich schon an meinem Arbeitsplatz. Es ist acht Uhr morgens. Und falls Sie denken, das sei früh, dann irren Sie sich. Ich war der Letzte, der auf diesem Teil der Etage zur Arbeit kam. Mir ist es egal, was diese Frühaufsteher von meinem späten Erscheinen halten. Ich kann ja momentan sowieso kaum etwas machen.

Trotz meiner Erfolge bei dem Fonds habe ich kein Büro. Bill hat das einzige Büro in diesem Unternehmen. Es wäre schön, ein wenig Privatsphäre zu haben, um sich ein wenig zurückzuziehen, aber ich bin zufrieden mit meinem Platz. Solange ich die meiste Zeit außerhalb oder von zu Hause aus arbeiten kann – und solange ich genauso ein hohes Gehalt bekomme wie Menschen, die sonst ein Büro haben –, stört mich die Abwesenheit eines eigenen Raumes nicht.

Mein Computer ist eingeschaltet, und ich schaue auf die Liste der Mitarbeiter auf dem Instant Messenger des Unternehmens. Ich sehe, dass Bert gerade online kommt. Das ist wirklich früh für ihn. Als unser bester Hacker kann er kommen, wann er möchte, und das weiß er auch. Wie mich interessiert es ihn nicht, was die anderen über ihn denken. Wahrscheinlich interessiert es ihn noch weniger als mich – und deshalb kommt er noch später. Zuerst dachte ich, dass wir nach meinem Treffen mit Bill reden könnten, aber da er nun schon einmal da ist, nutze ich die Gunst der Stunde.

»Komm vorbei«, schreibe ich ihm. »Ich brauche deine einzigartigen Fähigkeiten.«

»BGD«, antwortet Bert. *Bin gleich da.*

Ich kenne Bert seit Jahren. Im Gegensatz zu mir ist er ein wirkliches Wunderkind. Wir waren in jenem Jahr in Harvard die einzigen Vierzehnjährigen in dem Einführungskurs in Computerwissenschaften. Er absolvierte den Kurs mit Auszeichnung, ohne sich in die Stille zu begeben oder die Antworten im Lehrbuch nachzuschlagen, so wie ich das tat. Er hat auch niemanden aus Weißrussland dafür bezahlt, seine Programmierprojekte für ihn zu schreiben.

Bert ist *der* Computermann bei Pierce. Er ist wahrscheinlich der fähigste Programmierer New York Citys. Er macht immer Andeutungen darüber, dass er für einen Geheimdienst gearbeitet hat, bevor ich ihn dazu überredet habe, hier anzufangen und richtig Geld zu machen.

»Darren«, sagt Bert mit leicht nasaler Stimme, und ich drehe mich als Antwort darauf mit meinen Stuhl um.

Ihn mir als Teil der CIA oder des FBI vorzustellen bringt mich immer zum Lachen. Er ist ungefähr 1,62 Meter groß und wiegt bestimmt unter 45 Kilogramm. Bevor wir Freunde wurden, war mein Spitzname für ihn immer Mini-Me gewesen.

»Also, Albert, wir sollten diese Idee besprechen, von

der Sie mir letzte Woche erzählt haben«, beginne ich und weise mit dem Kinn auf einen der Meetingräume.

»Ja, ich würde diesen Bericht gerne hören«, antwortet Bert, als wir die Tür schließen. Wie immer übertreibt er seine Rolle.

Sobald wir allein sind, hört er auf, den formellen Kollegen zu spielen. »Mann, du hast es wirklich getan? Du bist nach Vegas geflogen?«

»Na ja, nicht wirklich. Ich hatte keine Lust auf einen fünfstündigen Flug –«

»Also hast du stattdessen eine zweistündige Taxifahrt nach Atlantic City in Kauf genommen?«

»Ja, genau.« Ich grinse zurück und nehme einen Schluck von meinem Kaffee.

»Ein klassischer Darren. Und dann?«

»Haben sie mir Hausverbot erteilt«, sage ich triumphierend, so als sei das eine tolle Leistung.

»So schnell?«

»Ja. Aber nicht, bevor ich dieses Mädchen getroffen habe.« Ich mache eine Spannungspause. Ich weiß, dass das der Teil ist, auf den er wirklich wartet. Seine eigenen Erfahrungen mit Mädchen waren bis jetzt eher abschreckend.

Mit Sicherheit hängt er nun am Haken. Er möchte alles bis ins kleinste Detail wissen. Ich erzähle ihm eine Abwandlung von dem, was passiert ist. Natürlich ohne die Stille zu erwähnen. Davon erzähle ich nur meinem Seelenklempner. Ich erkläre Bert einfach, dass ich sehr viel gewonnen habe. Er liebt diesen Teil, da er derjenige ist, der vorgeschlagen hatte, ich solle es mal mit einem Kasino versuchen. Das war, nachdem ich ihn und eine Gruppe Kollegen bei einem freundschaftlichen Kartenspiel abgezockt hatte.

Er, wie die meisten anderen, die beim Fonds arbeiten, weiß, dass ich Dinge weiß, die ich nicht wissen sollte. Er kann sich nur nicht erklären, woher ich diese Informationen habe. Er nimmt es einfach als gegeben hin. Auf eine bestimmte Art und Weise ist Bert ein wenig wie ich. Er weiß Dinge, die er nicht wissen sollte. Nur dass in diesem Fall jeder weiß, woher. Das Geheimnis seiner Allwissenheit ist, dass er sich in jedes Computersystem hacken kann, auf das er Zugriff bekommen möchte.

Und genau dafür benötige ich ihn jetzt auch. Ich erkläre ihm: »Ich brauche deine Hilfe.«

Er zieht seine Augenbrauen hoch, und ich sage: »Ich muss mehr über sie herausfinden. Was auch immer du herausbekommen könntest wäre hilfreich.«

»Was?« Seine Begeisterung schwindet sichtlich. »Nein, Darren, das kann ich nicht.«

»Du bist mir noch etwas schuldig«, erinnere ich ihn.

»Ja, aber das ist ein Verbrechen im Internet.« Er sieht entschlossen aus, und ich seufze innerlich. Wenn ich jedes Mal, wenn er diesen Satz ausspricht, einen Dollar bekommen würde ... Wir beide wissen, dass er jeden Tag etwas Kriminelles im Internet macht.

Ich beschließe, ihn zu bestechen. »Ich werde mir einen Kartentrick anschauen«, gebe ich mich geschlagen und muss alle meine Energien aufwenden, um ein wenig Begeisterung in meine Stimme zu legen. Berts Versuche mit Kartentricks sind grauenhaft, aber das entmutigt ihn überhaupt nicht.

»Oh«, erwidert Bert beiläufig. Aber sein Pokerface ist richtig schlecht. Ich weiß, dass er gerade mehr herausschinden möchte, aber das wird nicht passieren, wie ich ihn wissen lasse.

»Ist ja schon gut, schicke mir die falschen Namen, von denen du mir erzählt hast, die dir ›in den Schoß gefallen sind‹ und die Adressen, die du ›zufällig‹ erfahren hast«, antwortet er nachgiebig. »Ich werde schauen, was ich tun kann.«

»Danke, großartig.« Ich grinse ihn wieder an. »Ich muss jetzt los – ich habe ein Treffen mit Bill.«

Ich kann sehen, wie er zusammenzuckt, als ich William so nenne. Ich glaube, ich mache das auch nur aus diesem Grund – um von Bert bewundert zu werden.

»Warte mal«, meint er stirnrunzelnd.

Ich weiß schon, was jetzt kommt, und versuche, nicht zu ungeduldig zu wirken.

Bert hat eine Schwäche für Magie. Er ist nur nicht gut darin. Er hat immer ein Kartenspiel bei sich, und bei jeder Gelegenheit – echt oder eingebildet – holt er seine Karten heraus, um einen Kartentrick vorzuführen.

In meinem Fall ist es noch schlimmer. Ich habe ihn schon einmal bloßgestellt, und deshalb denkt er jetzt, ich beschäftige mich auch mit Magie, tue aber so, als sei das nicht der Fall. Meine Tendenz, beim Kartenspielen zu gewinnen untermauert seine Vermutung, ich sei Hobbymagier.

Und wie ich ihm versprochen habe, kann er seinen Trick vorführen. Ich werde ihn nicht beschreiben. Es muss reichen, wenn ich sage, dass sich auf dem Konferenztisch ein Stapel Karten befindet und ich eine von ihnen auswählen soll, während ich beim Umdrehen der Karten zählen und Zaubersprüche aufsagen muss.

»Toll, der war super, Bert«, lüge ich, sobald er meine Karte aufdeckt. »Jetzt muss ich aber wirklich los.«

»Jetzt komm schon«, bettelt er. »Kann ich deinen Trick bitte noch einmal sehen?«

Ich weiß, dass es schneller geht, nachzugeben, als mich mit ihm zu streiten. »In Ordnung«, sage ich, »Du weißt, was du tun musst.«

Als Bert das Kartenspiel teilt, schaue ich weg und begebe mich in die Stille.

Sobald die Welt einfriert, bemerke ich, wie viele Außengeräusche es im Meetingraum gibt. Die Abwesenheit von Geräuschen ist erfrischend. Ich habe dieses Gefühl deutlicher verspürt, als ich Schlafmangel hatte. Das liegt zum Teil daran, dass das Ich-fühle-mich-beschissen-Gefühl verschwindet, wenn ich in der Stille bin. Zum anderen Teil daran, dass der Geräuschpegel außerhalb der Stille einen leichten Kopfschmerz ausgelöst hatte, den ich erst hier bemerke.

Ich begebe mich zum bewegungslosen Bert, nehme ihm den Kartenstapel aus der Hand und schaue mir die Karte an, die er herausgezogen hat. Dann komme ich zurück.

»Herz sieben«, sage ich, ohne mich herumzudrehen. Die Geräusche sind zurück und mit ihnen die Kopfschmerzen.

»Mist«, sagt Bert wie erwartet. »Wir sollten zusammen gehen. Und das nächste Mal Hausverbot in Vegas bekommen.«

»Dafür schuldest du mir einen größeren Gefallen.« Ich winke ihm zu und gehe zu meinem Arbeitsplatz.

Als ich an meinem Tisch ankomme, sehe ich, dass es Zeit für mein Meeting ist. Bevor ich mich auf den Weg zu Bill mache, schicke ich Bert noch schnell die Informationen, die er benötigt, um Nachforschungen über Mira anstellen zu können.

* * *

Bills Büro sieht genauso beeindruckend aus wie immer. Es ist ungefähr so groß wie mein Apartment in Tribeka. Ich habe gehört, dass er nur so ein riesiges Büro hat, weil die Kunden das sehen wollen, wenn sie vorbeikommen. Angeblich würde er liebend gerne sein Büro verlassen und mit uns in einem Würfel mit niedrigen Wänden sitzen.

Ich bin mir nicht sicher, ob ich das glauben kann. Die Dekoration ist zu pingelig, um diese Theorie zu unterstützen. Außerdem habe ich den Eindruck, dass er gerne Privatsphäre hat.

Eines Tages werde ich auch mein eigenes Büro

haben, außer ich entschließe mich dazu, vorher in Rente zu gehen.

Bill sieht wie der geborene Anführer aus. Ich kann nicht genau sagen, weshalb ich diesen Eindruck habe. Vielleicht ist es sein markantes Kinn oder auch die weise Wärme in seinem Blick, wenn er abschweift. Oder aber es ist etwas völlig anderes. Alles, was ich weiß, ist, dass er wie jemand aussieht, dem die Menschen folgen würden – und das tun sie auch.

Bill hat sich meinen größten Respekt dadurch verdient, dass er an der Legalisierung der gleichgeschlechtlichen Hochzeit in New York beteiligt war. Meine Mütter haben, so lange ich denken kann, davon geträumt zu heiraten, und jeder, der dabei hilft, meine Mütter glücklich zu machen, ist für mich eine gute Person.

»Darren, bitte nehmen Sie Platz«, sagt er, als ich eintrete, und wendet seinen Blick vom Monitor ab.

»Hallo William, wie war Ihr Wochenende?«, frage ich. Ich glaube, er ist die einzige Person in dem ganzen Büro, mit dem ich freiwillig Smalltalk betreibe. Und auch hier tue ich es nur, weil ich weiß, dass Bills Antwort kurz und knapp ausfallen wird. Ich interessiere mich generell nicht für das, was meine Kollegen machen, ganz zu schweigen von ihren Wochenendaktivitäten.

»Ereignisreich«, erwidert er. »Und Ihres?«

Ich versuche, seine lakonische Antwort zu übertreffen. »Interessant.«

»Hervorragend.« Genau wie ich scheint auch Bill

nicht daran interessiert zu sein, dieses Gespräch auszudehnen. »Ich habe etwas für Sie. Wir denken über eine Positionierung in FBTI nach.«

Das ist die Abkürzung für die Future Biotechnology and Innovation Corp; ich habe schon von diesem Unternehmen gehört. »Natürlich. Wir brauchen ein Standbein in der Biotechnologie«, entgegne ich, ohne mit der Wimper zu zucken. Um ehrlich zu sein, habe ich mir schon seit einer längeren Zeit nicht mehr die Mühe gemacht, mir unser Portfolio anzuschauen. Ich kann mich aber nicht daran erinnern, in der letzten Zeit Aufträge im Biotechnik-Bereich erhalten zu haben – also denke ich mir, dass es nicht so viele von ihnen geben kann.

»Korrekt«, bestätigt er. »Aber es ist nicht nur wegen einer breiteren Fächerung.«

Ich nicke und bemühe mich, möglichst ernst und nachdenklich auszusehen. Das ist bei Bill leichter als bei den meisten anderen Menschen. Manchmal interessiert mich das, was er sagt, wirklich.

»FBTI wird in drei Wochen etwas enthüllen«, erklärt er weiter. »An der Wallstreet haben die Aktien allein wegen dieser Spekulationen an Wert gewonnen. Es könnte einen schönen Abfall geben, falls FBTI enttäuscht –« er macht eine Spannungspause, »– aber ich habe das Gefühl, dass sich die Dinge in eine andere Richtung entwickeln werden.«

»Meines Wissens lagen Sie mit Ihren Vorahnungen immer richtig«, sage ich. Ich weiß, dass es sich anhört, als würde ich mich anbiedern wollen, aber es ist die Wahrheit.

»Sie wissen, dass ich niemals nur aus einem Bauchgefühl heraus handele«, meint er und macht wie so häufig diese komische Bewegung mit seinen Augenbrauen. »Und in diesem Fall ist Vorahnung vielleicht ein wenig untertrieben. Ich ließ einige der Patente der FBTI analysieren. Viele von ihnen sind sehr vielversprechende Entwicklungen.«

Ich bin mir sicher, dass ich weiß, worauf er hinausmöchte.

»Warum sehen Sie sich das Ganze nicht einmal näher an?«, schlägt er vor und bestätigt damit meine Annahme. »Sprechen Sie mit dem Vorstand und schauen Sie sich an, ob die Neuigkeit wirklich größer ist als das, was die Leute erwarten. Sollte das der Fall sein, müssen wir anfangen, uns zu positionieren.«

»Ich werde tun, was ich kann«, erwidere ich.

Das entlockt Bill ein Lächeln. »So bescheiden heute? Das wäre ja das erste Mal«, sagt er und sieht sichtlich amüsiert aus. »Ich brauche ihre Magie. Sie nehmen diese Herausforderung an, oder etwa nicht?«

»Natürlich. Um was es sich bei der Neuigkeit auch immer handeln sollte, Sie werden es Ende der Woche wissen. Das garantiere ich Ihnen.« Ich lasse ein »ansonsten bekommen Sie Ihr Geld zurück« wegfallen. Das wäre zu viel. Was, wenn ich nichts herausfinde? Bill ist die Art von Person, die mich bei meinem Wort nehmen würde.

»Je früher, desto besser, aber wir brauchen sie auf jeden Fall vor ihrer öffentlichen Verkündung in drei Wochen«, entgegnet Bill. »Wenn Sie mich jetzt entschuldigen würden?«

Ich verstehe, dass ich entlassen bin. Ich gehe zurück zu meinem Schreibtisch und lasse ihn mit seinem Computer allein.

Sobald sie den Namen Pierce hören, ist FBTI gerne bereit, mit mir zu reden. Ich lasse mir einen Termin mit ihrem CTO geben und bereite mich gerade mental darauf vor, mit der Metro zu ihrem Büro in SoHo zu fahren, als mir mein Instant Messenger eine neue Nachricht von Bert anzeigt.

»Ich habe sie«, steht in der Nachricht.

»Gehen wir kurz nach draußen?«, schreibe ich ihm zurück.

Er ist einverstanden und wir treffen uns an den Fahrstühlen.

»Dieses Mädchen ist verrückt«, erklärt mir Bert, als ich den Knopf nach unten drücke. »Sie führt ein eigenartiges Leben.«

Wenn es sich nicht gerade um seine Kartentricks handelt, weiß Bert genau, wie man Spannung aufbaut. Das muss ich zugeben. Ich werde nicht ungeduldig oder das wird eine längere Angelegenheit werden. Ich sage nur: »Und?«

»Als Erstes: du hast wirklich Glück, mich zu haben«, beginnt er mit aufgeregter Stimme. »Sie wohnt schon lange nicht mehr an der Adresse, die du ›zufällig‹

gefunden hast. Von dem, was ich herausgefunden habe, ist der Name – Mira – allerdings ihr echter Name. Nur dass dieser Name vor einigen Jahren völlig von diesem Planeten verschwunden ist. Es gibt keine einzige elektronische Spur. Das gleiche gilt für einige ihrer Pseudonyme.«

»Aha«, meine ich und gebe ihm damit den Anstoß, den er braucht, um fortzufahren.

»Um das zu umgehen, bin ich in die Datenbanken einiger der Kasinos in Vegas eingedrungen, da ich davon ausgegangen bin, dass sie nicht nur in Atlantic City, sondern auch dort spielen würde. Und ich hatte Recht, sie hatten Aufzeichnungen über einige ihrer anderen falschen Namen, die du erwähnt hast. Und weitere.«

»Wow«, ist alles, was ich sagen kann.

»Ja«, stimmt mir Bert zu. »Anfangs führte nur einer dieser Namen zu einer Adresse, bei der kürzlich jemand gewohnt hatte. Offensichtlich versteckt sie sich. Auf jeden Fall war dieses Pseudonym, Alina Nochwas, Mitglied in einem Fitnessstudio am Kings Highway und der Nostrand Avenue in Brooklyn. Ich habe mich daraufhin in deren System gehackt und herausgefunden, dass ihre Karte noch ab und an genutzt wird. Als ich das herausgefunden hatte, nahm ich das Fitnessstudio als meinen Ausgangspunkt für die Nachforschungen. Normalerweise besuchen Menschen immer Fitnessstudios in der Nähe.«

»Beeindruckend«, bemerke ich und meine es ernst.

In solchen Momenten frage ich mich, ob die Geschichten darüber, dass er für einen Geheimdienst tätig war, nicht doch stimmen.

»Zuerst konnte ich nichts finden«, fährt er fort. »Keiner der von ihr benutzten Namen besitzt eine Eigentumswohnung oder hat ein Apartment in der Nähe gemietet. Aber dann habe ich versucht, einige der Vornamen, die sie benutzt, mit anderen ihrer Nachnamen zu kombinieren.« Er macht eine Pause und blickt mich an – damit ich ihm auf die Schulter klopfe, nehme ich an.

»Das ist teuflisch«, sage ich und wünsche mir, er würde endlich auf den Punkt kommen.

»Ja«, erwidert er und schaut sehr zufrieden mit sich aus. »Das bin ich, wirklich ... Sie dagegen ist nicht sehr einfallsreich. Eine der Kombinationen funktionierte. Sie besteht zu einem Teil aus dem Vornamen Ilona. Als ich Ilona mit dem Nachnamen Derkovitch, von dem Pseudonym Yulia Derkovitch, kombinierte, bekam ich das Ergebnis, das ich haben wollte.«

Ich nicke und dränge ihn, weiterzureden.

»Hier ist die Adresse«, sagt er und gibt mir einen Zettel. Dann fragt er mich ernsthafter: »Wirst du wirklich dorthin gehen?«

Das ist eine hervorragende Frage. Wenn ich es tue, denkt sie, ich sei ein verrückter Stalker. Ich denke, wenn ich nur darüber nachdenke, verfolge ich sie ja auch auf gewisse Weise, aber ich habe gute Gründe. Irgendwie.

»Ich weiß es nicht«, lasse ich Bert wissen. »Vielleicht

schaue ich bei dem Fitnessstudio vorbei und versuche, sie ›zufällig‹ zu treffen.«

»Ich glaube nicht, dass das funktionieren wird«, entgegnet er. »Laut der Datenbank kommt sie sehr sporadisch vorbei.«

»Na toll.« Ich seufze. »In diesem Fall denke ich, ich werde bei ihr zu Hause vorbeischauen.«

»In Ordnung. Und jetzt der normale Disclaimer«, sagt Bert und schaut mich eindringlich an. »Das hast du nicht von mir erfahren. Der Name, den ich herausgefunden habe, könnte auch nur eine zufällige Übereinstimmung sein. Es ist also möglich, dass dort jemand anderes wohnt.«

»Ich übernehme die volle Verantwortung für alles, was passieren könnte«, erkläre ich Bert feierlich. »Jetzt haben wir keine offenen Schulden mehr zu begleichen.«

»In Ordnung. Gut. Nur noch eine andere Sache ...«

»Was?«

»Vielleicht denkst du jetzt, dass das verrückt oder paranoid ist, aber –« er sieht unangenehm berührt aus, »– ich denke, dass sie eine Spionin sein könnte.«

»Was?« Das trifft mich völlig unvorbereitet.

»Ich hätte dir vielleicht auch sagen sollen, dass sie eine Immigrantin ist. Aus Russland, falls es dir bei ihren ungewöhnlichen Namen noch nicht aufgefallen sein sollte. Sie kam mit ihrer Familie vor etwa zehn Jahren hierher. Diese Tatsache, in Kombination mit ihren Decknamen ... Du verstehst, was ich denken könnte?«

»Natürlich, sicher«, erwidere ich und versuche mein

Gesicht ausdruckslos zu halten. Eine Spionin? Bert liebt seine Verschwörungstheorien. »Mach dir keine Gedanken«, sage ich beruhigend. »Wenn sie eine Spionin ist, werde ich damit zurechtkommen. Jetzt würde ich dir gerne ein zweites Frühstück und einen Tee spendieren. Danach muss ich für ein Treffen mit FBTI nach SoHo.«

VIERTES KAPITEL

Ich fahre nach SoHo. Der Sicherheitsbeamte des FBTI-Gebäudes lässt mich eintreten, sobald er erfährt, dass ich eine Verabredung mit Richard Stone, dem CTO, habe.

»Hallo Richard, ich bin Darren. Wir haben miteinander telefoniert.« Ich stelle mich einem großen Mann mit Glatze vor, nachdem ich bequem in einem der Gästestühle in seinem Büro Platz genommen habe. Sein Büro ist groß. In ihm befinden sich ein großer Schreibtisch mit vielen Schubladen und ein kleines Bücherregal. Sogar ein Plasmafernseher hängt an der Wand. Beim Anblick dieser ganzen Dinge überkommt mich wieder einmal Büroneid.

»Bitte nennen Sie mich Dick«, sagt er. Ich muss

meine ganze Beherrschung aufbringen, um nicht laut aufzulachen. Wenn ich ein Gewichtsproblem hätte, würde ich definitiv Richard vorziehen. Genau genommen würde ich es immer vorziehen, Richard genannt zu werden und nicht Dick. Egal wie ich aussehe.

»In Ordnung, Dick. Ich würde gerne mehr über das erfahren, an dem Ihr Unternehmen gerade arbeitet«, sage ich und hoffe, es hört sich nicht zu sehr danach an, dass ich es auskoste, ihn Dick zu nennen.

»Ich rede gerne über alles, außer über die bevorstehende Verkündung«, erklärt er in einem herablassenden Tonfall.

Ich zeige Interesse an dem ganzen Standardzeug, das er mir erzählt, und er fährt fort, mir alle langweiligen Details zu beschreiben, die er mitteilen darf. Er redet immer noch, aber ich höre ihm nicht mehr zu. Menschen auszublenden war eine der ersten Dinge, die ich in der Arbeitswelt zu beherrschen gelernt habe. Hätte ich das nicht, hätte ich kein einziges Meeting überlebt. Ich muss mich immer noch manchmal in die Stille zurückziehen und eine Pause machen, um nicht an Langeweile zu sterben. Ich bin nicht besonders geduldig.

Während Dick redet, schaue ich mich unauffällig im Raum um. Es ist ironisch, dass ich genau das Gegenteil von dem tue, was jeder denkt. Die Leute nehmen an, ich stelle diesen Geschäftsführern gezielte Fragen und kann mir anhand ihrer Reaktionen, ihrer Körpersprache und wer weiß was noch die wahren Antworten ableiten.

Die Fähigkeit, Körpersprache und andere nonverbale

Signale deuten zu können, möchte ich mir irgendwann aneignen. Ich habe es in Atlantic City versucht. Aber in diesem Fall verlasse ich mich wie gewöhnlich auf etwas, das nicht allzu viel mit interpretativen Fähigkeiten zu tun hat.

Als ich mir genug Mist von Dick angehört habe, versuche ich mich in einen Angstzustand zu begeben, damit ich in die Stille hineingleiten kann.

Einfach nur zu denken, dass ich verrückt bin, ist nicht mehr sehr effektiv. Ich stelle mir also vor, wie ich wie ein Vollidiot zu Miras Adresse in Brooklyn gehe, die mir Bert besorgt hat – und das wirkt Wunder.

Ich gleite hinein, und Dick ist endlich ruhig. Er ist mitten im Satz eingefroren worden, und mir fällt nicht zum ersten Mal auf, dass ich einen großen Vorteil hätte, wenn ich wirklich Körpersprache lesen könnte. Ich bemerke jetzt, dass er nach unten schaut, was glaube ich ein Zeichen dafür ist, dass jemand lügt.

Anstatt der Körpersprache widme ich mich allerdings lieber dem geschriebenen Wort.

Ich beginne mit den Unterlagen auf seinem Schreibtisch. Unter ihnen befindet sich nichts Besonderes.

Als Nächstes rolle ich seinen Stuhl und seinen darauf eingefrorenen Körper vom Schreibtisch weg. Ich liebe es, wenn die Menschen in der Stille auf einem Stuhl mit Rollen sitzen. Das macht diesen Teil meines Jobs so viel einfacher. Auf der Universität ist mir klar geworden, dass ich die Inhalte der Abschlussarbeiten schon vorher bekommen konnte, indem ich in der Stille den Schreibtisch oder die Tasche meines Professors durchsuchte. Die Professoren beiseitezuschieben war allerdings immer mehr als mühsam gewesen. Ihre Stühle hatten im Gegensatz zu den Bürostühlen keine Rollen.

Wenn ich an diese Tage auf der Universität zurückdenke, muss ich lachen, weil die Dinge, die ich dort gelernt habe, mir jetzt wirklich weiterhelfen. Mit diesem Herumschnüffeln in der Stille – dem Grund dafür, dass ich mein Studium so schnell beenden konnte – verdiene ich heute mein Geld, und nicht wenig davon. So gesehen hat mich meine Ausbildung also wirklich in bestimmten Aspekten auf das Arbeitsleben vorbereitet. Nur wenige Menschen können das behaupten.

Als ich Dick und seinen Stuhl aus dem Weg geschafft habe, wende ich meine Aufmerksamkeit seinem Schreibtisch zu. In der untersten Schublade stoße ich auf Gold.

FBTIs große Bekanntgabe handelt von einem Gerät, welches etwas tun kann, das transkranielle Magnetstimulation genannt wird. Ich erinnere mich ganz schwach daran, schon einmal etwas darüber gehört zu haben. Bevor ich mich in die Akte vertiefe, schaue ich mir das Bücherregal an. Natürlich befindet sich auf dem Regal etwas zu diesem Thema, das Handbuch der Transkraniellen Magnetstimulation. Ich muss lachen. Da ich jetzt weiß, wonach ich suche, fällt mir auf, dass jemand, der ernsthaft schnüffelt, wohl nicht nur auf die

Körpersprache geachtet haben würde. Er hätte auch das Buch auf dem Schrank als einen Hinweis darauf gedeutet, worum es in der Bekanntgabe gehen wird. In dem Regal befinden sich noch weitere Bücher zu diesem Thema. Während ich darüber nachdenke, fällt mir auf, dass sie weniger staubig sind als die restlichen Bücher auf dem Regal. Sherlock Holmes wäre stolz auf meine Untersuchungsmethode gewesen – nur dass meine Methode rückwirkend arbeitet. Er hat seine Fähigkeiten der Schlussfolgerung dazu benutzt, die Hinweise zusammenzusetzen, um ein Rätsel zu lösen. Ich dagegen finde die Hinweise, um das zu bestätigen, was ich schon lange weiß.

Aber zurück zu meiner Aufgabe, Informationen zu der bevorstehenden Ankündigung zu bekommen. Ich lese das erste Lehrbuch, das mir zu diesem Thema in die Hände fällt. Ja, wenn ich muss – oder möchte – kann ich auf die traditionelle Art und Weise lernen. Dass ich bei den Prüfungen geschummelt habe, bedeutet nicht, dass ich mich nicht auch ab und an auf ehrenwertem Wege weitergebildet habe. Das habe ich sogar häufig getan. Allerdings lernte ich etwas über Sachen, die mich gerade interessierten, und nicht das, was irgendein Lehrplan vorschrieb. Ich betrog aus pragmatischen Gründen. Der Hauptgrund dafür, dass ich in Harvard studierte, war, dieses Stück Papier zu bekommen, das meine zukünftigen Arbeitgeber beeindrucken würde. Ich benutzte die Stille, um mir all das anzueignen, was ich für meinen Abschluss benötigte, während ich solche

Dinge lernte, die mir wirklich etwas bedeuteten.

Wenn ich beschließe, etwas zu lesen, bietet mir die Stille einen entscheidenden Vorteil. Ich werde niemals müde, nicht einmal, wenn es sich um ein trockenes Thema handelt. Ich brauche in der Stille keinen Schlaf, genauso wenig wie ich dort der Sklave der restlichen Bedürfnisse meines Körpers bin. Es fühlt sich für mich so an, als hätte ich etwa eine Stunde benötigt, um den Teil des Buches über die magnetische Version der Stimulation durchzulesen – und es war teilweise sogar interessant. Ich habe auch einige weitere Arten der Stimulation überflogen, die im Vergleich mit TMS, wie es im Buch genannt wird, invasiv zu sein scheinen. Ich habe das natürlich nicht alles behalten – dafür müsste ich das Buch erneut lesen –, aber ich denke, ich habe genug verstanden, um mir den Rest der Akte anzuschauen, die ich in Dicks Schreibtisch gefunden habe.

Ich erwische mich dabei, wie ich in meinem Kopf den Bericht für Bill schreibe. Für Laien erklärt ist TMS ein Weg, das Gehirn direkt zu stimulieren, ohne durch die Schädeldecke zu bohren, wie bei den anderen Methoden. Dazu wird ein riesiges Magnetfeld benutzt – deshalb der Namensteil »Magnet«. Dieses Verfahren existiert schon eine ganze Weile, aber es wurde erst vor Kurzem von den Gesundheitsbehörden zur Behandlung von Depression zugelassen. Die Nebenwirkungen – und das ist nicht aus dem Buch, sondern meine eigene Vermutung – scheinen nicht schwerwiegender zu sein, als sich einer MRT zu unterziehen.

Ich muss die Seiten in dem Ordner nur schnell überfliegen, um zu verstehen, dass die Ankündigung des FBTI alle Erwartungen übertreffen wird. Sie haben eine TMS-Maschine entwickelt, die nicht nur genauer ist als alle anderen davor, sondern auch bezahlbar und einfach anzuwenden. Allein für die Behandlung von Depressionen wird dieses Gerät von größter Bedeutung sein. Doch das ist noch nicht alles. Diese Entwicklung kann außerdem zu besseren MRT-Geräten führen, was einen neuen Markt für FBTI öffnen könnte.

Als ich sicher bin, genug Informationen bekommen zu haben, kehre ich zurück.

Dicks Stimme ist wieder da. Ich höre dem Abschluss seiner Rede zu; dann bedanke ich mich und gehe nach Hause.

Ich logge mich über eine Remote-Verbindung auf der Arbeit ein und schreibe eine E-Mail mit meinem Bericht. Ich führe alle Gründe auf, deretwegen ich denke, wir sollten uns an die FBTI halten, und warum es eine gute Investition wäre.

Ich lege als Zeitpunkt des Versands den späten Freitagabend fest. Das ist ein Trick, den ich manchmal benutze, damit es auf meinen Chef und meine Kollegen so wirkt, als arbeite ich unentwegt. Sogar Freitagnacht, wenn die meisten Menschen weggehen oder Zeit mit ihrer Familie verbringen. Ich setze so viele Personen ins CC wie nötig ist und schicke sie an Bill. Dann klicke ich auf Versenden und gehe sicher, dass sich die E-Mail in meinem Postausgang befindet. Dort wird sie darauf warten, Freitagnacht automatisch versendet zu werden.

In Anbetracht des riesigen Gewinnes, den ich Pierce Capital Management bescheren werde, beschließe ich, mir den Rest der Woche freizunehmen.

FÜNFTES KAPITEL

Unangemeldet vor Miras Tür aufzutauchen ist nicht das Einzige, was mich an meinem Plan, sie zu besuchen, nervös macht. Eine andere Sache, die mir Sorgen bereitet, ist die Tatsache, dass sich die betreffende Adresse in Brooklyn befindet.

Warum tun Menschen das? Warum leben sie in den Randgebieten von NYC? Meine Mütter tun das leider auch. Aber wenigstens gibt es eine Metro nach Brooklyn. Nach Staten Island fährt nichts, nur die Fähre und einige Expressbusse. Das ist noch schlimmer als New Jersey.

Aber ich habe keine andere Wahl. Diese Adresse befindet sich in Brooklyn, also fahre ich dorthin. Unter vielen Vorbehalten nehme ich den Q-Zug an der City Hall und bereite mich auf eine lange und abenteuerliche

Fahrt vor.

Als ich in der Metro sitze, lese ich ein Buch auf meinem Telefon und schaue ab und an aus dem Fenster. Jedes Mal, wenn ich aufblicke, sehe ich Graffitis auf den Wänden der Gebäude, die an die Schienen grenzen. Warum konnte das Mädchen nicht an einem zivilisierteren Ort leben, wie der Upper East Side?

Zu meiner Überraschung erreiche ich meine Haltestelle, Kings Highway, in weniger als einer Stunde. Von hier aus ist es laut dem GPS meines Telefons nur noch ein kurzes Stück zu Fuß.

Die Umgebung ist ... naja, anders als in der Stadt. Keine großen Gebäude, und die Schilder an den Läden sind abgenutzt und schäbig. Außerdem sind die Straßen dreckiger als in Manhattan.

Das Gebäude ist auf der East 14 Street, zwischen Avenues R und S. Das ist das Einzige, was mir an Brooklyn gefällt. Es ist leicht, sich dort zu orientieren, da die Straßennamen aus einer aufsteigenden Abfolge von Nummern und Buchstaben in alphabetischer Reihenfolge bestehen.

Es ist später Nachmittag und die Sonne scheint, aber trotzdem fühle ich mich nicht sicher – so, als würde ich bei Nacht unter einer verdächtig aussehenden, schlecht beleuchteten Brücke im Central Park entlanggehen. Mein Ziel liegt am anderen Ende einer engen Straße, die vom Park wegführt. Ich versuche mich selbst davon zu überzeugen, dass der Park nicht so gefährlich sein kann, wenn Leute dort ihre Kinder spielen lassen.

Das Gebäude, welches ich suche, ist alt und düster, aber wenigstens ist es nicht über und über mit Graffiti beschmiert. Und mir fällt auf, dass ich gar keine mehr gesehen habe, seit ich aus dem Zug gestiegen bin. Vielleicht war mein Urteil über die Umgebung doch etwas voreilig gewesen.

Oder auch nicht. Es ist schließlich Brooklyn.

Das Haus hat eine Gegensprechanlage. Ich nehme meinen ganzen Mut zusammen und klingele.

Nichts.

Ich drücke irgendwelche anderen Klingelknöpfe und hoffe, jemanden zu finden, der die Haustür öffnet. Nach einer Minute höre ich durch die Gegensprechanlage ein lautes Schnauben und ein kaum verständliches »Wer ist dort?«.

»UPS«, murmele ich. Ich weiß nicht, ob es daran liegt, wie ich es sage, oder ob jemand einfach automatisch reagiert, aber die Tür öffnet sich.

Ich sehe einen Fahrstuhl und drücke auf den Knopf nach oben, um ihn zu rufen. Nichts passiert. Es geht kein Licht an. Es gibt keinen Hinweis darauf, dass sich etwas bewegt.

Ich warte einige Minuten.

Aber ich habe kein Glück.

Übellaunig entschließe ich mich dazu, zu Fuß in den fünften Stock zu gehen. Es sieht so aus, als sei meine Einschätzung der Umgebung doch sehr zutreffend gewesen.

Das Treppenhaus riecht unangenehm. Ich hoffe, dass

es sich nicht um Urin handelt, aber meine Nase bestätigt, dass dem so ist. Auf der zweiten Etage wird der unhygienische Gestank durch den Geruch nach gekochtem Kohl und gebratenem Knoblauch überdeckt. Es gibt nicht viel Licht, und die marmornen Stufen fühlen sich rutschig an. Ich achte auf meine Schritte und komme schließlich im fünften Stock an.

Als ich auf die Tür 5E schaue, fällt mir auf, dass ich keinen guten Plan habe. Oder überhaupt einen. Ich bin allerdings so weit gefahren, dass ich mich jetzt nicht einfach umdrehen und nach Hause gehen werde. Ich klingele. Und dann warte ich. Und warte. Und warte.

Nach einer ganzen Weile kann ich hören, wie sich in dem Apartment etwas rührt. Ich konzentriere mich und beobachte den Spion, genauso wie ich es in Filmen gesehen habe.

Vielleicht bilde ich es mir nur ein, aber ich habe den Eindruck, dahinter einen Schatten zu sehen. Jemand könnte mich gerade anblicken.

Aber ich bekomme immer noch keine Antwort.

Ich versuche es mit Anklopfen.

»Wer ist da?«, fragt eine männliche Stimme.

Mist. Wer zum Teufel ist das? Ein Ehemann? Ein Freund? Ihr Vater? Ihr Zuhälter? Jede Vorstellung hat ihre eigenen Konsequenzen, und nur wenige davon versprechen Gutes. Eigentlich gibt es gar keine, die mir einfällt.

»Mein Name ist Darren«, antworte ich, da ich denke, dass ich hier mit Ehrlichkeit am weitesten komme.

Keine Antwort.

»Ich bin ein Freund von Mira«, füge ich hinzu. Und erst als ich es schon ausspreche, fällt mir ein, dass sie hier unter einem Pseudonym lebt. Ilona oder so etwas.

Bevor ich mich für diesen Patzer selbst in den Hintern treten kann, geht die Tür auf. Der Kerl, der im Rahmen erscheint, wirkt nur wenige Jahre älter als ich und schaut mich mit müden, glasigen Augen an.

Ich brauche einen Moment, um das Problem zu erkennen. Ein großes Problem.

Der Typ hat eine Waffe.

Und diese Waffe ist größer als sein Kopf.

Die Angst, die diese Tatsache in meinem System auslöst, ist gewaltig. Ich wurde noch nie mit einer Pistole bedroht. Zumindest nicht so direkt wie in diesem Fall. Die Rausschmeißer in Atlantic City hatten natürlich auch Waffen, aber sie haben damit nicht aus nächster Entfernung auf mich gezielt. Ich hätte niemals gedacht, dass das so beängstigend ist.

Ich begebe mich fast unfreiwillig in die Stille.

Jetzt schaue ich mein eingefrorenes Ich an, auf das eine Waffe gerichtet ist, und die Panik wird schwächer. Ich mache mir natürlich immer noch Sorgen, da die Waffe im echten Leben immer noch eine Bedrohung ist.

Ich atme tief ein. Ich brauche einen Notfallplan.

Ich schaue mir den Schützen an.

Er ist lang und dünn. Er hat eine Brille und trägt einen weißen Kittel mit einem roten Fleck darauf.

Der weiße Kittel sieht eigenartig aus – und ist das

Rote ein Blutfleck oder etwas anderes? Fragen schießen durch meinen Kopf. Wer ist er? Was macht er hier, um zu denken, dass er eine Waffe benötigt? Kocht er Meth? Immerhin befinde ich mich ja gerade in Brooklyn.

Gleichzeitig kann ich das Gefühl nicht loswerden, dass der Typ nicht wie der gewöhnliche Kriminelle auf der Straße aussieht. Seine Augen strahlen scharfe Intelligenz aus. Sein ungekämmtes Haar und die Stifte und Lineale in der Tasche seines weißen Kittels ergeben ein komisches Bild. Er sieht fast wie ein Wissenschaftler aus – aber einer der verrückten Sorte.

Das schließt natürlich nicht den Verdacht mit den Drogen aus. Er könnte wie die Figur in der Serie über einen Lehrer sein, der Meth kocht. Wenn ich darüber nachdenke wurde in der Serie aber auch ganz klar gezeigt, dass man das nicht in einem Apartmentgebäude tut. Der Geruch ist zu stark, um das Ganze geheimzuhalten, oder so etwas in der Art.

Jetzt, nachdem ich ein wenig Zeit in der Stille hatte, um mich zu beruhigen, werde ich mutiger. Ich frage mich, ob die Waffe echt ist. Oder vielleicht hoffe ich auch einfach nur, dass sie es nicht ist. Ich nehme meinen ganzen Mut zusammen und greife nach vorne, um dem Kerl die Waffe aus der Hand zu nehmen.

Als sich unsere Finger berühren, passiert etwas Eigenartiges. Etwas sehr Eigenartiges.

Jetzt gibt es ihn auf einmal zweimal.

Ich schaue auf diesen Anblick, und meine Kinnlade klappt wörtlich nach unten.

Dort steht ein zweiter Typ mit einem weißen Kittel, und dieser bewegt sich. Der Gedanke, dass sich Menschen bewegen während ich mich in der Stille befinde, ist so ungewohnt für mich, dass mein Gehirn nicht mehr funktioniert. Also stehe ich einfach nur da und starre ihn an.

Der Kerl betrachtet mich mit einem schwer zu deutenden Gesichtsausdruck, einer Mischung aus Aufregung und Angst. So, als stünde ein Bär mitten in der Eingangshalle eines Apartmentgebäudes in Brooklyn.

»Wer bist du?«, flüstert er und blickt mich dabei an.

»Ich bin Darren«, wiederhole ich und versuche zu verbergen, wie schockiert ich bin.

»Bist du ein Leser, Darren?«, fragt er, und ich komme wieder halbwegs zu mir. »Solltest du ein Strippenzieher sein, werde ich diese Waffe nach der Splittung des Universums, dem Astralprojekt oder der Dimensionsverlagerung mitten in dein Gesicht abfeuern. Sobald wir zurück in unseren Körpern sind, wirst du tot sein, Strippenzieher.«

Er hat einen ungewöhnlichen Akzent – einen russischen, glaube ich. Das erinnert mich an Berts Theorie, dass Mira eine Spionin ist. Vielleicht hatte er Recht. Vielleicht reist sie mit einer ganzen Gruppe russischer Spione.

Ich verstehe nur eine der Sachen, die mir der russische Kerl sagt: er weiß, dass ich ihm ausgeliefert bin, sobald wir zurückkommen. Das bedeutet, dass er genau wie ich weiß, wie die Stille funktioniert.

Die Begriffe, die er benutzt, ergeben für mich eine Art Sinn. Alle außer »Leser« und »Strippenzieher«. Ich weiß allerdings, dass ich nicht zugeben wollen würde, ein »Strippenzieher« zu sein, selbst wenn ich es wäre, nur, um dann erschossen zu werden. Wahrscheinlich fällt ihm das selbst auf.

»Es tut mir leid, aber ich weiß wirklich nicht worüber du redest«, gebe ich zu. »Ich weiß weder was ein Leser noch ein Strippenzieher ist.«

»Ja, richtig«, schnaubt der Kerl. »Und dir fallen auch die Körper nicht auf, die dort drüben stehen?«

»Doch, derer bin ich mir schmerzhaft bewusst –«

»Dann kannst du auch nicht von mir erwarten, dir zu glauben, dass du zwar splitten kannst, aber keiner von uns bist – oder von ihnen.« Das letzte Wort hatte er geradezu herausgespuckt.

Also eines ist schon kristallklar: Leser ist gut, Strippenzieher ist schlecht. Wenn ich nur herausfinden könnte, warum.

»Wäre ich ein Strippenzieher, würde ich dann hier einfach so auftauchen?«, möchte ich wissen und hoffe, ich kann mit ihm reden.

»Ihr Mistkerle seid clever und extrem manipulativ«, erwidert er und schaut mich von oben bis unten an. »Du könntest versuchen, eine Form von umgekehrter Psychologie an mir anzuwenden.«

»Wozu?«

»Weil du mich töten möchtest, und meine Schwester

auch«, sagt er und wird mit jedem Wort wütender.

Ich speichere das Wort *Schwester* in meinem Hinterkopf ab, habe aber nicht die Zeit, länger darüber nachzudenken. »Wäre einfach hier aufzutauchen wirklich die beste Art und Weise, dich zu töten?«, versuche ich ihn erneut zur Vernunft zu bringen.

»Nein. Eigentlich habe ich auch noch nie gehört, dass die Strippenzieher sich selbst die Hände schmutzig machen«, erwidert er, und Unsicherheit beginnt sich auf seinem Gesicht widerzuspiegeln. »Dafür benutzen sie gerne normale Menschen, so als seien sie Puppen.«

Ich habe keine Ahnung, was er meint, also nehme ich meinen Versuch, vernünftig mit ihm zu reden, wieder auf. »Wäre es dann nicht möglich, dass ich einfach jemand bin, der nach Antworten sucht?«, möchte ich von ihm wissen. »Jemand, der nicht weiß, wovon du redest?«

»Nein«, widerspricht er, nachdem er einen Moment lang darüber nachgedacht hat. »Ich habe noch niemals von untrainierten Menschen gehört, die splitten können und noch dazu keiner Gruppe angehören. Also, warum erzählst du mir nicht, was du hier vor meiner Tür zu suchen hast?«

»Den Teil kann ich erklären«, werfe ich schnell ein. »Ich habe in Atlantic City ein Mädchen getroffen. Ein Mädchen, durch das ich verstanden habe, dass ich nicht verrückt bin.«

Als ich Atlantic City erwähne, bekomme ich seine volle Aufmerksamkeit. »Beschreibe sie«, fordert er mich stirnrunzelnd auf.

Ich beschreibe Mira, nur mit weniger Sexappeal.

»Und sie hat dir gesagt, wie sie heißt und wo sie wohnt?«, fragt er offensichtlich ungläubig.

»Das nicht«, gebe ich zu. »Ich wurde im Kasino festgehalten, als sie dachten, wir beide würden beim Betrügen zusammenarbeiten. Von ihnen habe ich einige ihrer Pseudonyme erfahren. Danach habe ich einen Freund um Hilfe gebeten, der ein sehr guter Hacker ist.«

An der Stelle bin ich auch wieder ehrlich. Ich bin in Fahrt. Ich glaube nicht, dass ich jemals zuvor so viele Wahrheiten in so kurzer Zeit gesagt habe.

»Ein guter Hacker?«, fragt er und sieht auf einmal unerwartet interessiert aus.

»Ja, der beste«, erwidere ich überrascht. Das Gespräch geht in eine falsche Richtung, aber solange er nicht wütend, sondern zufrieden ist, werde ich dabei bleiben.

Zum ersten Mal schaut er mir in die Augen. Er scheint sich dabei nicht wohlzufühlen. Ich kann erkennen, dass er das nicht häufig tut.

Ich erwidere seinen Blick.

»Hier ist mein Angebot, Darren«, sagt er, und seine Augen wenden sich nach einer Sekunde wieder von mir ab. »Wir werden zurückgehen. Ich werde dich nicht erschießen. Stattdessen werde ich dich fotografieren. Und danach werde ich eine Nachricht an meine Schwester schreiben.«

»In Ordnung«, erwidere ich. Ich würde jederzeit ein

Bild einer Kugel in meinem Körper vorziehen.

»Falls du mir etwas antun solltest, bevor sie hier ankommt, wird sie den Beweis dafür haben, dass du bei mir warst«, erklärt er mir weiter.

»Das macht Sinn«, lüge ich. Bis jetzt ergibt wenig von dem Ganzen Sinn. »Tu, was immer du für notwendig hältst, um unser Missverständnis aufzuklären.«

»Die einzige Lösungsmöglichkeit ist, zu beweisen, dass du kein Strippenzieher bist.«

»Dann lass uns diesen Beweis erbringen«, sage ich und hoffe, dass ich Bonuspunkte bekomme, weil ich so kooperativ bin.

»In Ordnung«, sagt er, und ich sehe, dass sich seine Laune bessert. »Dann musst du dich einem Test unterziehen. Eigentlich einer Reihe von Tests.«

»Natürlich«, stimme ich sofort zu. Als ich mich allerdings an die roten Spuren auf seinem Kittel erinnere, frage ich besorgt: »Sind diese Tests sehr schmerzhaft?«

»Diese Tests sind harmlos. Sollte allerdings dabei herauskommen, dass du ein Strippenzieher bist, solltest du beten, dass meine Schwester zu diesem Zeitpunkt nicht hier ist.«

Ich muss schlucken, als er fortfährt: »Ich würde dich einfach erschießen, verstehst du? Aber Mira könnte deinen Tod sehr langsam und schmerzvoll herbeiführen.«

Ich überdenke einige meiner Fantasien über Mira. Sie hört sich immer weniger anziehend an. »Lass es uns hinter uns bringen«, meine ich resigniert.

»In Ordnung. Gehe langsam zu deinem Körper und berühre ihn so, dass ich es genau sehen kann. Splitte nicht, oder ich werde abdrücken.«

Wenn *Splitten* das ist, was ich denke – das Hinübergleiten in die Stille –, wie könnte er dann sehen, dass ich es tue? Auch wenn es unwahrscheinlich zu sein scheint, entscheide ich mich dafür, mein Glück nicht überzustrapazieren. Zumindest nicht, bis ich die Ergebnisse seiner Tests habe.

»Ich bin so weit«, sage ich und berühre die Stirn meines eingefrorenen Ichs.

SECHSTES KAPITEL

Die Geräusche sind zurück. Und jetzt sind wir nur noch zu zweit.

Er ist nicht mehr allzu entschlossen, mich zu erschießen – also weiß ich, dass ich unsere Unterhaltung nicht geträumt habe.

Ich beobachte ihn, während er in die Tasche unter seinem weißen Kittel fasst und ein Telefon hervorzieht. Er macht ein Foto von mir und schreibt etwas dazu.

»Du gehst vor«, weist er mich an.

Ich betrete das Apartment mit der Pistole im Rücken und starre auf das Bild, das sich mir bietet. Ich bin entsetzt von dem, was ich hier sehe.

Dieser Ort ist das reinste Chaos.

Ich bin keiner der Typen, die denken, dass es die

Aufgabe der Mädchen sei, sauberzumachen. Allerdings komme ich zu einem Punkt, an dem ich denke: »Was ist das für eine Schlampe?« Ich bin kein Sexist. Ich bin der Meinung, dass der Kerl, dessen Waffe ich im Rücken habe, genauso sehr dafür verantwortlich ist wie sie. Man könnte hier eine Reportage über Messies drehen.

Der Kerl bedeutet mir, einen Raum auf der linken Seite zu betreten und reißt mich damit aus meinen Gedanken.

In ihm befindet sich eine Art provisorisches Labor – ein Labor voller Kabel, leerer Verpackungen verschiedenster Tiefkühlmahlzeiten und verstreuter Papiere.

»Setz dich«, sagt er.

Ich setze mich.

Er hebt einige Kabel vom Boden auf, bevor er eine Art Apparat und einen Laptop holt. Dabei hält er die Waffe die ganze Zeit auf mich gerichtet. Was auch immer er dort aufbaut, nach wenigen Minuten ist es einsatzbereit.

Mir wird klar, dass diese Kabel Elektroden sind. Mit der Waffe in der Hand befestigt er sie an meinen Schläfen und anderen Punkten an meinem Kopf. Ich muss aussehen wie eine Medusa.

»In Ordnung«, sagt er mir, als er damit fertig ist. »Splitte und komm wieder zurück.«

Ich bin immer noch so angespannt, dass mir das Hineingleiten in die Stille leichtfällt. Innerhalb eines Moments stehe ich neben meinem eingefrorenen Ich und betrachte mich. Mit den ganzen Elektroden am Kopf sehe ich lächerlich aus.

Ich überlege einen Moment lang, das Apartment zu durchsuchen, aber entscheide mich schließlich dagegen. Stattdessen kehre ich wieder zurück und bin gespannt darauf, was als Nächstes passiert.

Das erste Geräusch, das ich höre, ist das Piepen seines Laptops.

»Alles klar«, sagt er nach einer kurzen Pause. »Kurz bevor du splittest, sieht dein EEG genauso aus wie das eines Lesers.«

»Ich verstehe, dass das eine gute Sache ist, aber du hörst dich nicht allzu überzeugt an«, erwidere ich. Sobald ich es gesagt habe, bereue ich es auch schon. Leser ist gut. Warum sollte ich irgendetwas sagen, dass Zweifel zum Ausdruck bringen könnte? Aber ich kann nichts dagegen tun, weil ich gleichzeitig mehr über mich herausfinden möchte. Antworten zu bekommen war der einzige verrückte Grund dafür, überhaupt hierherzukommen.

Er schaut sich im Raum um und findet eine Ecke, in der er die Waffe ablegen kann. Ich denke, das bedeutet, dass er sich endlich ein wenig für mich erwärmt.

»Bis jetzt habe ich nur mich selbst gründlich untersucht und erste Tests an meiner Schwester durchgeführt«, erklärt er mir. »Ich habe die Aufzeichnungen meines Vaters, aber ich bin mir nicht sicher, ob sie völlig der Wahrheit entsprechen. Davon ganz abgesehen habe ich auch keine Ahnung, ob die

Strippenzieher nicht die gleichen EEG-Ergebnisse aufzeigen würden.« Er runzelt seine Stirn. »Eigentlich ist es sogar sehr wahrscheinlich, dass es die gleichen sein würden.«

Sein Vertrauen verhält sich wie ein Jo-Jo. »Hast du keinen besseren Test, den du mit mir durchführen kannst?«, frage ich, bevor er wieder zu seiner Waffe greift.

»Den habe ich«, erwidert er. »Du könntest versuchen zu lesen.«

Ich verkneife mir jede witzige Bemerkung die etwas mit dem Lesen von Büchern zu tun hat. »Erklärst du mir wenigstens, was Leser und Strippenzieher sind?«, möchte ich von ihm wissen.

»Ich kann gar nicht glauben, dass du das nicht weißt.« Er blinzelt mich argwöhnisch an. »Haben dir deine Eltern gar nichts erzählt?«

»Nein«, gebe ich frustriert zu. »Ich habe keine Ahnung wovon du redest oder was Eltern damit zu tun haben.« Ich hasse es, Dinge nicht zu wissen, habe ich das schon erwähnt?

Er schaut mich einen Moment lang an, seufzt und kommt dann zu mir. »Mein Name ist Eugene«, sagt er und hält mir seine Hand hin.

»Erfreut, dich kennenzulernen, Eugene.« Ich schüttele seine Hand und bin erleichtert, dass jetzt alles so zivilisiert zugeht.

»Hör mir gut zu, Darren.« Sein Gesicht wird ein wenig weicher und sieht fast freundlich aus. »Wenn das, was du sagst, stimmt, werde ich dir helfen.« Er hebt seine Hand, bevor ich ihm danken kann. »Aber nur, wenn du wirklich ein Leser bist.«

Niemals in meinem Leben wollte ich so gerne einer bestimmten Gruppe angehören.

»Wie?«, möchte ich wissen.

»Ich werde es dir beibringen«, erklärt er mir. »Aber falls es nicht funktioniert und du nicht lesen kannst, musst du mir versprechen, sofort zu gehen und niemals wiederzukommen.«

Endlich hat sich also alles dem Guten zugewendet. Ich werde nicht getötet, selbst dann nicht, wenn ich ein Strippenzieher sein sollte. Gut.

»Wir müssen uns beeilen«, fügt er hinzu. »Meine Schwester ist schon unterwegs. Solltest du ein Strippenzieher sein, werden ihr deine Umstände egal sein.«

»Warum?«, frage ich. In der Liste der Pros und Kontras dazu, ob ich mich mit Mira verabreden sollte, führen mit Abstand die Kontras.

»Weil die Strippenzieher unsere Eltern töten ließen«, antwortet er. Sein freundlicher Gesichtsausdruck verschwindet. »Vor ihren Augen.«

»Das tut mir leid«, sage ich entsetzt. Ich hatte ja keine Ahnung gehabt, dass Mira so etwas Grauenvolles erlebt hat. Wer auch immer diese Strippenzieher sind, ich kann Mira nicht dafür verurteilen, sie zu hassen – nicht, wenn sie ihre Familie getötet haben.

Eugenes Gesicht spannt sich an, als er meine Floskel

hört. »Solltest du ein Strippenzieher sein und sie erwischt dich hier, wird es dir leid tun.«

»Alles klar, in Ordnung.« Das habe ich verstanden. »Also lass es uns schnell herausfinden.«

»Steck das auf deine Finger«, meint Eugene und nimmt ein weiteres Kabel aus dem Regal.

Ich lege mir den Apparat um. Er erinnert mich an einen dieser Herzmonitore, die die Krankenschwestern im Krankenhaus an Patienten befestigen.

Eugene startet etwas an seinem Laptop und dreht den Computer in meine Richtung.

Auf dem Bildschirm kann ich ein Programm erkennen, welches meine Herzfrequenz aufzuzeichnen scheint, also war meine Theorie wahrscheinlich richtig.

»Das ist ein Photoplethysmograph«, erklärt er mir. Als er meinen verständnislosen Blick sieht, fügt er hinzu: »Wie viel weißt du über Biofeedback?«

»Nicht viel«, gebe ich zu. »Aber ich weiß, dass es stattfindet, wenn Wissenschaftler Elektroden wie deine benutzen, um die Gehirnwellen zu messen.« Ich erinnere mich daran, darüber gelesen zu haben, als ich mich damit beschäftigte, wie man in Zukunft Videospiele steuern könnte, natürlich mit den Gedanken – so wie es die Natur ganz klar vorsieht. Genauso wie den Lügendetektor, aber das ist eine lange Geschichte.

»Gut. Das ist ein Neurofeedback, eine Form des Biofeedbacks«, erklärt er mir. Seine Stimme nimmt einen professionellen Ton an, während er spricht. Ich kann ihn mir problemlos dabei vorstellen, wie er an einer öffentlichen Universität unterrichtet. Brille, weißer Kittel, einfach alles. »Das ist eine einfachere Messung.« Er zeigt auf meine Finger. »Sie zeichnet deine Herzfrequenzvariabilität auf.«

Als mein Blick weiterhin ausdruckslos bleibt, führt er fort:

»Deine Herzfrequenz kann deinen Gefühlszustand widerspiegeln. Es gibt einen ganz bestimmten Zustand, den du erreichen musst. Dieses Gerät sollte das Training beschleunigen.« Er sieht unsicher aus, als er »sollte« sagt – ich nehme an, dass er nicht viele Erfahrungen mit diesem beschleunigten Training hat.

Mir ist das allerdings egal. Nach dem, was ich über Biofeedback weiß, ist es harmlos. Wenn es Mira davon abhält, mich zu erschießen, lasse ich es gerne über mich ergehen.

»Du kannst ja später die Einzelheiten nachlesen. Jetzt möchte ich erst einmal, dass du lernst, den Messwert des Programms im grünen Bereich zu halten.« Er zeigt auf einen Bereich des Bildschirms.

Das ist so wie ein Spiel zu spielen. In der rechten unteren Ecke des Bildschirms ist ein aktivierter Punkt, der wie ein roter Alarm aussieht. Daneben befinden sich blaue und grüne Punkte.

»Passe deine Atmung dem Rhythmus hier an«, sagt er und zeigt auf eine kleine Säule, die sich auf und ab bewegt. »Das ist fünfmal einatmen und fünfmal ausatmen.«

Ich atme einige Minuten lang im Einklang mit der Säule. Die letzten Reste meiner Angst verfliegen; diese Technik ist recht beruhigend.

»So ist es gut«, sagt er und deutet auf die wichtige untere Ecke. Der rote Punkt ist verschwunden und ich befinde mich jetzt im blauen. Ich atme weiter. Das grüne Licht will nicht aufleuchten.

Ich kann die Aufzeichnung meiner Herzfrequenz sehen. Sie wird immer gleichmäßiger, fast wie Sinuskurven. Ich finde es cool – auch wenn ich keine Ahnung habe, was es in Bezug auf meine Fähigkeit zu lesen bedeutet.

Das Gefühl, welches diese Technik in mir hervorruft, ist kein neues für mich – hauptsächlich wegen des gleichmäßigen Atmens. Lucy, meine Mutter, hat es mir als Meditationstechnik beigebracht, als ich ein Kind war. Sie sagte, es würde mir dabei helfen, mich zu konzentrieren. Ich denke, dass sie im Stillen hoffte, damit meiner Hyperaktivität entgegenwirken zu können. Ich liebte diese Technik und wende sie immer noch von Zeit zu Zeit an. Meine Mutter hatte sie von einem ihrer alten Freunde von den Truppen gelernt, erklärte sie mir einmal – einem Freund, der verstorben war. Sie hat mir beigebracht, während dieser Atemübung an schöne Dinge zu denken. Da ich gerade an Lucy denke, erinnere ich mich auch daran, wie sie mir erklärt hat, sie wisse nicht nur deshalb, wie man meditiere, weil sie Asiatin ist. Dabei war ich immer genau davon ausgegangen. Das war meine erste Lektion bezüglich kultureller Stereotype gewesen, aber nicht meine letzte. Das ist das Anstrengendste an meinen beiden Müttern, sie haben viele dieser Themen.

Ich denke also an schöne Dinge und ignoriere die Graphik. Ich schließe meine Augen, um zu meditieren, so wie Lucy es mir beigebracht hat. Ich schaue häufig auf den Bildschirm, um zu sehen, wo ich stehe.

»Genau so«, meint Eugene plötzlich, und ich erschrecke. Als ich dieses Mal meine Augen öffne, ist die Kurve sogar noch gerader und der Punkt ist grün.

»Das ging viel zu einfach«, bemerkt er und sieht mich misstrauisch an. »Aber das ist unwichtig. Mach das bitte noch einmal, ohne auf den Bildschirm zu achten.«

Er entfernt den Laptop und ich widme mich der »Meditation à la Lucy«. Nach weniger als einer Minute schaut er mich noch fassungsloser an.

»Das ist unglaublich. Ich habe noch nie von jemandem gehört, der so schnell beim ersten Mal die Kohärenz erreichen kann«, sagt er. »Du bist bereit für den wirklichen Test.«

Er steht auf, nimmt die Waffe und steckt sie in seine Kitteltasche. Dann führt er mich zu meiner großen Überraschung aus dem Apartment.

Ich bin besonders irritiert darüber, dass er über den Flur geht und an der gegenüberliegenden Tür klingelt.

Sie öffnet sich und ein junger Mann mit fettigen roten Haaren schaut uns an. Seine Augen sind blutunterlaufen und glasig.

Ohne Vorwarnung wird alles still.

Eugene nimmt seine Hände von meinem eingefrorenen Ich. Er muss das Gleiche mit mir gemacht haben wie seine Schwester im Kasino. Er muss sich in die Stille begeben und mich berührt haben, um mich zu sich zu holen. Es ist beängstigend, darüber nachzudenken – jemand berührt mein eingefrorenes Ich, genauso wie ich es bei vielen anderen getan habe –, aber ich denke, ich muss mich an diesen Gedanken gewöhnen, dass ich nicht mehr der Einzige bin, der das kann.

Eugene geht zu dem Mann und berührt seine Stirn. Ich erwarte eigentlich, dass er jetzt auch in der Stille erscheint.

Aber das tut er nicht. Wir sind nur zu fünft: Eugene und ich in eingefrorener und beweglicher Form sowie der andere Kerl, der immer noch eine bewegungslose Statue ist.

Ich sehe verwirrt dabei zu, wie Eugene einfach nur dasteht, ohne seine Hand von der Stirn des Nachbarn zu entfernen. Er ist so starr, dass er mich an seine eingefrorene Version erinnert.

Dann bewegt er sich wieder. Er hat seine Hand von dem Kopf des Typen gelöst.

»In Ordnung«, meint er und deutet auf den Mann. »Jetzt mach das Gleiche. Lege deine Hand auf seine Haut.«

Ich gehe hinüber und tue, was Eugene mir gesagt hat. Die Stirn des Mannes ist klamm, was ich unangenehm finde.

»Gut, und jetzt schließe deine Augen und begebe dich in denselben Kohärenzzustand«, weist er mich jetzt an.

Ich schließe meine Augen und beginne zu meditieren. Und dann passiert es.

* * *

Ich bin so stoned. Das Zeug, welches mir Peter verkauft hat, war super. Ich muss mir mehr davon besorgen.

Ich fühle mich großartig, aber gleichzeitig wundert sich ein Teil von mir, warum zum Teufel ich gekifft habe. Mein Hedgefonds führt in unregelmäßigen Abständen Urintests durch. Was wird passieren, sollte ich getestet werden?

Und auf einmal verstehe ich es: *Ich* bin nicht stoned. *Wir* sind stoned. Ich, *Darren,* bin es nicht. Aber ich, *Nick,* bin es.

Wir sind gerade Nick.

Wir hören »Comfortably Numb« von Pink Floyd, und genauso betäubt fühlen wir uns auch gerade.

Ich, Darren, habe vorher schon einmal gekifft. Ich mochte es allerdings nicht ansatzweise so gerne wie ich, Nick, es in diesem Moment tue.

Wir bekommen Hunger, aber sind zu faul, um uns etwas zu essen zu holen.

Es klingelt an der Tür.
Wow.
Kann das ein Lieferservice sein? Wir erinnern uns

nicht daran, etwas bestellt zu haben, aber etwas zu bestellen – Pizza oder chinesisch – klingt gerade nach einer super Idee. Wir greifen nach dem Telefonhörer, als es erneut an der Tür klingelt.

Ach ja, die Tür.

Wer ist an der Tür, fragen wir uns wieder, diesmal etwas paranoid.

Mir, Darren, wird auf einmal klar, dass es sich bei dem Klingeln wohl um Eugene und mich handelt.

Wir stehen auf, gehen zur Tür und öffnen sie, nachdem wir umständlich aufgeschlossen haben.

Wir schauen auf Eugene, Miras älteren Bruder, und einen anderen Kerl, den ich, Darren, als mich selbst identifiziere. Wir fragen uns, was los ist.

* * *

Plötzlich stehe ich im Korridor und meine Hand liegt nicht mehr auf Nicks Stirn. Mir dämmert, was gerade passiert ist, und ich blicke mit offenem Mund und rasendem Herzen Eugene an.

»Eugene, wolltest du, dass ich in die Gedanken dieses Kiffers eindringe?«, kann ich gerade so fragen. »Meinst du mit Lesen Gedankenlesen?«

Eugene lächelt mich an, geht zu seinem eingefrorenen Ich und berührt seine Schläfen, um uns wieder zurückzubringen. Er entschuldigt sich mit irgendeiner schlechten Entschuldigung bei dem verwirrten Nick dafür, bei ihm geklingelt zu haben, und wir gehen zurück in Eugenes Apartment.

»Beschreibe mir alles, was du gerade erlebt hast«, sagt er, sobald wir die Tür hinter uns geschlossen haben.

Ich erzähle es ihm. Während ich rede wird sein Lächeln immer breiter. Er muss das Gleiche gesehen haben, als er den Typen berührt hat. Aus seiner Reaktion schließe ich, dass ich lesen kann. Somit sind alle seine Vorbehalte gegen mich wie weggewischt. Ich vermute, dass es außerdem bedeutet, dass Strippenzieher nicht lesen können. Ich fühle mich, als würde ich beginnen, Teile dieses Rätsels langsam zu verstehen.

Das war ein Test – und ich habe ihn unglaublicherweise bestanden.

SIEBENTES KAPITEL

Das, was ich getan habe, ist nicht genau das, was ich mir unter Gedankenlesen vorgestellt hatte – nicht, dass ich mir das Gedankenlesen als solches vorstellen konnte. Dieses Erlebnis war wie eine Art virtuelle Realität, nur intensiver. Es war, als sei ich dieser Kiffer. Ich fühlte genau, was er fühlte. Ich sah genau, was er sah. In mir stiegen seine Erinnerungen auf und sie kamen und gingen, so als seien sie meine eigenen.

Gleichzeitig war ich aber auch ich selbst. Eine Art Beobachter. Ich habe zwei verschiedene Blickwinkel angenommen. Auf der einen Seite war ich Nick und fühlte mich high, betäubt, benebelt. Gleichzeitig war ich aber auch ich selbst, ohne mein eigenes Bewusstsein zu verlieren. Das war eine eigenwillige Mischung.

Ich will das noch einmal erleben. So schnell wie

möglich.

»Möchtest du Tee?«, fragt Eugene und reißt mich damit aus meinen Gedanken. Ich bemerke, dass wir irgendwie am Küchentisch angelangt sind.

Ich schaue mich in dem Raum um. Überall liegen Becher herum. Führt er hier ein chemisches Experiment durch? Eine rote Spur auf der Arbeitsfläche neben einer Ampulle mit einer Substanz in der gleichen Farbe passt zu den Flecken auf Eugenes Kittel. Zumindest ist es kein Blut, wie ich anfangs vermutet hatte.

»Ich deute dein Schweigen mal als ein Ja auf meine Frage, ob du einen Tee möchtest.« Eugene lacht auf. »Es tut mir leid«, fügt er hinzu und kommt zu mir, nachdem er den Wasserkessel auf den Herd gestellt hat. »Wenn wir das erste Mal lesen, ist es normalerweise nicht so verwirrend. Nicks Drogenrausch muss eine eigenartige Hintergrundnote zu einem sowieso schon eigenartigen Ergebnis sein ...«

»Das ist eine Untertreibung«, erwidere ich und finde wieder zu mir. »Also, wie funktioniert das?«

»Lass uns von Anfang an beginnen«, sagt Eugene. »Hast du jetzt verstanden, was ein Leser ist?«

»Ich glaube schon. Jemand, der so etwas tun kann?«

»Genau.« Eugene lächelt.

»Und was ist ein Strippenzieher?«

Sein Lächeln verschwindet. »Das, was Strippenzieher tun, ist furchtbar. Eine Abartigkeit. Ein Verbrechen an der menschlichen Natur. Sie vergewaltigen, auf die perfekte Art und Weise.« Seine Stimme wird tiefer und klingt angeekelt. »Sie vergewaltigen das Gehirn. Sie nehmen einer Person den eigenen Willen.«

»Du meinst, sie können jemanden hypnotisieren?«, frage ich, um das, was er sagt, besser verstehen zu können.

»Nein, Darren.« Er schüttelt seinen Kopf. »Handlungen unter Hypnose sind freiwillig – falls es sie überhaupt gibt. Unter Hypnose kannst du niemanden dazu zwingen, etwas gegen seinen Willen zu tun.« Er hält inne, als der Kessel pfeift. »Eine Person würde dagegen einfach alles machen, was ein Strippenzieher möchte«, erklärt er, als er aufsteht.

Ich weiß nicht, was ich dazu sagen soll, also sitze ich einfach nur da und sehe ihm dabei zu, wie er uns Tee einschenkt.

»Ich weiß, das sind eine Menge neuer Dinge, die du verarbeiten musst«, sagt Eugene und stellt den Becher vor mir ab.

»Du hast ein Talent dafür, die offensichtlichen Dinge zu erklären.«

»Du hast mir gesagt, dass du hierhergekommen bist, um Antworten zu bekommen. Ich habe dir versprochen, sie dir zu geben. Was möchtest du wissen?«, erwidert er, und mein Herz beginnt vor Aufregung zu pochen, als ich begreife, dass ich endlich mehr über mich herausfinden werde.

»Wie funktioniert es?«, frage ich, bevor er seine Meinung ändern kann und mich weiteren Tests unterziehen möchte. »Warum können wir uns in die

Stille begeben?«

»In die Stille begeben? Meinst du das Splitten?« Er lacht, als ich nicke. »Bereite dich darauf vor, enttäuscht zu werden. Es weiß niemand so richtig, warum wir das tun können. Ich habe allerdings ein paar Theorien dazu. Ich erzähle dir meine Lieblingstheorie. Wie viel weißt du über Quantenmechanik?«

»Ich bin kein Physiker, aber ich weiß das, was ein gut belesener Laie wissen sollte.«

»Das könnte reichen. Ich bin selbst kein Physiker. Physik war das Leben meines Vaters und eigentlich ist es seine Theorie. Hast du jemals von Hugh Everett III gehört?«

»Nein.« Das traf auf Hugh Everett I und II genauso zu, aber das sage ich Eugene nicht.

»Das ist nicht wichtig, solange du etwas über die multiple Universen-Interpretation der Quantenmechanik weißt.« Er reicht mir Zucker für meinen Tee.

»Ich denke, ich habe schon davon gehört«, erwidere ich und schüttele meinen Kopf, da ich keinen Zucker möchte. Eugene sitzt mir am Tisch gegenüber und blickt mich eindringlich an. »Es handelt sich dabei um die Alternative zur berühmten Kopenhagener Interpretation der Quantenmechanik, richtig?«

»Ja, das ist die richtige Richtung. Verstehst du die Kopenhagener Interpretation?«

»Nicht wirklich. Sie handelt von Partikeln, die unter Beobachtung stehend beschließen, sich mit nur einer

Wahrscheinlichkeit an einem bestimmten Ort zu befinden – einschließlich Zufällen. Oder so etwas Ähnliches. Ist sie nicht bekannt dafür, dass sie niemand versteht?«

»Das stimmt. Ich bezweifle, dass irgendjemand das kann. Selbst mein Vater konnte das nicht, obwohl Naturwissenschaften wie gesagt genau sein Ding waren. Er würde darauf verweisen, dass das ganze Paradox von Schrödingers Katze das beste Beispiel für die Unklarheit ist.« Während er spricht, vertieft sich Eugene immer mehr in die Unterhaltung. Er rührt seinen Tee nicht an, da er zu versunken in dieses ganze Thema ist. »Schrödinger hatte vor, mit dieser Katzentheorie aufzuzeigen, wie falsch oder zumindest irreführend diese Interpretation ist. Das ist eigentlich ganz witzig, wenn man bedenkt, wie berühmt sein Experiment mit den Katzen wurde. Wie dem auch sei, was wichtig ist, ist zu wissen, dass Everett behauptete, dass es keinen Zufall gibt. Ein Partikel kann sich an jedem Ort aufhalten, außer in anderen Universen. Seine Theorie ist, dass nichts Besonderes dabei ist, Partikel oder Katzen zu beobachten – Realität ist, dass Schrödingers Katze gleichzeitig tot und lebendig ist; lebendig in einem Universum und tot in einem anderen. Dafür benötigt man keine besonderen Fähigkeiten – schon gar keine magischen. Kannst du mir folgen?«

»Ja, ich kann dir folgen«, sage ich. Erstaunlicherweise tue ich das wirklich. »Ich musste mich darüber informieren, als wir in ein Unternehmen investieren wollten, dass Fortschritte in der Quanten-Datenverarbeitung ankündigte.«

»Gut.« Eugene sieht erleichtert aus. »Das könnte meine Erklärung erheblich beschleunigen. Ich hatte schon Angst, dir alles über das Doppelspaltexperiment und so weiter erklären zu müssen. Du hast auch von der Theorie gehört, dass das Gehirn irgendwie Quanten-Datenverarbeitung anwenden könnte?«

»Das habe ich«, erwidere ich, »aber ich habe auch gelesen, dass es unwahrscheinlich ist.«

»Weil die Temperaturen zu hoch sind? Und die Effekte zu kurzlebig?«

»Ja. Ich denke, es war irgendetwas in dieser Art.«

»Nun, mein Vater glaubte trotzdem daran. Es weiß ja niemand genau, das musst du zugeben«, sagt Eugene.

Ich habe niemals darüber nachgedacht. Dieses Thema war niemals wichtig für mich gewesen. »Ich denke, da hast du Recht«, sage ich langsam. »Ich habe gelesen, dass sich im Gehirn definitiv einige Quantum-Auswirkungen abspielen.«

»Genau.« Er nimmt einen Schluck von seinem Tee und stellt die Tasse wieder ab. Ich folge seinem Beispiel. Der Tee ist bitter und zu heiß, und ich sterbe vor Verlangen danach, dass Eugene weiterspricht. »Das Ungewisse an dem, was du vorhin erwähnt hast, hat mit der Frage zu tun, ob das Bewusstsein mit den Quanteneffekten zu tun hat oder nicht. Niemand zweifelt daran, dass sich im Gehirn bestimmte Arten von Quantenprozessen abspielen. Da alles aus subatomaren Partikeln besteht, laufen überall Quantenprozesse ab. Diese Theorie behauptet allerdings, dass Gehirne diesen Effekt ausnutzen. So wie Pflanzen. Hast du davon schon gehört?«

»Ja, das habe ich.« Er spricht über die Quanteneffekte in der Photosynthese. Meine Mutter, Sara, hat mir eine große Anzahl von Artikeln darüber gemailt. Sie ist besessen davon, mir Artikel über Dinge zu senden, von denen sie denkt, dass sie mich interessieren könnten. Oder genau genommen einfach über alles, für das sie sich interessiert.

»Photosynthese hat sich im Laufe der Zeit entwickelt, da einige Kreaturen einen Vorteil dadurch erlangen konnten, dass sie Quanteneffekte nutzten. Und rein logisch betrachtet – würde nicht jede Kreatur, die irgendwelche genialen Quantenberechnungen anstellen könnte, einen riesigen Überlebensvorteil haben?«, fragt er.

»Das hätte sie«, gebe ich fasziniert zu.

»Gut. Die Theorie ist also, dass das, was wir tun können, direkt damit zusammenhängt – dass wir uns in einem anderen Universum befinden, wenn wir splitten, und dass Quantenvorgänge in unserem Hirn das Splitten überhaupt erst ermöglichen.« Wenn er erregt ist, und das ist er gerade ganz eindeutig, sieht er noch mehr wie ein verrückter Wissenschaftler aus.

»Das ist ein weiter Sprung«, sage ich zweifelnd.

»Dann lass es mich noch einmal anders erklären. Könnten Gehirne die Fähigkeit entwickelt haben, schnelle Quanten-Datenverarbeitungen durchführen zu können? Sagen wir, im Fall von dringenden Notfällen?«

»Ja, ich denke, das ist möglich.« Mit Evolution kenne ich mich gut aus, schließlich war dies das Thema von Saras Doktorarbeit. Ich weiß seit der zweiten Klasse, wie das Ganze funktioniert.

»Dann lass uns nach dieser Theorie annehmen, dass das Gehirn gelernt hat, für bestimmte Dinge Quanteneffekte zu benutzen. Und dass ein solches Gehirn in der Evolution bevorzugt wird. Selbst wenn die Auswirkungen winzig sind. Solange es einen Vorteil bedeutet, wird sich diese Veränderung ausbreiten.«

»Aber das würde gleichzeitig bedeuten, dass viele Kreaturen, und alle Menschen, die gleiche Fähigkeit haben wie wir«, entgegne ich.

»Ja, genau. Du musst mitbekommen haben, dass einige Menschen in extrem lebensbedrohlichen Situationen den Eindruck haben, dass die Zeit sich verlangsamt. Dass einige berichtet haben, sie hätten ihre Körper verlassen.«

»Ja, natürlich.«

»Vielleicht fühlt es sich so für normale Menschen an, wenn sich diese Quanten-Datenverarbeitung bei ihnen abspielt? Vielleicht soll in diesem Moment der Prozess ihr Leben retten oder ihrem Hirn die Möglichkeit geben, eine Lösung zu finden? Diese Theorie nimmt an, dass genau das passiert und alle Menschen diesen todesnahen Quanten-Verarbeitungsprozess haben. Die ganzen belächelten Berichte über die komischen Dinge, die Menschen in Notsituationen widerfahren, bestätigen sie nur. Bis zu diesem Punkt kann die Theorie auf die natürliche Evolution zurückgeführt werden.«

»Ich verstehe«, antworte ich. »Bis jetzt kann ich dir folgen.«

»Gut.« Eugene scheint noch aufgeregter zu werden. »Und jetzt lass uns annehmen, dass das schon vor langer Zeit jemandem aufgefallen ist – er mitbekommen hat, dass Soldaten darüber reden, wie sich ihr Leben in Zeitlupe vor ihnen abspielt, oder wie Walküren auf dem Schlachtfeld über Leben und Tod entscheiden ... Diese Person könnte sich dazu entschieden haben, etwas wirklich Verrücktes zu tun, wie einen Kult zu gründen – einen Kult, der zu einem eigenartigen Zuchtprogramm geführt hat, bei dem Menschen zusammen Nachwuchs bekommen sollten, die diese Erfahrungen länger und intensiver gemacht hatten.« Er vergisst seinen Tee, steht auf und beginnt im Raum umherzugehen, während er spricht. »Vielleicht haben sie sie unter Druck gesetzt, um ihre Geschichten zu hören. Dann könnten sie diejenigen mit den stärksten Erfahrungen dazu nutzen, sich zu vermehren. Über viele Generationen könnte diese selektive Fortpflanzung dazu geführt haben, dass Menschen geboren wurden, bei denen diese Quanten-Datenverarbeitung unter Stress viel ausgeprägter ist – Personen, die andere Dinge erlebten, wenn sie ein bestimmtes Erregungsniveau erreichten. Denk mal darüber nach, Darren.« Er hält inne und schaut mich an. »Was ist, wenn wir einfach nur dieser Linie der Menschheit entstammen?«

Diese Theorie hatte ich nicht erwartet. Sie hört sich sehr weit hergeholt an, aber ich muss zugeben, dass sie auf eigenartige Weise Sinn ergibt. Teilweise trifft sie genau auf meine eigenen Erfahrungen zu. Dinge, die Eugene von mir nicht weiß – wie die Tatsache, dass ich zum ersten Mal in die Stille eingetaucht bin, als ich während eines Überschlags von meinem Fahrrad gefallen bin. Es war genau dieses Sich-außerhalb-des-Körpers-Befinden, das er beschrieben hat. Ich fand schnell heraus, dass ich das jedes Mal machen konnte, wenn ich gestresst war.

»Erklärt diese Theorie das Lesen?«, möchte ich von ihm wissen.

»Auf eine gewisse Weise«, erwidert er. »Die Theorie ist, dass jedes Gehirn sich unter bestimmten Bedingungen in verschiedene Universen splitten kann. Als Leser können wir uns einfach eine längere Zeit in diesen Universen aufhalten und sind währenddessen bei vollem Bewusstsein.« Er holt tief Luft. »Der nächste Teil ist zugegebenermaßen ein wenig unklar. Wenn man eine normale Person berührt, die im Gegensatz zu uns nicht splitten kann, bekommt diese davon nichts mit. Wenn du allerdings einen Leser oder Strippenzieher berührst, also jemanden, der genauso ist wie wir – dann wird dieser in dein Universum gezogen. Sein ganzes Wesen kommt zu dir, so wie ich zu dir gekommen bin, als du heute meine Hand angefasst hast. Wenn du eine normale Person berührst, wird diese nur leicht zu dir gezogen – eher auf einem unterbewussten Niveau. Und das reicht für uns aus, um zu lesen. Danach haben diese Menschen keine Erinnerung an diesen Vorfall, nur ein leichtes Gefühl eines Déjà-vus oder den Eindruck, dass sie etwas verpasst haben. Aber selbst diese leichten Träume sind sehr selten.«

»Jetzt wird die Theorie ein wenig schwammig«, stimme ich ihm zu.

»Ich habe keine bessere Erklärung dafür. Mein Vater hat versucht, diese Frage wissenschaftlich zu lösen, und hat einen hohen Preis dafür bezahlt.«

Ich blicke Eugene verständnislos an und er sagt: »Die Strippenzieher haben ihn dafür umgebracht.«

»Was? Er wurde umgebracht, weil er versucht hat, Antworten auf diese Fragen zu finden?« Ich kann mein Entsetzen nicht verbergen.

»Die Strippenzieher möchten nicht, dass dieser Vorgang untersucht wird«, erklärt Eugene bitter. »Diese Feiglinge haben Angst.«

»Wovor?«

»Davor, dass die normalen Menschen erfahren, was wir tun«, sagt Eugene, und ich höre heraus, dass das bei ihm nicht der Fall ist.

ACHTES KAPITEL

Ich sitze still da und trinke meinen Tee. Eugene kommt zum Tisch zurück und setzt sich wieder hin, um seine Tasse zu leeren. Mein Gehirn kann diese ganzen Informationen gar nicht so schnell verarbeiten. Es gibt so viele Möglichkeiten, in welche Richtung dieses Gespräch gehen könnte. Ich habe so viele Fragen. Ich habe noch nie jemanden getroffen der überhaupt wusste, dass die Stille existiert, geschweige denn Genaueres darüber weiß – außer vielleicht Mira. Aber das Verfolgen einer Person durch ein Kasino ist technisch gesehen kein Treffen.

»Gibt es noch andere Theorien?«, möchte ich nach einigen Augenblicken wissen.

»Viele«, antwortet er. »Auf einer von ihnen basiert die Computersimulation. Wenn du die Matrix gesehen hast, ist sie leicht zu verstehen. Nur liefert sie nicht so viele Erklärungen wie die Quantenuniversen und die Tatsache, dass die Fähigkeit erblich ist.«

Eigentlich wollte ich mehr über diese Computersimulations-Theorie wissen, aber diese Sache mit der Vererbbarkeit lässt es mich auf der Stelle vergessen.

»Moment mal, muss jeder Leser Eltern haben, die auch Leser sind?«, frage ich. Zurückblickend gesehen ist das offensichtlich, bei dem, was er mir bis jetzt erzählt hat. Ich möchte allerdings, dass er es ausspricht.

»Ja.« Er stellt seine leere Teetasse ab. »Was mich daran erinnert: Wer sind deine Eltern? Wie kann es sein, dass du nicht wusstest, dass du ein Leser bist?«

»Warte« Ich hebe meine Hand. »Müssen beide Eltern Leser sein?«

»Nein.« Aus irgendeinem Grund sieht er leicht verärgert aus. »Nicht beide. Nur ein Teil.« Offensichtlich ist Eugene ein wenig empfindlich, was dieses Thema anbelangt.

Bevor ich ihn allerdings dazu befragen kann, fährt er fort: »Ich verstehe nicht, dass dir deine Eltern nichts darüber erzählt haben. Ich habe angenommen, es sei Tradition, diese Geschichte in jeder Familie mit dieser Fähigkeit von Generation zu Generation weiterzugeben. Warum hat das deine nicht getan?«

»Ich weiß es nicht«, sage ich langsam. Sara hat mir nie etwas gesagt. Genau das Gegenteil war der Fall. Als ich meinen Müttern davon erzählt habe, was ich gesehen habe, als ich vom Fahrrad gefallen bin, haben sie mir gesagt, ich habe mir wohl den Kopf gestoßen. Als sich das Erlebnis bei einem Sprung vom Dach wiederholte und ich ihnen davon erzählte, mich erneut außerhalb meines Körpers befunden zu haben, haben sie mich zu meinem ersten Therapeuten geschickt. Dieser hat mich zu meinem derzeitigen Psychologen verwiesen – der einzigen Person, mit der ich seitdem darüber gesprochen habe. Bis ich Eugene traf.

Eugene schaut mich daraufhin zweifelnd an. »Ehrlich? Weder dein Vater noch deine Mutter haben dir gegenüber jemals etwas erwähnt?«

»Ich kenne meinen Vater nicht, aber da meine Mutter nie etwas darüber gesagt hat, nehme ich an, dass er der wahrscheinlichere Kandidat ist«, spreche ich meine Gedanken laut aus. Dem verwirrten Gesichtsausdruck nach zu urteilen versteht Eugene mich nicht. Warum sollte er auch? Meine Geschichte ist nicht gerade typisch für eine amerikanische Familie. »Ich wurde durch künstliche Befruchtung gezeugt«, erkläre ich ihm. »Mein Vater spendete sein Sperma einer israelischen Samenbank. Könnte es sein, dass er einer von uns war – ein Leser?«

Mein genialer Vater. Was für ein Witz. Ich erzähle nur wenigen Menschen davon. Allein die Tatsache, zwei Mütter zu haben, ist eigenartig genug. Die Tatsache, dass Sara sich »gutes« Sperma besorgt hat, um ein cleveres Kind zu bekommen, ist das Sahnehäubchen. Aber genau das hat sie getan. Sie und Lucy besuchten eine IQ-Spender-Samenbank und wurden fündig. Ich denke, sie sind bis über den Ozean gereist, um sicherzustellen, dass ich meinen Vater niemals finden werde. Das ist auch der Grund dafür, dass ich der festen Überzeugung bin, mein Psychiater habe einen leichten Job mit mir. Was auch immer passiert, meine Mutter ist schuld.

»Was? Nein, das ist unmöglich«, unterbricht Eugene meine Überlegungen. »Es muss deine Mutter sein. Wir würden niemals Sperma spenden. Das ist verboten.«

»Wie meinst du das?«

»Wir haben Regeln«, erklärt er, und das ist offensichtlich wieder etwas, das ihm nicht gefällt. »In der Vergangenheit wurden alle Hochzeiten der Leser arrangiert – daher die Theorie über die selektive Fortpflanzung, verstehst du? Heutzutage ist das alles ein wenig freier, aber es gibt immer noch jede Menge Verbote. Zum Beispiel kann sich ein Leser seinen Ehepartner nach Belieben aussuchen und muss nicht mehr darauf achten, wie stark er oder sie ist. Das wird jetzt als eine Privatangelegenheit angesehen. Trotzdem wird erwartet, dass der Partner ein Leser ist.«

Ich merke mir die Erwähnung des Wortes »stark«. Ich bin neugierig, wie man ein mehr oder weniger starker Leser sein kann, aber zuerst möchte ich etwas anderes wissen. »Wegen dieser selektiven Fortpflanzung?«, frage ich, und Eugene nickt.

»Genau. Wegen des Blutes. Kinder mit Nicht-Lesern zu bekommen führt zum Ausschluss aus der

Lesergemeinschaft.« Er macht eine kurze Pause, bevor er ruhig sagt: »Wie bei meinem Vater.«

Jetzt verstehe ich, warum das für ihn so ein empfindliches Thema ist. »Ich verstehe. Also war deine Mutter kein Leser? Und das ist verboten?«

»Technisch gesehen ist das Heiraten von Nicht-Lesern und das Zeugen von Kindern wie Mira und mir nicht mehr verboten. Es wird nicht mehr mit Hinrichtung bestraft wie in der Vergangenheit. Trotzdem wird es nicht gerne gesehen und die Bestrafung dafür ist Verbannung. Aber das ist in deinem Fall nicht das Problem. Ein Leser als Spermaspender – so wie du es beschrieben hast–, ist bis heute verboten. Es kann zu einer Vermischung des Blutes führen und ist nicht nachverfolgbar.«

»Vermischung? Nicht nachverfolgbar?« Jetzt bin ich völlig verwirrt.

»Eine Strippenzieher-Mutter könnte auf diese Weise von einem Leser geschwängert werden«, erklärt mir Eugene. »Leser sehen das als falsch an, und wie mein Vater mir erzählt hat, trifft das Gleiche auf die Strippenzieher zu. Sie würden ihr Sperma auch nicht spenden. Die Wahrscheinlichkeit ist zugegeben minimal, da die Strippenzieher selbst das Risiko nicht eingehen würden, auf diese Weise schwanger zu werden. Abgesehen von der Vermischung, die verhindert werden muss, mögen die Leser es, über alles genau die Kontrolle zu behalten, sogar über Halbblute wie mich. Befruchtungen mit Hilfe von Samenbanken würde es ihnen nicht erlauben, den Überblick über den Stammbaum der Leser zu behalten. Oder sie müssten den ganzen Prozess beaufsichtigen, was schwierig wäre.«

Das ergibt Sinn. Aber es führt gleichzeitig zu einer einzigen logischen Schlussfolgerung. Sara, meine biologische Mutter, muss ein Leser sein. Wie konnte sie das vor mir, ihrem Sohn, geheim halten? Wie konnte sie so tun, als sei ich verrückt?

»Es tut mir leid, Darren«, meint Eugene, als ich schweige. »Wahrscheinlich hast du jetzt noch mehr Fragen als vorher.«

»Ja. Du hast ein Talent für Untertreibungen«, erwidere ich. »Ich habe Hunderte von Fragen. Aber weißt du was? Weißt du, was ich jetzt gerade am liebsten tun möchte?«

»Du möchtest noch einmal lesen?«, tippt er.

Und er hat richtig geraten. »Können wir?«

»Natürlich.« Er lächelt. »Lass uns bei ein paar Nachbarn vorbeischauen.«

NEUNTES KAPITEL

Ich muss zugeben, dass ich Eugene mag. Ich bin froh, ihn getroffen zu haben. Es ist erfrischend, mit einer weiteren intelligenten Person reden zu können und nicht immer nur mit Bert.

Nach einigen Minuten haben wir uns für unseren nächsten »Freiwilligen« entschieden. Er ist ein großer Kerl Mitte zwanzig, der ein paar Türen weiter unten wohnt.

»Hallo Brad«, sagt Eugene. »Ich habe gerade mein Salz aufgebraucht. Könntest du mir vielleicht ein wenig leihen?«

Der Mann sieht verwirrt aus. »Salz? Natürlich. Ich schaue mal nach, ob ich etwas habe.« Als er sich herumdreht, zwinkert Eugene mir zu. Auf sein Zeichen hin gleite ich in die Stille hinein und berühre seine Stirn, um ihn zu mir zu holen.

Es funktioniert wie erwartet. Wir befinden uns in der Stille, die nach Eugenes Lieblingstheorie eine Art anderes Universum sein könnte. Ich denke allerdings nicht länger über die vielen Fragen nach, die ich über diese andere Realität habe, falls es sich überhaupt um so etwas handelt. Ich habe etwas viel Interessanteres zu tun. Ich gehe zu Brad, berühre seine Schläfe mit meinem Zeigefinger und schließe meine Augen.

Dann beginne ich mit der Meditationsatmung.

* * *

»Was zum Henker? Wem geht denn schon das Salz aus?« Die Gedanken, die uns durch den Kopf gehen, sind nicht gerade schmeichelhaft für Eugene. »Und wer ist dieser andere Typ? Sein Freund? Das würde uns nicht wundern. Wir haben schon immer vermutet, dass Miras langweiliger Bruder schwul ist.«

Mir, Darren, wird klar, dass Brad Mira und Eugene kennt. Und ich weiß, dass mir nur noch Sekunden seiner Erinnerung bis zu dem jetzigen Zeitpunkt bleiben. Einmal dort angekommen, würde ich aus dem Kopf des Menschen gedrängt werden, hat mir Eugene erklärt. Also versuche ich etwas anderes. So wie Eugene mich angewiesen hat, versuche ich tiefer in Brads Bewusstsein zu sinken.

Ich stelle mir vor, ich sei leichter als Luft. Ich sehe mich als eine Feder, die an einem windstillen Tag langsam in einem unbeweglichen See versinkt. Ich fühle mich leicht.

Und dann passiert es.

Wir befinden uns im Kino. Wir haben eine Verabredung. Wir schauen uns das Mädchen neben uns an und ich, Darren, kann meinen Augen kaum trauen. Wir sitzen neben Mira. Als wir versuchen, bei ihr zu landen, denke ich, Darren, dass ich vielleicht wirklich verrückt geworden bin. Aber nein, es gibt eine einfachere Erklärung. Die bekomme ich, als ich versuche, noch weiter zu sinken, und erfolgreich bin.

Wir stehen mit Blumen in der Hand vor Miras Apartment. »Die sind für dich«, sagen wir, als sie die Tür öffnet.

Wir denken, dass wir ziemlich clever sind. Diese Blumen sind Teil eines Plans. Wir möchten nämlich unsere heiße Nachbarin ins Bett locken.

»Wie nett«, meint sie trocken, als sie uns sieht. »Sollte ich jetzt in Ohnmacht fallen?« Dann erklärt sie uns haargenau was sie für den Grund für die Blumen hält. Ich, Darren, begreife, dass sie genau das getan hat, was ich gerade tue. Sie muss Brads Gedanken gelesen haben – oder sie hat einfach ihren Verstand gebraucht. Warum sonst bringt ein Typ einem Mädchen Blumen?

Wir sind über die Direktheit unserer Nachbarin erstaunt. Fast beeindruckt. Wir geben zu, dass wir mit ihr schlafen möchten, aber dass sie die Blumen trotzdem annehmen könnte. Das tut sie auch. Danach legt sie die Grundregeln fest. Nichts Ernstes. Sie sagt, dass sie keine

Zeit für Beziehungen hat. Einen Kinobesuch, ein Abendessen, und wenn sie danach noch denkt, dass es sich lohnt, wird sie mit zu uns kommen. Das war's. Eine einmalige Sache, außer das Ganze ist außergewöhnlich gut. Sollte das unerwarteterweise der Fall sein, würde sie eventuell ein weiteres Treffen in Betracht ziehen.

Wir stimmen zu. Welcher gesunde Mann würde das nicht?

Ich, Darren, erlebe das Essen und den Film. Ich finde beides toll. Alles daran.

Wir gehen zurück zu unserem – Brads – Apartment.

Wir sind in seinem Schlafzimmer. Wir küssen Mira. Ich, Darren, bin eifersüchtig, dass ein Arschloch wie Brad das mit Mira machen kann. Dieses Gefühl ist allerdings nur von kurzer Dauer. Wir sind in dieses Erlebnis versunken. Miras perfekter nackter Körper. Ihre Lippen auf unseren. Es ist genau so, wie wir es uns immer erträumt hatten.

Leider ist es zu viel von allem. Ich, Darren, kann spüren, dass wir – Brad – die Kontrolle verlieren. Nicht mal eine Gruppe Baseballspieler könnte ihn noch zurückhalten. Und auf einmal haben wir ein Problem. Offensichtlich sieht Mira ein wenig zu gut aus, denn noch bevor ich, Darren, weiß, was vor sich geht, passiert etwas ein wenig ... verfrüht.

Miras Reaktion darauf ist bewundernswert. Sie ist nicht wütend, sie tröstet uns. Sie sagt uns, wir sollten uns keine Sorgen machen. Sie sagt, sie hatte einen schönen Abend. Sie kann uns aber nichts vormachen. Sie geht schnell und spricht nie wieder mit uns darüber, oder über irgendetwas, um ehrlich zu sein.

* * *

Ich bin wieder in meinem Körper in der Stille und als Erstes schlage ich Brad ins Gesicht.

»Was machst du da?«, ruft Eugene und schaut mich an, als sei ich verrückt.

»Vertrau mir«, sage ich und widerstehe dem Drang, den Kerl zu treten. Was für ein Loser. Er hat nicht nur mit Mira geschlafen, er war auch noch schlecht. »Er spürt nichts. Stimmt doch, oder etwa nicht?«

»Ja, das stimmt«, gibt Eugene zu. »Zumindest zweifle ich sehr stark daran, dass er es fühlt. Aber es ist respektlos.«

Schade, dass Brad den Schlag nicht spüren kann. Ich wäge ab, ihn erneut zu schlagen, wenn wir wieder aus der Stille zurück sind, entscheide mich aber dagegen. Ich meine, was reitet mich denn gerade? Mira ist nicht meine Freundin, die ich beschützen möchte. Es könnte sogar sein, dass sie mich nicht einmal mag, wenn wir uns treffen werden. Eines ist jedoch sicher. Ich mag sie, auch wenn wir im echten Leben noch nie ein Wort miteinander gewechselt haben.

Das ist oberflächlich, ich weiß. Ich könnte jetzt behaupten, dass ich mich als Brad toll mit ihr beim Abendessen unterhalten habe – was definitiv der Fall war. Aber wenn ich ehrlich bin, möchte ich ihren

Körper noch einmal sehen. Ich muss sie noch einmal küssen. Das ist komisch. Ich wünsche mir, ich hätte bei meinem zweiten Training die Gedanken einer anderen Person gelesen. Ich wünsche mir, dass es nicht Brad gewesen wäre. Ich muss wirklich eine langweilige Person zum Lesen finden.

»Lass uns zurückkehren«, sage ich zu Eugene und berühre ohne seine Antwort abzuwarten meine Stirn.

Die Welt füllt sich wieder mit Leben und Brad bringt uns das blöde Salz. Eugene dankt ihm und wir gehen zurück in sein Apartment.

»Was war das denn?«, möchte Eugene auf dem Weg dorthin wissen.

Er hat keine Ahnung davon, was zwischen seiner Schwester und seinem Nachbarn vorgefallen ist. Ich entscheide mich dafür, diesen Fetzen Privatsphäre, den die beiden bewahrt haben, zu respektieren und zumindest Eugene nicht davon zu erzählen.

»Das war ein guter Anfang«, sage ich. »Ich denke, wir sollten rausgehen und dort noch ein wenig weitermachen.«

»Eugene«, sagt eine angenehme weibliche Stimme. Eine Stimme, die ich gerade in Brads Erinnerung gehört habe. »Wer, verdammt nochmal, ist das?«

Ich schaue auf und blicke in die Mündung einer Pistole. Schon wieder.

ZEHNTES KAPITEL

Ich bin es langsam wirklich leid, dass Waffen auf mich gerichtet werden. Auch wenn sie von einem wunderschönen Mädchen auf mich gerichtet werden, welches ich gerade nackt in den Gedanken eines anderen Mannes gesehen habe.

»Mira, nimm die Waffe runter«, sagt Eugene. »Das ist Darren. Ich habe dir gerade sein Foto geschickt. Hast du es nicht bekommen?«

Sie runzelt ihre Stirn, nimmt aber ihre Waffe nicht runter. »Nein, ich habe nicht auf mein Telefon geschaut. Erklärt deine Nachricht, wie dieser Freak mich den ganzen Weg von Atlantic City bis hierher verfolgt hat?«

»Nein, nicht genau«, gibt Eugene zu. »Aber du solltest schon ein wenig nachsichtiger sein. Er hat dich ausfindig gemacht, aber er hat einen guten Grund dafür, so hartnäckig zu sein. Du bist der erste Leser, den er jemals getroffen hat.«

Ich kann sehen, dass sie das nicht erwartet hat. »Wie ist es möglich, dass ich der erste Leser bin, auf den er jemals getroffen ist?«, fragt sie skeptisch. »Was ist mit seinen Eltern? Und den anderen Lesern aus seinem Heimatort?«

»Manhattan«, werfe ich helfend ein. »Und was die Eltern betrifft, werde ich ein ernsthaftes Gespräch mit meiner Mutter über das Ganze hier führen müssen. Aus irgendeinem Grund hat sie mir nichts davon erzählt. Ich habe meinen Vater niemals kennengelernt, aber Eugene hat mich davon überzeugt, dass er kein Leser gewesen sein kann, weil meine Mutter ihr Sperma von einer Samenbank hat.«

Je länger ich spreche, desto interessierter schaut Mira aus. »Eine Samenbank?«, wiederholt sie.

»Ja. Meine Mutter wollte ein Kind, konnte es aber nicht über sich bringen, dafür mit einem Mann zu schlafen, nehme ich an.« In einem solchen Zusammenhang über meine Mutter nachzudenken fühlt sich komisch an.

»Warum? Hasst sie Männer?«

Hatte Mira das gerade mit einem bewundernden Ton gefragt?

»Sie mag Frauen«, erkläre ich ihr. »Ich habe zwei Mütter.« Ich weiß nicht genau, weshalb ich den letzten Teil hinzufüge. Normalerweise muss man bei mir länger bohren, bis ich solche persönlichen Informationen preisgebe.

Aber Mira blinzelt nicht einmal. Stattdessen sagt sie mit in Falten gelegter Stirn: »Wenn sie das Sperma von einer Bank bekommen hätte, würde das bedeuten, dass sie sich freiwillig mit einem Nicht-Leser fortgepflanzt hat. Warum hätte sie das tun sollen? Mit Sicherheit wusste sie, dass sie dafür ins Exil geschickt werden würde, so wie unser Vater.«

»Das ist ein guter Punkt«, mein Eugene. »Ich kann gar nicht glauben, dass ich das übersehen habe, als Darren es mir erzählt hat.«

»Du sagst das, als seist du überrascht, dass ich etwas verstehe«, sagt Mira zu ihrem Bruder, allerdings eher scherzhaft als beleidigt. Vergiss nicht, dass du ohne mich nicht einen Tag überleben würdest – ohne deine dumme, ungebildete Schwester.«

Eugene ignoriert sie. »Können wir diesen Flur verlassen?«, fragt er stattdessen. »Ich möchte etwas essen.«

Mira senkt endlich ihre Waffe und steckt sie in ihre Tasche zurück. »Gerne, ich bin gleich zurück.« Sie verschwindet im Apartment. Ich schaue Eugene fragend an, aber er zuckt bloß mit den Schultern.

Sie ist sofort zurück. Sie hat ihre Absatzschuhe und das Kleid gegen ein Paar Turnschuhe und Jeans getauscht. Ich frage mich, wo sie wohl so schick angezogen gewesen ist. Sie sieht aber auch in der einfacheren Kleidung großartig aus und ich kann es nicht verhindern, dass Brads Erinnerungen in mir aufsteigen.

Während in meinem Kopf ihre heißen Bilder ablaufen, fragt sie Eugene: »Willst du ernsthaft so rausgehen?« Sie zeigt auf seinen bespritzten Laborkittel.

Er murmelt etwas vor sich hin und verschwindet ebenfalls im Apartment. Als er wieder zurückkommt, trägt er ein viel zu großes Longsleeve. Mira wirft ihm einen verzweifelten Blick zu, sagt aber nichts dazu. Stattdessen geht sie zum Fahrstuhl und drückt auf den Knopf.

»Ich glaube, er funktioniert nicht«, sage ich und denke daran, dass ich diese ganzen Stufen hinaufsteigen musste.

»Vertrau mir«, erwidert sie. »Er funktioniert lediglich in der ersten Etage nicht.«

Und sie hat Recht. Der Fahrstuhl kommt und wir können in der zweiten Etage aussteigen. Jetzt ist es nur noch ein Treppenabsatz, bis wir an der Haustür sind.

»Was genau bedeutet es, wenn man ins Exil geschickt wird?«, möchte ich wissen, als wir auf eine größere Straße zuhalten, den Kings Highway, um etwas zu essen zu besorgen.

»Das ist kompliziert«, meint Eugene und schaut mich an. »Unser Vater wurde von den Lesern in St. Petersburg in Russland ins Exil geschickt, und das war ziemlich schlimm. Er durfte seine Freunde aus der Kindheit und seine Familie nicht mehr besuchen. Leser in Russland sind generell sehr traditionell, aber besonders schlimm war es vor 30 Jahren, als ich geboren wurde. Es war furchtbar für ihn, hat er uns erzählt.«

»Aber er hat es für unsere Mutter getan«, fügt Mira hinzu.

»Und für uns. Er hat alles aufgegeben, um Kinder mit ihr haben zu können.« Eugene hört sich an, als sei er stolz auf seinen Vater. »Zum Glück ist das hier anders. Die derzeitige Lesergemeinschaft in den USA, besonders rund um New York City, ist sehr offen. Sie erkennen uns als Leser an – zumindest inoffiziell.«

»Damit sie sichergehen können, dass wir unsere Fähigkeiten nicht offen zeigen«, sagt Mira mit einem Hauch Bitterkeit.

»Ich denke, dass sie andere Mittel haben, um das sicherzustellen«, erwidert Eugene und blickt zu seiner Schwester. »Außerdem wissen wir alle, wie dumm es wäre, den Rest der Welt von unserer Existenz wissen zu lassen, Halbblut oder nicht. Nein, sie sind hier wirklich weniger traditionell. Zumindest sind sie das jetzt. Aber es könnte sein, dass es schwieriger war, als du geboren wurdest, Darren.« Er schaut mich mitleidig an.

»Nichts von alledem erklärt, weshalb mir meine Mutter nichts von den Lesern erzählt hat«, sage ich, und es beschäftigt mich immer noch, dass Sara mir etwas so Wichtiges verschwiegen hat.

»Vielleicht schämte sie sich dafür, ausgeschlossen worden zu sein«, vermutet Mira und wirft mir einen Blick zu, der mich vermuten lässt, dass sie es mir immer noch nicht ganz verziehen hat, sie aufgespürt zu haben. »Oder sie wollte nicht, dass du splitten und lesen lernst.

Vielleicht hatte sie Bedenken, dass du das Geheimnis der Leser nicht für dich behalten könntest, als sie dich aufwachsen sah. Das soll keine Beleidigung sein, aber du siehst nicht wie ein Typ aus, der seinen Mund halten kann.«

»Aber sie muss bemerkt haben, dass ich es entdeckt habe. So oft, wie ich ihr als Kind davon erzählt habe«, entgegne ich und weigere mich, mich auf ihre Stichelei einzulassen. Ich habe Wichtigeres zu tun, als mich um Miras spitze Zunge zu kümmern. Ich bin versucht, sofort nach Staten Island zu fahren, aber es ist sinnvoller, zuerst mehr von diesen beiden zu erfahren, damit ich meiner Mutter die richtigen Fragen stellen kann. Vielleicht kann ich dann ein paar Antworten bekommen und verstehen, was vorgefallen ist.

»Es tut mir leid«, sagt Eugene leicht mitleidig.

»Oh, armer Darren, Mami hat es ihm nicht gesagt«, meldet sich Mira mit giftiger Stimme zu Wort. »Wenigstens lebt sie. Vielleicht ist das der Grund dafür, dass sie noch am Leben ist – weil sie ein Geheimnis für sich behalten kann. Sie läuft nicht herum und stellt Fragen, die zu Problemen führen, so wie es unser idiotischer Vater getan hat.« Während sie das sagt, ballt sie ihre Hände zu Fäusten und ich sehe, wie sie schnell blinzelt, so als würde sie Tränen vermeiden wollen. Sie weint auch nicht. Stattdessen blickt sie ihren Bruder an und sagt beißend: »Der Vater, in dessen Fußstapfen du offensichtlich unbedingt treten willst, könnte ich hinzufügen.«

»Ich dachte, dass du meine Nachforschungen unterstützt«, sagt Eugene verletzt.

Sie seufzt und schweigt, als wir durch eine kleine Menschenmenge gehen, die sich vor einem Joghurtstand versammelt hat. »Es tut mir leid«, sagt sie in einem versöhnlicheren Ton. »Ich unterstütze das, was du tust. Ich unterstütze es, um die Arschlöcher zu ärgern, die Vater getötet haben – und weil es uns eine Möglichkeit eröffnen würde, sie für das bezahlen zu lassen, was sie getan haben. Ich kann es aber trotzdem nicht vermeiden, zu denken, dass das alles nicht passiert wäre, hätte er ein anderes Forschungsgebiet gehabt. Zum Beispiel Alzheimer.«

»Ich verstehe«, antwortet Eugene.

Wir gehen einige Minuten lang mit einem unangenehmen Schweigen. Ich fühle mich wie ein Eindringling.

»Das ist nichts gegen dich, Darren«, sagt Mira, als wir an der Ampel warten. »Es ist einfach ein schwieriges Thema.«

»Schon gut«, sage ich. »Ich kann mir nicht einmal vorstellen, wie du dich fühlen musst.«

Während wir weitergehen, wird das Schweigen angenehmer.

»Führst du uns wieder zu diesem Diner?«, fragt Mira beiläufig und legt ihre Nase in Falten.

»Ja«, gibt Eugene mit einem leichten Lächeln auf seinen Lippen zu.

Mira verdreht ihre Augen. »Dieser Laden ist wirklich

übel. Wie oft musst du dir noch eine Lebensmittelvergiftung zuziehen, bevor du das begreifst? Lass uns zu dem Sushi-Lokal in Coney Island gehen. Das ist auch näher.«

»Als ob roher Fisch die Antwort auf Gesundheitsbedenken ist«, meint Eugene und versucht erfolglos, Miras sehr persönlichen Sarkasmus zu imitieren.

Sie streiten sich den Rest des Weges über die Restaurantauswahl, und es überrascht mich überhaupt nicht, dass Mira letztendlich ihren Willen durchsetzt. Sie scheint diese Art von Person zu sein, der das immer gelingt. In diesem Fall stört es mich allerdings nicht. Wenn wir über das Restaurant abgestimmt hätten, hätte ich mich allein bei der Erwähnung des Wortes Lebensmittelvergiftung auf Miras Seite gestellt.

Während ich ihrem Wortwechsel zuhöre, frage ich mich, wie spannend es wohl wäre, einen Bruder oder eine Schwester zu haben. Oder wie frustrierend. Wie wäre es wohl, eine jüngere Schwester zu haben? Besonders eine, die so risikofreudig ist wie Mira? Ich erschaudere bei diesem Gedanken.

»Einen Tisch für drei Personen bitte«, erklärt Eugene dem Kellner, als wir das Restaurant betreten.

»Ilona?«, fragt eine tiefe Stimme, und Mira zuckt zusammen. »Ja tebja ne usnal.« So hört sich das Gesagte zumindest an. Es kommt von einem großen, gut gebauten Mann mit einer Tätowierung in Form eines Ankers auf seinem muskulösen Unterarm.

Mira geht zu ihm und küsst ihn auf die Wange. Sie beginnen, sich außerhalb unserer Hörreichweite zu unterhalten. Eugene verschränkt seine Arme und schaut den Typen misstrauisch an.

»Könnten wir bitte einen Tisch möglichst weit weg von diesem Mann bekommen?«, fragt er den Kellner.

»Sie könnten einen unserer abgetrennten Tatami-Räume haben«, bietet dieser an.

»Danke«, erwidere ich und lasse einen Zwanziger in seine Hand gleiten. »Wir hätten gerne den abgelegensten.«

Mira kommt zurück. Sie stellt sich mit dem Rücken zu dem Mann und legt einen Finger auf ihre Lippen.

Wir schweigen, bis wir im Separee sind.

»Ich werde nicht darüber diskutieren«, sagt Mira als wir uns setzen.

Eugene starrt sie wütend an. Sie reagiert gar nicht erst, sondern öffnet die Speisekarte und ignoriert ihren Bruder gekonnt.

»Ich dachte, du tust das nicht mehr«, sagt Eugene kaum hörbar. »Ich dachte, ich hätte dir verboten, mit Drogen zu handeln. Du wirst ihn nicht finden – du wirst nur dabei umkommen. Oder Schlimmeres.«

»Ot-yebis' Eugene«, entgegnet Mira mit errötetem Gesicht. Was auch immer sie gerade gesagt hat, es führt dazu, dass Eugene tief Luft holt und schweigt.

Der Kellner kommt und möchte wissen, was wir trinken wollen. Mira bestellt heißen Sake und zeigt dem Kellner einen Ausweis, der gefälscht sein muss. Ich bleibe bei grünem Tee, genauso wie Eugene.

Ich sterbe vor Neugier. Habe ich schon erwähnt, dass das eine meiner Schwächen ist?

Es ist riskant, aber ich muss es tun. Ich gleite in die Stille hinüber und betrachte eingehend die eingefrorenen Gesichter von Mira und Eugene.

Sie scheinen nicht bei mir in der Stille zu sein. Wenn das, was Eugene gesagt hat, stimmt, muss ich sie berühren, damit sie zu mir kommen. Das ist gut zu wissen, da ich sie nicht bei mir haben möchte.

Ich verlasse das Separee, in welchem wir Platz genommen haben, und gehe durch das Restaurant, um den Mann zu suchen, mit dem Mira nach dem Betreten des Lokals gesprochen hatte. Sein Tisch ist leer. Zurückgeblieben sind einzig schmutzige Teller und eine Rechnung. Offensichtlich war er gerade fertig, als wir eintraten.

Ich gehe an dem eingefrorenen Besitzer vorbei zur Tür. Draußen sehe ich das Objekt meiner Neugier. Es ist nicht weit gekommen.

Zuerst schaue ich in den Taschen des Mannes nach. Anton Gorshkov steht in seinem New Yorker Führerschein. Ich erfahre außerdem sein Alter, seine Größe und seine Adresse in Brighton Beach. Das ist nicht viel. Aber jetzt habe ich ja einen neuen Trick, den ich gern wieder anwenden möchte.

Ich berühre seine Stirn. Ich meditiere. Mir fällt auf, dass dieser ganze Prozess jetzt schneller abläuft.

* * *

Wir beobachten, wie Ilona – die ich, Darren, als Mira kenne – auf uns zukommt. Wir kennen die Männer, die bei ihr sind, nicht. Wir erkennen sie fast nicht ohne das enge Kleid und die Absatzschuhe, die sie normalerweise trägt.

»Anton, kakimi sud'bami?«, fragt sie uns. Das sollte für mich wie Kauderwelsch klingen, aber ich bemerke höchst erfreut, dass ich problemlos verstehen kann, was sie sagt. Es bedeutet etwa: »Ich bin überrascht, dich hier zu sehen, Anton.« Mir ist die sorgfältige Wortwahl und die unterschwellige Bedeutung ihrer Worte bewusst. Ich kann es allerdings nicht auf Englisch ausdrücken. Ich verstehe überhaupt jeden Gedanken, der Anton durch den Kopf geht. Offensichtlich sind Sprachen kein Problem beim Lesen, was auch irgendwie Sinn ergibt. Wir zucken mit den Schultern und fragen: »Was machst du hier?«

»Ich will etwas essen«, erwidert Ilona/Mira auf Russisch.

»Und wer sind diese Waschlappen bei dir?«, wollen wir wissen. Die Übersetzung ist auch diesmal nur annähernd. Das russische Wort für »Waschlappen« ist um einiges beleidigender.

»Mathefreaks«, antwortet sie. »Ich beratschlage mit ihnen, wie ich mein Spiel verbessern kann.«

Wir haben ein Flashback vom Kartenspielen mit Ilona. Sie ist gut. Eine der Besten. Wir versuchen, uns ihre Begleiter näher anzuschauen, aber sie steht uns im Weg.

»Sie arbeiten nur für mich«, sagt sie und als sie unseren sturen Gesichtsausdruck sieht, fügt sie hinzu: »Viktor hat uns zusammengeführt.«

Jetzt haben wir jegliche Lust verloren, uns die Mathefreaks näher anzuschauen. Jetzt, da Viktor mit der Sache zu tun hat. Personen, die sich ihm in den Weg stellen verlieren ihren Kopf. Im wahrsten Sinne des Wortes. Es geht das Gerücht um, dass Viktor ein Auge auf Mira geworfen hat, und vielleicht stimmt es ja. Wir möchten auf gar keinen Fall Probleme mit ihm bekommen.

»Es war schön, dich zu treffen. Vielleicht sehen wir uns ja bei dem großen Spiel am Wochenende?«, fragt sie.

»Das bezweifle ich«, erwidern wir. »Ich muss erst ein wenig Geld auftreiben.«

Ich, Darren, versuche tiefer einzusinken.

Plötzlich ist es spätabends, und wir schlagen einen Typen auf der Straße zusammen. Er hat es abgelehnt, sich unter unseren Schutz zu stellen. Was denkt er, wer er ist? Für jedes Geschäft mit einem russischen Eigentümer in diesem Viertel zahlt Anton Schutzgeld. Unsere Faust schmerzt, aber wir hören nicht auf zuzuschlagen. Ohne Schmerz kein Gewinn, sagen wir zu uns. Ich, Darren, bin entsetzt, aber lasse mich noch tiefer sinken.

Jetzt sitzen wir an einem Tisch und spielen Karten. Ich, Darren, kann meinen Augen kaum trauen.

In diesem dunklen Raum voller Zigarettenrauch und eigenwilliger Charaktere, den wir – Anton und ich – beängstigend finden, ist auch Ilona. Oder Mira, wie ich, Darren, mir ins Gedächtnis rufe.

Sie trägt ein enges Kleid, das ihr beeindruckendes Dekolletee betont.

Wir schauen unsere Karten an. Wir haben zwei Paare. Wir sind für alles bereit. Wir setzen bis an unsere Grenzen.

Sie steigt aus. *Kann sie unser Pokerface lesen?, fragen wir uns beeindruckt.*

Das Spiel geht weiter.

Ilona gewinnt die nächste Runde, indem sie weiterspielt, als jemand blufft. Wir hatten keine Ahnung, dass das Arschloch nur so tat als ob. Sie hat ihren Ruf als Kartengenie wirklich verdient.

Soweit wir wissen, wurde sie niemals beschuldigt, betrogen zu haben. Aber wir fragen uns, wie so ein junges, hübsches Ding so gut darin sein kann, ohne ein Ass im Ärmel zu haben. Dann lachen wir, als wir bemerken, dass sie tatsächlich keine Ärmel hat. In diesem kleinen Kleid mit Spaghettiträgern kann sie keinesfalls Karten verstecken.

Vielleicht betrügt jemand an diesem Tisch und sie ist der Partner? Sollte das der Fall sein, werden wir unseren Mund halten. Diese Männer sind nicht die Typen, die du beschuldigen kannst zu betrügen, ohne dafür zu sterben.

Nach diesem Spiel habe ich, Darren, genug gesehen.

* * *

Ich verlasse Antons Kopf. Dieses Erlebnis, jemand anderes zu sein, selbst eine so armselige Gestalt wie er, ist mit Worten nicht zu beschreiben. Ich werde das so lange machen, bis ich es satthaben werde – was wahrscheinlich nie passieren wird. Das ist so cool.

In diesem Moment wundere ich mich allerdings eher, ob Mira noch ganz bei Verstand ist, anstatt dieses neue Erlebnis zu genießen. Ich erinnere mich daran, etwas über illegales Glücksspiel und Verbindungen zum organisierten Verbrechen in ihrer Akte in Atlantic City gesehen zu haben. Es allerdings durch die Augen dieses degenerierten Individuums zu sehen, macht es realer.

Mira ist verrückt, so etwas zu tun. Warum macht sie das? Ein Leser wie sie muss doch einfachere Wege kennen, um zu Geld zu kommen. Sucht sie etwas anderes in dieser kriminellen Umgebung? Eugene hat ein paar Hinweise fallen lassen, dass sie etwas oder jemanden sucht, aber ich habe es immer noch nicht verstanden. Ein grünes Monster in mir fragt sich, ob sie diese Männer anziehend findet. Anton dachte an einen angsteinflößenden Typen, der sie schützen ließ oder so etwas in der Art.

Ob das stimmt, werde ich so schnell nicht herausfinden. Ich habe auch nicht vor, Mira etwas von meinem neuen Wissen über sie zu erzählen.

Wenn sie wüsste, dass ich so rumgeschnüffelt habe,

würde das jeden Funken ihres Vertrauens in mich ersticken – falls es überhaupt einen gibt.

ELFTES KAPITEL

Ich gehe wieder in das Restaurant zurück und begebe mich zu unserem Tisch. Dann berühre ich meine Stirn.

Ich bin zurück in meinem Körper. Die Geräusche sind wieder da.

»Ich muss zugeben, dass ich diese Orte liebe«, sage ich und versuche, durch eine kleine Unterhaltung von mir abzulenken. »Es ist wie ein kleines Stück Japan mitten in Brooklyn. Allerdings ist es nicht so traditionell wie andere Restaurants, in denen ich schon gewesen bin. Dort durften wir unsere Schuhe nicht anlassen.«

Mira und Eugene fallen in das Gespräch über ähnliche Restaurants in Brooklyn ein, in denen man nicht nur die Schuhe ausziehen muss, sondern die Kellner auch Kimonos tragen.

Ich beruhige mich langsam. Ich bin ganz offiziell mit

meiner kleinen Schnüffelei durchgekommen.

Wir vertiefen uns in die Karten.

»Und, Darren, wie lange kannst du in der Gedankendimension bleiben?«, fragt Mira wie nebenbei.

»Mira«, weist Eugene sie zurecht und wird knallrot, als er seine Schwester anschaut. »Das ist nicht sehr freundlich.«

»Und warum nicht?«, frage ich erstaunt. »Ist die Gedankendimension nicht der Ort, an den ihr splittet? Der Ort, den ich die Stille nenne?«

»Die Stille? Wie niedlich«, meint Mira, und ich frage mich, ob sie überhaupt etwas ohne Sarkasmus sagen kann.

»Ja, Darren, davon spricht sie«, antwortet mir Eugene und sieht immer noch unangenehm berührt aus. »Aber was du nicht weißt – was Mira ausnutzen möchte –, ist, dass das in der Lesergemeinschaft eine sehr persönliche Frage ist.«

»Wir sind ja auch nicht Teil der Lesergemeinschaft«, gibt Mira zurück. »Wir sind Außenseiter, also dürfen wir alles.«

»Warum ist das so wichtig?«, möchte ich wissen und schaue von Bruder zu Schwester.

»In der Gemeinschaft der Leser ist das genau so, als würdest du jemanden fragen, wie viel Geld er besitzt oder wie lang sein Penis ist«, erklärt Eugene, und Mira lacht spöttisch auf. »Die Zeit, nach der sie dich gefragt hat, bestimmt die Größe unserer Macht. Sie setzt das

Leseniveau fest, das heißt, wie tief du in die Erinnerungen der anderen Person versinken kannst. Sie bestimmt auch, wie lange du jemand anderen dortbehalten kannst. Es wundert mich, dass du das fragst, Darren. Es liegt ja auf der Hand, wie wichtig Zeit ist. Selbst wenn man nichts über die Lesetiefe weiß, bedeutet es immerhin, dass man dadurch eine längere subjektive Lebenserfahrung besitzt.«

»Dass man was besitzt?« Ich ersticke fast an meinem grünen Tee. »Was meinst du mit ›längerer subjektiver Lebenserfahrung‹?«

»Machst du Witze?«, sagt Mira und trinkt eines der Sakegläschen in einem Zug leer. »Du weißt gar nichts? Plötzlich fühle ich mich richtig gebildet, und dabei habe ich die Schule abgebrochen.«

Ich habe keine Zweifel daran, dass ihre letzte Aussage stimmt. Ich bin aber immer noch bei der Lebenserfahrung.

»Man altert nicht, während man sich in der Gedankendimension aufhält«, erklärt Eugene. »Je mehr Zeit du also darin verbringst, desto mehr kannst du erleben.«

»Man altert darin nicht?« Ich kann es gar nicht fassen, nicht selbst daran gedacht zu haben. Wenn man dort weder essen noch schlafen muss, warum überrascht es mich dann, dass man auch nicht altert?

»Nein, man altert dort nicht. Zumindest ist es noch niemandem aufgefallen«, sagt Eugene. »Und einige der Erleuchteten, die Mächtigsten unter uns, können dort viel Zeit verbringen – und tun das auch.«

Ich sitze einfach nur da und versuche, mein ganzes Weltbild zurechtzurücken, was heute nicht das erste Mal ist.

Als der Kellner zurückkommt, nenne ich ihm automatisch mein japanisches Lieblingsgericht, nachdem Eugene und Mira ihre Bestellung aufgegeben haben.

»Es ist gar nicht so komisch, wenn du mal darüber nachdenkst«, meint Mira, als der Kellner außer Hörreichweite ist. »Die Zeit steht dort still, oder zumindest scheint es so zu sein.«

»Das wissen wir nicht«, sagt Eugene. »Es könnte genauso gut sein, dass wir nicht wirklich dort sind, also im physischen Sinn. Nur unser Kopf, oder genauer unser Bewusstsein.«

Mira rollt mit ihren Augen, aber ich habe Feuer gefangen. »Mir war immer so langweilig, wenn ich zu viel Zeit darin verbrachte. Ich habe es immer nur genutzt, wenn die Zeit knapp war«, erkläre ich ihnen, und mir werden die ganzen Möglichkeiten bewusst, die ich bis jetzt vertan hatte. »Wenn ich es nur vorher gewusst hätte ... Willst du damit gerade sagen, dass jedes Buch, welches ich in der physischen Welt gelesen habe, eine Zeitverschwendung war – da ich es auch in der Stille getan haben könnte und in dieser Zeit für ein paar Stunden nicht gealtert wäre?«

»Ja«, antwortet Mira unfreundlich. »Du hast deine Zeit vergeudet, genau wie unsere jetzt.«

Ich habe mich fast schon an ihren Sarkasmus gewöhnt, so oft wie sie ihn benutzt. Er fällt mir kaum noch auf. Ich bin vielmehr damit beschäftigt, über diese ganze Zeit nachzudenken, die ich in meinem Leben verschwendet habe, an die ganzen Dinge, die ich in der Stille hätte tun können. Wenn ich das nur gewusst hätte, hätte ich meinem Leben mehr Zeit gegeben – oder besser gesagt weniger seiner Zeit genutzt. Diese ganzen Jahre lang hatte ich einfach nur gedacht, ich würde Abkürzungen nehmen.

»Ich bin wirklich froh darüber, euch getroffen zu haben«, sage ich schließlich. »Alleine diese Tatsache zu wissen wird mein Leben ändern.«

»Und das Lesen hätte das nicht getan?« Eugene zwinkert.

Ich grinse ihn an. »Auch dafür stehe ich in eurer Schuld.«

»Warum bezahlst du deine Schulden nicht, indem du meine Frage beantwortest«, sagt Mira und schaut mich dabei an.

»Wirst du mir meine beantworten, wenn ich dir deine beantworte?«, scherze ich.

»Schau nur, wie schnell seine Dankbarkeit verschwindet und der übliche Kuhhandel beginnt«, meint Mira spitz zu Eugene.

Ich bin so beschäftigt mit den ganzen Enthüllungen, dass ich den beiden kaum zuhören kann.

»Abgemacht«, meint Eugene und antwortet damit für seine Schwester.

Wir unterbrechen unsere Unterhaltung, als das Essen kommt. Eugene bekommt ein Drei-Rollen-Spezial, Mira eine Sushi-Bento-Box und ich mein Sashimi Deluxe. Ich liebe Sushi – es ist für mich wie ein essbares Kunstwerk.

Ich komme auf unser Gespräch darüber zurück, wie lange ich in der Stille bleiben kann, und sage: »Ich kann euch keine genaue Zeitangabe machen.« Ich nehme mit meinen Stäbchen ein Stück saftigen Lachs auf und erkläre ihnen: »Wie ich schon gesagt habe, wird mir irgendwann langweilig und ich komme zurück.«

»Was ist der längste Zeitraum, den du dich dort aufgehalten hast?«, möchte Eugene wissen und platziert einen großen Berg Wasabi in seinem kleinen Sojasaucen-Schälchen.

»Ein paar Tage«, antworte ich. »Ich habe niemals wirklich auf die Zeit geachtet.«

Mira und Eugene tauschen eigenartige Blicke aus.

»Und du fällst nicht für einige Tage aus der Gedankendimension?«, möchte Mira wissen.

»Was meinst du mit ›herausfallen‹? Ich langweile mich und berühre mein Gesicht, um wieder zurückzukommen. Meinst du das?«

Sie tauschen erneut Blicke aus.

»Nein, Darren, sie meint hinausfallen«, sagt Eugene und schaut mich wie ein exotisches Tier an. »Wenn wir die Grenzen unserer persönlichen Aufenthaltsdauer in diesem Modus erreicht haben, der Stille, wie du ihn nennst, kommen wir unfreiwillig wieder in unsere

Körper zurück. Bei mir passiert das nach etwa fünfzehn Minuten, was als Standard angesehen wird.«

»Ich liege etwas über dem durchschnittlichen Leser und bin damit quasi ein Wunderkind unter den Halbblütern«, sagt Mira und starrt mich dabei genauso an wie ihr Bruder. »Und meine Höchstzeit ist eine halbe Stunde. Du musst verstehen, wie sich das also für uns anhört. Du erzählst uns gerade, dass du dich zwei ganze Tage lang dort aufhalten kannst – oder vielleicht länger, das hast du ja noch nicht ausprobiert.«

»Richtig«, sage ich und schaue sie an. »Ich habe nicht gewusst, dass es etwas Anormales ist – oder anormaler als das Hineingleiten in die Stille als solches.«

Eugene sieht fasziniert aus. »Das bedeutet, dass seine Mutter extrem stark sein muss. Fast auf dem Niveau der Erleuchteten, wenn du bis jetzt noch nie hinausgedrängt worden bist.«

»Aber wenn man einmal hinausgezwungen wurde, kann man dann nicht einfach wieder hineingehen?«, frage ich verwirrt.

»Machst du Witze?« Miras Augen ziehen sich zusammen.

»Er weiß es wirklich nicht«, beschwichtigt Eugene sie. »Darren, wenn wir einmal hinausgedrückt werden, können wir nicht gleich wieder zurückgehen. Die Rekuperationszeit ist proportional zu der Zeit, die wir uns darin aufhalten können, auch wenn es keine direkte Verbindung gibt. Es besteht eine starke Umkehrfunktion zwischen kurzer Erholungszeit und längerem Aufenthalt in der Gedankendimension. Also bekommt die Elite das Beste beider Welten: Eine kurze Rekuperationszeit draußen und einen langen Aufenthalt darin. Wie das alles im Gehirn funktioniert, ist genau mein Forschungsgebiet.«

»Eugene, bitte, nicht wieder diese Neurowissenschaft«, meint Mira verzweifelt, bevor sie ihre Aufmerksamkeit wieder mir zuwendet. »Darren, wenn du wirklich nichts über Erholungszeiten weißt, musst du extrem stark sein. Ich hätte aber niemals gedacht, dass Halbblüter so stark sein können.« Der Blick, mit dem sie mich jetzt anschaut, ist beunruhigend. Ich denke ich ziehe den verachtenden vor. Dieser Blick ist kalkulierend, so als würde sie mich abschätzen.

»Ich möchte dich untersuchen«, lässt mich Eugene wissen. »Dann könnten wir vielleicht einige Antworten bekommen.«

»Na klar, das ist wohl das Wenigste, was ich tun kann«, erwidere ich unsicher.

»Toll. Wie sieht's denn mit morgen aus?« Eugene sieht aufgeregt aus.

»Hmm. Geht auch übermorgen?«

Er lacht. »Lass mich raten. Du wirst den ganzen morgigen Tag damit verbringen, die Gedanken anderer Menschen zu lesen?«

»Gut geraten«, erwidere ich und muss ebenfalls lachen.

»In Ordnung. Dann Donnerstag«, meint er. Er ist ekstatisch bei der Vorstellung davon, weitere Elektroden an meinem Kopf zu befestigen.

»Aber ich kann nicht die Gedanken eines anderen Lesers lesen?«, frage ich, als ich ein Stück eingelegten Ingwer esse. Das ist eine Frage die mich schon seit Längerem beschäftigt.

»Nein. Aber ich wette, du wünschst dir, es zu können«, entgegnet Mira und schluckt den letzten Bissen ihres Sushi hinunter.

»Das ist nur vor dem ersten Splitten möglich, also dann, wenn sie noch Kinder sind«, erklärt mir Eugene. »Danach werden sie einfach in deine Gedankendimension gezogen, wenn du sie berührst, um sie zu lesen.«

»Und wenn du und ich gleichzeitig splitten würden?«, frage ich. »Würden wir uns dann dort sehen?«

»Das ist schon sehr speziell und kompliziert«, erwidert Eugene. »Es ist fast unmöglich, das so genau abzustimmen. Mein Vater und ich haben es nur einmal geschafft. Und selbst wenn du es tun würdest, wäre die Welt um dich herum zwar still wie immer, aber ihr würdet euch nicht finden. Die einzige Möglichkeit, ein gemeinsames Erlebnis zu bekommen, ist, jemanden zu dir zu holen. Wenn einer den anderen berührt, wird dieser hineingezogen. Wenn das geschieht, wirst du die Zeit der Person aufbrauchen, in deren Gedankendimension du dich befindest.«

»Die Zeit aufbrauchen?«, frage ich nach, während ich den letzten Bissen meines Sashimis aufesse. Das war hervorragender Fisch, fällt mir im Nachhinein auf.

»Da du die Menschen zu dir ziehst, wird deine Zeit für sie aufgebraucht. Wenn ich dich hineinziehe, können wir also etwa sieben oder acht Minuten in meiner Gedankendimension bleiben – die Hälfte meiner Gesamtzeit von fünfzehn Minuten. Das Gleiche gilt dafür, wie tief du in die Erinnerungen einer anderen Person einsinkst. Es halbiert deine Zeit.«

Dieser Ansatz mit der Lesetiefe ermöglicht es mir, mir eine ungefähre Vorstellung zu machen. Wenn das, was Eugene sagt, stimmt, dann habe ich einen Maßstab für meine »Stärke« – das Lesen von Brad, Eugenes und Miras Nachbar. Dieser Sci-fi-Streifen, den er und Mira im Kino gesehen haben, ist seit mindestens einem halben Jahr aus dem Programm verschwunden. Das bedeutet, dass ich mindestens ein Jahr in der Stille verbringen kann.

Diese Erkenntnis haut mich um, aber ich kann sie einfach nicht mit meinen neuen Freunden teilen. Sie sahen schon ehrfürchtig aus, als ich die zwei Tage erwähnt habe. Was würden sie dann erst zu einem Jahr sagen? Und wie passt das dazu, dass ich ein Halbblut bin? Wie mächtig ist Sara, um jemanden wie mich auf die Welt zu bringen?

»Was ist die höchste Stufe, die ein Leser erreichen kann?«, möchte ich stattdessen wissen.

»Das ist etwas, was wahrscheinlich selbst reguläre Mitglieder der Gemeinschaft der Leser nicht wissen«, antwortet Mira. »Und wenn sie es wüssten, würden sie es uns nicht sagen.«

»Es gibt allerdings Legenden«, meint Eugene. »Legenden über die Erleuchteten, die trotz ihres jungen Alters sehr weise waren. Es war so, als hätten sie die Lebenserfahrung mehrerer Leben. Natürlich hören sich diese Überlieferungen eher nach Mythologie als Geschichte an.«

Mythos oder nicht, diese Geschichten klingen faszinierend. Bevor ich jedoch über sie nachdenken kann, werde ich von dem Kellner unterbrochen, der die Rechnung bringt. Ich bestehe trotz einiger halbherziger Proteste von Eugene darauf, zu zahlen. Das ist Teil meines Dankeschöns, erkläre ich.

Als wir das Restaurant verlassen, sage ich zu ihnen: »Ich würde gerne noch stundenlang mit euch reden, aber ich muss zuerst etwas anderes tun.«

»Du könntest uns in deine Gedankendimension ziehen und weiterreden; dann kämst du auch nicht zu spät zu deiner Verabredung«, wirft Mira ein und schaut mich herausfordernd an.

»Mira.« Eugenes Ton ist wieder tadelnd.

Sie muss gerade gegen eine andere Regel der Lesergemeinschaft verstoßen haben, von der ich nichts weiß. Jemanden zu benutzen, um mehr Zeit zu haben, vielleicht? Es ist egal. Es würde mir nichts ausmachen, ihren Vorschlag anzunehmen, wenn ich nicht gerade vor Neugier sterben würde. »Es hat nichts mit Zuspätkommen zu tun«, erkläre ich entschuldigend. »Ich muss meiner Mutter einige wichtige Fragen stellen.«

»In dem Fall wünsche ich dir viel Glück«, sagt Mira, und zum ersten Mal hört sich ihre Stimme mitfühlend an.

»Danke. Wisst ihr, wo ich hier in der Nähe ein Auto mieten kann?«

Von Brooklyn, oder von wo auch immer, um ehrlich zu sein, kommt man am besten mit dem Auto nach Staten Island. Es gibt eine Fähre, aber die kommt für mich nicht in Frage. Danach müsste ich noch einen Bus nehmen. Und außerdem ist allein das Fahren mit der Fähre schon unangenehm genug.

Eugene und Mira wissen zwar nicht, wo ich eine Autovermietung finden kann, aber zum Glück habe ich ja mein Telefon. Ihm zufolge gibt es eine Vermietung nur einige Blöcke entfernt von hier. Da es auf dem Weg zu ihrem Apartment liegt, profitiere ich von meiner bewaffneten Begleitung – Mira mit ihrer Pistole. Ich bin ihr sehr dankbar dafür, da ich mich mit der Umgebung immer noch nicht angefreundet habe. Auf unserem kurzen Weg reden wir noch ein wenig über die Leser. Trotz Miras Protesten beginnt Eugene, mir von seinen Nachforschungen zu erzählen.

Es klingt, als versuche er, neurale Korrelate zu finden, die das begleiten, was die Leser tun. Diese Entdeckung könnte dabei helfen herauszufinden, wie der ganze Prozess funktioniert. Er denkt, dass er etwa weiß, was beim Splitten passiert. Nach diesem Moment werden die Dinge komplizierter, sodass Technologie in der Stille nicht funktioniert und die Instrumente, die in der echten Welt geblieben sind, nichts anzeigen – und damit beweisen, dass dort keine Zeit vergeht, während wir uns in der Gedankendimension befinden.

Ich höre ihm nur halb zu. Das hört sich alles faszinierend an, aber mein Kopf ist schon bei der Unterhaltung mit Sara.

Als wir bei der Autovermietung ankommen, speichere ich Eugenes und Miras Telefonnummern in meinem Handy ab und gebe ihnen meine. Wir verabschieden uns. Eugene schüttelt enthusiastisch meine Hand. »Es hat mich gefreut, dich kennenzulernen, Darren.«

»Mich auch«, erwidere ich. »Ich habe mich gefreut, euch beide kennenzulernen.«

Mira kommt zu mir, umarmt mich und gibt mir einen Kuss auf die Wange. Ich stehe einfach nur da und frage mich, ob das bedeutet, dass sie mich mag oder ob das einfach eine russische Verabschiedung ist. Warum auch immer sie es getan hat, auf jeden Fall war es sehr angenehm. Ich kann immer noch einen Hauch ihres Parfums riechen.

Als sie weggehen, will ich gerade die Autovermietung betreten, als ich noch vor dem Öffnen der Tür erneut in die Stille gezogen werde.

Von Mira.

»Darren«, sagt sie, »Ich möchte mich bei dir bedanken. Eugene sah schon lange nicht mehr so glücklich und lebhaft aus.«

»Keine Ursache. Ich mag deinen Bruder«, erwidere ich lächelnd. »Ich freue mich, wenn ich diese Wirkung auf ihn hatte.«

»Ich wollte dir auch sagen, dass gerade weil ich seine Schwester bin, ich nicht möchte, dass er verletzt wird.«

»Das verstehe ich.« Ich nicke zustimmend.

»Dann hätten wir das ja geklärt«, sagt sie ruhig. »Wenn diese ganze Sache eine Lüge ist, werde ich sehr wütend werden.« Ihre Augen leuchten dunkel. »Anders gesagt, solltest du meinem Bruder auf irgendeine Weise wehtun, werde ich dich umbringen.«

Sie dreht sich herum und geht zu ihrem eingefrorenen Körper, der sich nur ein paar Zentimeter entfernt von ihr befindet.

Diesmal bekomme ich keine Umarmung.

ZWÖLFTES KAPITEL

Ich fahre die Karre, die ich gemietet habe. Sie hatten nichts Nettes, aber wenigstens hat diese hier Bluetooth. Ich höre Enigmas *T.N.T. for the Brain* von meinem Handy aus über die Lautsprecher des Autos. Ich drehe voll auf.

Mein Kopf ist von einer verwirrenden Benommenheit umhüllt, als ich versuche, alles das zu verarbeiten, was ich heute herausgefunden habe. Gleichzeitig versuche ich, den Anweisungen des Navis zu folgen. Ich weiß, ich muss zum Belt Parkway fahren und danach zur Verrazano Bridge. Sobald ich mich allerdings auf Staten Island befinde, verfahre ich mich jedes Mal – für gewöhnlich nur wenige Straßen von meinen Müttern entfernt.

Ich habe vorher angerufen, um sicherzugehen, dass

sie zu Hause sind. Allerdings habe ich ihnen nicht gesagt, über was ich reden möchte. Ich habe vor, sie mit meinen Fragen unvorbereitet zu überfallen. Sie haben es verdient. Ich liebe sie über alles, aber ich war noch niemals so wütend auf sie wie jetzt gerade – nicht einmal als rebellischer Teenager. Besonders wütend bin ich auf Sara.

Abgesehen von ihrem alternativen Lebensstil sind Sara und Lucy personifizierte Stereotype zweier verschiedener Arten von Müttern.

Zum Beispiel Sara. Sie ist eine durch und durch jüdische Mutter. Und das, obwohl sie die weltlichste Person ist, die ich kenne. Sie hat sogar einen Nicht-Juden geheiratet, was nicht koscher ist. Sie deutet regelmäßig an – und manchmal sagt sie es auch ganz direkt –, dass ich nach meinem Abschluss an einer guten Schule (natürlich) jetzt ein nettes Mädchen (bedeutet ein jüdisches Mädchen) kennenlernen und mich mit ihr niederlassen sollte. Mit einundzwanzig Jahren. Genau. Und sie kann mir hervorragend Schuldgefühle verursachen. Wenn ich zum Beispiel einige Tage lang nicht anrufe, bekomme ich dieses ganze »du musst dir keine Umstände machen, um deine eigene Mutter anzurufen; es ist ja nicht so, dass ich irgendwie wichtig wäre usw.« zu hören. Sie macht auch noch andere komische Sachen. Sollte ich zum Beispiel spät nachts noch unterwegs sein und den Fehler machen, das ihr gegenüber zu erwähnen, möchte sie eine SMS von mir, sobald ich zu Hause ankomme. *Ja.* Wenn wir uns nicht hören, kann ich auch die ganze Nacht wegbleiben und sie macht sich keine Sorgen, wenn sie keine SMS bekommt.

Lucy ist nicht besser. Obwohl, ehrlich gesagt ist Lucy jetzt besser geworden. Sie erwartet von mir nur, sie einmal pro Woche anzurufen, nicht täglich. Als ich aufwuchs, war sie allerdings schlimmer als Sara. Sie muss dieses Buch darüber gelesen haben, eine Tiger-Mami zu sein, und es wörtlich genommen haben. Und das bei dem Kind, welches wahrscheinlich am schlechtesten dafür geeignet war – mir. Zurückblickend denke ich, dass ich als Kind ADHS hatte. Als sie versuchte, mich zum Violinenunterricht zu zwingen, habe ich »ganz aus Versehen« ein Dutzend dieser blöden Instrumente zerbrochen, um zu testen, wie entschlossen sie war. Als ich die letzte zerbrach (auf dem Kopf eines anderen Schülers), wurde ich rausgeschmissen, was gleichzeitig das Ende meiner musikalischen Aktivitäten bedeutete. Danach gab es für mich Ballettstunden. Dort wurde ich rausgeschmissen, weil ich ein Mädchen verprügelt haben sollte, was nicht stimmte. Ich wusste schon sehr früh, dass man keine Mädchen schlägt. Ein anderes Mädchen hatte das Opfer geschubst, aber wegen meines Rufs wurde mir die Schuld gegeben. Lucy wollte auch, dass ich ihre Muttersprache Mandarin lerne. Es ist mir egal, ob ich als Baby ein wenig von ihr gelernt hatte oder ob ich bis heute noch ein paar Sätze beherrsche; ich konnte das einfach nicht tun. Hätte ich für sie Mandarin gelernt, hätte ich auch Jiddisch-Unterricht für Sara nehmen müssen. Oy vey.

Die Schule früh zu beenden und nach Harvard zu gehen geschah also nur teilweise, um meine Mütter glücklich zu machen. Der Hauptgrund war, dass es bedeutete, ihren übereifrigen Erziehungstechniken zu entkommen und ein wenig Freiheit in Boston zu erleben. Nach dem Uniabschluss bekam ich sofort einen Job und nahm mir so schnell wie möglich ein eigenes Apartment. Sobald ich den nötigen Abstand zu meinen Eltern hatte, liebte ich sie sofort wieder viel mehr.

Als ich in ihre Einfahrt einbiege, sehe ich drei Autos vor dem Haus stehen. Ich erkenne das zusätzliche Auto. Es ist Onkel Kyles bierbrauner Crown Victoria.

Toll, er ist bei ihnen. Das ist das Allerletzte, was ich jetzt gebrauchen kann.

»Hallo Mami«, sage ich, als Sara die Tür öffnet. Ich sehe ihr nicht wirklich ähnlich, was mich jetzt erst recht fragen lässt, wer wohl mein Vater gewesen sein könnte. Wir haben beide blaue Augen und ich könnte die Größe von ihr geerbt haben. Mit 1,70 Metern ist sie ziemlich groß für eine Frau. Besonders groß sieht sie aus, wenn sie neben meiner anderen Mutter steht, so wie jetzt gerade. Lucy ist knapp 1,50 Meter groß, aber lassen Sie sich davon nicht täuschen. Sie ist hart. Außerdem hat sie eine   Pistole – und kann mit ihr umgehen.

»Hallo Schatz«, sagt Sara und strahlt mich an.

»Hallo Mami«, sage ich erneut und schaue dabei Lucy an.

»Hallo Spätzchen«, sagt Lucy.

Hmm. Versuchen sie, mich vor Onkel Kyle bloßzustellen?

»Hallo Kyle«, sage ich um einiges unfreundlicher, als ich eintrete.

Er lächelt mich an, eine Seltenheit bei ihm, und wir geben uns die Hand.

Ich habe gemischte Gefühle, was Kyle anbelangt. Obwohl ich ihn innerlich Onkel nenne, ist er kein Blutsverwandter. Sara ist Einzelkind. Er ist ein Arbeitskollege von Lucy. Als ehemalige Partner nehme ich an, dass er und Lucy sich sehr   nahestehen – eine Freundschaft, die ich nicht verstehen kann, da ich mich im Gegensatz zu ihnen niemals in Lebensgefahr begeben habe.

Ich kann mir gut vorstellen, dass meine Mütter Kyle häufig gebeten hatten vorbeizukommen, als ich noch kleiner war, damit ich ein männliches Vorbild hätte. Sie hätten für diese Aufgabe niemand Schlechteren finden können. Soweit ich mich erinnern kann, haben wir uns noch nie vertragen. Egal bei welchem Thema, wir sind immer gegensätzlicher Ansicht. Sterbehilfe, Todesstrafe, menschliche Klone, egal was, wir werden uns darüber streiten. Ich sehe mich selbst gerne als einen Freigeist, während Kyle an dem festhält, was er eingetrichtert bekommen hat und mit dem er aufgewachsen ist. Er tut, was die Autoritäten ihm vorschreiben, ohne irgendetwas jemals in Frage zu stellen.

Das Mysteriöseste an ihm ist, wie jemand, der so

traditionell ist, die Verbindung meiner Mütter akzeptieren kann. Meine Theorie dazu ist, dass er sich mental abgetrennt hat. Ich kann mir gut vorstellen, dass er sich trotz ihrer Ehe einredet, dass sie einfach nur Freunde sind, die zusammenleben.

Außerdem denke ich, dass er unsterblich in Lucy verliebt ist. Er nennt es Geschwisterliebe, aber das habe ich schon immer bezweifelt. Besonders, wenn man sein sehr professionelles, kaltes Verhalten Sara gegenüber betrachtet, einer Frau, die er seit über zwanzig Jahren kennt. Sie hatten schon immer ein recht kühles Verhältnis zueinander gehabt. Als er allerdings auf die Idee kam, mich als Neunjährigen zur Strafe mit einem Gürtel zu schlagen, stritten die beiden heftig, und seitdem herrscht Eiszeit zwischen ihnen. Ich war clever genug, wie ein Verrückter zu schreien, weshalb Sara, wie vorauszusehen war, einen Wutanfall bekam. Sie hat ihm eine Vase ins Gesicht geschleudert. Ich glaube, er musste sogar genäht werden. Danach verwarnte er mich nur noch verbal, und sein Verhältnis zu Sara wurde noch distanzierter.

Nachdem ich das alles gesagt habe und nun nicht mehr regelmäßig mit ihm zu tun haben muss, mag ich ihn eigentlich ganz gerne. Ich weiß, dass er es normalerweise gut meint. Er ist für mich das, was einer Vaterfigur am nächsten kommt. Er hat viel Zeit hier verbracht und hat es eigentlich immer gut mit mir gemeint. Er hat mir immer Geschichten über die coolen alten Zeiten erzählt, als er und Lucy sich mit

Kriminellen prügelten, bevor sie sie festnahmen – Geschichten, die Lucy mir immer verschwiegen hat. Außerdem könnte ich jetzt nur halb so gut diskutieren, hätte ich mich nicht die ganze Zeit mit ihm gestritten. Ob das gut war oder nicht, er hat auf jeden Fall eine Rolle bei meiner Entwicklung gespielt, und diese Ehre wird normalerweise nur Personen zuteil, zu denen man ein enges Verhältnis hat.

»Was macht die Arbeit?«, fragt Kyle. »Steht uns ein weiterer finanzieller Crash bevor?«

Kyle mag keine Menschen, die im Finanzbereich arbeiten. Das kann ich ihm verzeihen; die wenigsten sind Fans von ihnen. Oder sollte ich besser sagen uns? Aber auch nur die wenigsten Menschen verstehen den Unterschied zwischen Bankern und Hedgefonds-Analysten, oder überhaupt zwischen einer Tätigkeit in einem Finanzbereich und einem anderen.

»Es läuft alles bestens«, antworte ich ihm. »Ich untersuche gerade ein biotechnisches Unternehmen, welche magnetische Wellen dazu verwenden wird, menschliche Gehirne zu Therapiezwecken zu beeinflussen.«

Lucy verengt ihre Augen. Sie weiß, dass ich es darauf anlege, einen Streit zu beginnen. Aber das muss ich Kyle lassen: diesmal lässt er sich nicht darauf ein. Normalerweise würde er jetzt mit irgendeinem Schwachsinn antworten. Etwas darüber, wie beängstigend und unnatürlich sich das anhört, was ich gerade gesagt habe. Wie gefährlich es ist, mit den menschlichen Gehirnen zu experimentieren und so weiter. Aber er sagt nichts dergleichen.

»Ich freue mich, dass du dir in dem Unternehmen einen Namen machst«, erwidert er stattdessen. Ist das ein Friedensangebot? »Ich war gerade auf dem Weg nach draußen, aber wir sehen uns auf Lucys Geburtstagsfeier in einigen Wochen.«

»Natürlich, Kyle«, erwidere ich. »Bis dann.«

Er geht hinaus, und Lucy begleitet ihn. Wahrscheinlich war er hier, um ihre Meinung zu einem Fall zu hören. Er macht das bis zum heutigen Tage, auch wenn sie seit Jahrzehnten keine Partner mehr sind.

»Wann wirst du endlich erwachsen?«, tadelt Sara mich lächelnd. »Warum musst du immer die wunden Punkte aller anderen ansprechen?«

»Das ist ja super, dass du jetzt Kyle verteidigst.« Ich verdrehe meine Augen.

»Er ist ein guter Mann«, sagt sie schulterzuckend.

»Wie du meinst«, entgegne ich und beende das Thema damit. Ich bin gerade wirklich nicht an einem Gespräch über Kyle interessiert. »Wir müssen reden. Du solltest dich dafür hinsetzen.«

Jetzt sieht Sara alarmiert aus. Ich bin mir nicht sicher, ob sie sich vorstellen kann, was ich sagen werde, aber sie hat einen Hang dazu, vom Schlimmsten auszugehen.

»Sollten wir auf deine Mutter warten?«, möchte sie wissen. Ich finde es lustig, dass sie beide die jeweils andere so nennen. *Deine Mutter.*

»Wahrscheinlich. Es ist nichts Schlimmes. Ich habe

nur ein paar wichtige Fragen, die mich beschäftigen«, antworte ich. Trotz allem fühle ich mich schuldig dafür, dass sie sich Sorgen macht.

Ich sehe, wie sie bei den Worten »wichtige Fragen« erblasst.

»Hast du Hunger?«, möchte sie wissen und betrachtet mich besorgt. *Bitte, nicht schon wieder diese Belanglosigkeiten.* Wenn Lucy nicht eingreifen, ich nicht unter Appetitlosigkeit leiden würde und so stur wäre, wäre ich der pummeligste Sohn, den man sich bei Sara überhaupt vorstellen kann. Und je fetter ich werden würde, desto glücklicher wäre Sara in ihrer Mutterrolle. Sie könnte mich herumzeigen und sagen: »Seht, wie fett er ist und wie sehr ich ihn liebe.« Ich weiß, dass sie diese »jemandem etwas zu essen zu geben ist, sich um ihn zu sorgen«-Einstellung von meiner Oma hat, die nicht lockerlassen würde, bis man die Größe eines Hauses hat.

Die Tatsache, dass sie nicht weiter auf das Essensthema besteht, zeigt mir, wie besorgt sie ist. Fühlt sie sich schuldig? Hat sie eine Vorahnung, was ich sie fragen werde?

»Nein, danke, Mama. Ich habe gerade Sushi gegessen«, sage ich. »Aber ich hätte gerne einen Kaffee.«

»Warst du die ganze Nacht feiern?« Jetzt sieht sie sogar noch besorgter aus. »Du siehst erschöpft aus.«

»Ich konnte letzte Nacht nicht gut schlafen, aber mir geht's gut, Mama.«

Sie schüttelt den Kopf und geht in die Küche. Ich folge ihr. Dieses Haus ist mir immer noch fremd. Mir war das verkramte Apartment in Manhattan, in dem ich aufwuchs, lieber, aber meine Mütter haben vor ein paar Jahren beschlossen, dass es Zeit für ein Eigenheim im Vorort sei. Wenigstens haben sie immer noch die gleichen vertrauten Möbel, an die ich mich aus meiner Kindheit erinnere, wie den Stuhl, auf dem ich gerade sitze. Und den schweren runden Küchentisch. Und den Becher, rot mit Punkten, den sie mir gegeben hat. Mein Becher.

»Ich rieche Kaffee«, meint Lucy, die gerade zurückkommt.

»Ich habe dir auch einen Becher gemacht«, meint Sara.

»Du kannst meine Gedanken lesen«, antwortet Lucy lächelnd.

Ich denke, ich werde keinen besseren Einstieg als diesen finden. Ist das wirklich wahr? Kann Sara Lucys Gedanken lesen?

»Mama«, sage ich zu Sara. »Gibt es vielleicht etwas Wichtiges, was du mir über meine Abstammung sagen möchtest?«

Jetzt schaue ich sie beide abwechselnd an. Sie sehen erschüttert aus.

»Wie hast du das herausgefunden?«, fragt Lucy und blickt mich an.

»Es tut mir so leid«, meint Sara schuldbewusst.

Die Stärke ihrer Reaktion verwirrt mich, wenn man meine relativ harmlose Frage bedenkt. Ich bin ja noch nicht einmal zu den ernsthaften Dingen gekommen.

Aber es sieht so aus, als sei ich etwas auf der Spur. Also sage ich nichts und bemühe mich um einen möglichst ausdruckslosen Gesichtsausdruck. Ich bin mir nicht sicher, worüber wir gerade sprechen. Aber ich kann spüren, dass wir nicht über das Gleiche reden.

»Wir wollten es dir immer sagen«, fährt Sara fort, und Tränen steigen in ihren Augen auf. »Aber irgendwie haben wir nie den richtigen Zeitpunkt gefunden.«

»Die längste Zeit deines Lebens, bis in dein Teenager-Alter hinein, konnten wir überhaupt nicht darüber sprechen. Nicht einmal unter uns beiden«, fügt Lucy hinzu. Sie hält sich wacker, aber ich kann sehen, dass sie nervös ist. »Wir haben es sogar damit versucht, Bücher darüber zu lesen. Aber die Bücher empfahlen, es so früh wie möglich zu sagen, aber den Zeitpunkt hatten wir schon verpasst ...«

»Was zu sagen?«, frage ich und werde lauter. Ich bin mir ziemlich sicher, jetzt etwas anderes als das zu erfahren, wofür ich eigentlich hierhergekommen bin.

Sara blinzelt mich unter Tränen an. »Ich dachte, du wüsstest es ... Wolltest du nicht genau darüber reden? Ich dachte, du hast einen dieser modernen DNA-Tests benutzt, um es herauszufinden.«

Eine Panikwelle schwappt über mich hinweg. Ich versuche, mich nicht zurückzuziehen. Ich möchte das hören.

»Ich möchte gerne wissen, wovon du redest«, sage ich. »Jetzt sofort.«

Ich schaue sie abwechselnd an. Sie sollen gar nicht

erst versuchen, sich aus dieser Sache herauszuwinden. Sie wissen, dass sie jetzt auspacken müssen.

»Darren, wir haben dich adoptiert«, sagt Lucy ruhig und schaut mich an.

»Genau«, pflichtet Sara flüsternd bei. »Ich bin nicht deine biologische Mutter.« Sie beginnt zu weinen. Das ist etwas, das ich seit meiner Kindheit hasse. Irgendwas ist an einer weinenden Mutter falsch, irgendwie beängstigend. Außer – und das Ausmaß dessen, was sie mir gerade gesagt haben wird mir bewusst – sie ist nicht meine richtige Mutter.

Sie ist es niemals gewesen.

DREIZEHNTES KAPITEL

Wie würde jemand an meiner Stelle reagieren?

Ich weiß nicht, ob es daran liegt, dass ich sehe, wie betroffen meine Mütter sind, oder ob es die Nachricht als solche ist, aber ich kann diese geballte Ladung an Gefühlen nicht länger ertragen. Ich ziehe mich in die Stille zurück. Sobald die Welt um mich herum bewegungslos ist, nehme ich den Kaffeebecher in die Hand und werfe ihn quer durch den Raum. Der Becher prallt gegen den Fernseher und der Kaffee spritzt nach allen Seiten. Ich stehe auf, ergreife den Stuhl neben meinem eingefrorenen Ich und werfe ihn dem Kaffeebecher hinterher. Dabei schreie ich so laut ich kann. Ich halte mich davon ab, weitere Dinge zu zerstören; auch wenn ich weiß, dass alles wieder normal sein wird, wenn ich zurückkomme. Trotzdem fühlt es sich wie Vandalismus an.

Ich atme einige Male tief durch und versuche mich zu sammeln.

Das erklärt einiges von dem, das mir Eugene und Mira erzählt haben. Sara hat mich nicht angelogen. Sie hat meine Fähigkeiten nie besessen. Sie hat auf meine Beschreibungen der Stille so reagiert, wie jede normale Person das tun würde. Ich sollte jetzt wohl erleichtert sein. Das bin ich aber überhaupt nicht.

Warum haben sie mir das nicht gesagt? Es ist ja schließlich nicht so, als hätten wir uns niemals über Adoptionen unterhalten. Das haben wir sehr häufig. Irgendwie. Wir haben darüber geredet, dass Lucy mich nicht geboren hat, aber mich genauso sehr liebt wie Sara, die das angeblich getan hat. Das wäre in etwa das Gleiche gewesen.

Ich atme noch ein paar Mal tief durch. Ich sitze auf dem Boden und meditiere, genauso wie ich es schon einige andere Male heute getan habe.

Ich beginne, mich besser zu fühlen – zumindest gut genug, um weitersprechen zu können. Ich schaue auf das entsetzte Gesicht meines eingefrorenen Ichs. Ich strecke meinen Arm aus und berühre meinen Ellenbogen. Diese Geste soll mein eingefrorenes Ich trösten, was sich verrückt anhört, da ich es ja selber mache. Diese Berührung bringt mich zurück.

Ich atme in der echten Welt demonstrativ tief ein. »Wenn du nicht meine biologische Mutter bist«, sage ich angestrengt, »wer ist es dann?«

»Deine Eltern hießen Mark und Margret«, antwortet Lucy. Ich bin entsetzt, dass sie auch   weint – das ist etwas, das ich fast nie bei ihr gesehen habe. In meinem Magen formt sich ein Knoten, als sie fortfährt: »Dein Onkel hätte dir Geschichten über Mark erzählen können.«

Ich bin fast schon wieder so weit, in die Stille zu gehen. Sie hat »hießen« gesagt. Ich weiß, was das bedeutet. Und ich habe von Mark gehört. Er war dieser knallharte Partner, der mit Lucy und Kyle gearbeitet hat.

»Erzähl mir alles«, presse ich zwischen zusammengebissenen Zähnen hervor. Ich gebe mein Bestes, um nichts zu sagen, was ich später bereuen könnte.

»Bevor du geboren wurdest, waren wir wirklich in Israel, genau so, wie wir dir immer erzählt haben«, beginnt Sara mit zitternder Stimme. »Nur das, was dort wirklich passierte, ist etwas anderes. Unsere Freunde Mark und Margret kamen mit einer verrückten Geschichte und einem noch verrückteren Anliegen zu uns.«

Sie hält inne und schaut Lucy bittend an.

»Sie haben behauptet, jemand wolle sie umbringen«, meint Lucy mit ruhiger Stimme. »Sie haben uns erzählt, dass Margret schwanger sei und sie wollten, dass wir das Kind großziehen. Sie wollten, dass wir so tun, als sei es unseres.« Während sie spricht beruhigt sie sich und hört auf zu weinen. »Wir wollten schon immer ein Kind. Das war wie ein Traum, der wahr wird. Wir haben uns dann diese ganze Samenbankgeschichte ausgedacht. Sie haben gesagt, dass du der gleichen Gefahr ausgesetzt sein würdest wie sie, sollte dieses Arrangement herauskommen. Ich weiß, dass es sich anhört, als würde ich nach Entschuldigungen dafür suchen, es dir nicht erzählt zu haben. Aber gerade als sie nach New York zogen, um in deiner Nähe zu sein, wurden sie umgebracht ...«

»Lucy und Mark waren sehr enge Freunde«, springt Sara ein und trocknet sich ihr tränennasses Gesicht ab. »Damals arbeiteten sie zusammen in der Abteilung für organisiertes Verbrechen. Lucy und ich nahmen einfach an, dass Marks Arbeit mit den Morden zu tun hatte. Deshalb habe ich deine Mutter gebeten, sich versetzen zu lassen.« Sie schaut wieder zu Lucy und bittet sie damit wortlos, weiterzuerzählen.

»Ich habe an den Untersuchungen zu ihrem Tod mitgearbeitet«, sagt Lucy. »Aber ich habe immer noch keine Ahnung, wer sie getötet haben könnte oder warum. Der Mörder hat keine Spuren hinterlassen. So gründlich wie dieser Tatort wurde wohl noch nie ein anderer untersucht – und trotzdem: nichts. Alles, was ich weiß, ist, dass Margret in ihrer eigenen Küche in den Rücken geschossen wurde und es sah so aus, als sei Mark wenige Sekunden später gestorben. Es schien so, als ob er den Angreifer überwältigen wollte. Es gab keine Zeichen, die auf einen Einbruch hindeuteten.«

Meine Gedanken verschwimmen. Wie sollte ich mich denn jetzt bei dem Gedanken fühlen, dass so etwas mit meinen biologischen Eltern geschehen ist, von denen ich nicht einmal wusste, dass sie existierten? Oder darüber, dass sie mich ihren Freunden überlassen haben, obwohl sie wussten, dass sie Sara und Lucy damit in Gefahr brachten.

Das wird mir alles zu viel. Ich gleite wieder in die Stille ein.

Sobald ich dort bin, gehe ich zu Sara, deren eingefrorenes Gesicht besorgt aussieht. Ich liebe sie immer noch genauso sehr wie auf meinem Weg hierher. Das ändert nichts. Ich habe Lucy nie weniger geliebt als Sara, auch wenn ich wusste, dass wir nicht blutsverwandt sind. Soweit ich das beurteilen kann, macht das keinen Unterschied.

Ich lege meine Hand auf Saras Unterarm und versuche mich in die Kohärenz, wie Eugene diesen Zustand genannt hat, zu begeben. Ich bin so erschöpft, dass es diesmal schwieriger ist. Ich weiß nicht wie lange ich brauche, um endlich in Saras Erinnerungen zu versinken.

* * *

Wir sind aufgeregt, dass Darren zu Besuch kommt.

Ich, Darren, schäme mich irgendwie für Saras überschwängliche Freude. Wenn es sie so glücklich macht, sollte ich sie wahrscheinlich häufiger besuchen.

Wir sind am Boden zerstört, nach all diesen Jahren mit Darren das gefürchtete Gespräch über die Adoption führen zu müssen. Unser kleines Familiengeheimnis. Bevor ich, Darren, natürlich aus Saras Gedanken gedrängt werde, weil ich in der Gegenwart ankomme, beschließe ich, tiefer in sie einzusinken. Ich stelle mir vor, immer leichter zu werden, tiefer hineinzusinken.

Wir sehen Darren dabei zu, wie er seine Sachen für Harvard packt. Wir sind mehr als aufgeregt. Mir, Darren, fällt auf, dass ich noch nicht weit genug in der Vergangenheit bin, und dringe tiefer ein.

Wir sind mit Lucy verabredet. Sie ist das coolste Mädchen, das wir jemals getroffen haben. Ich, Darren, bemerke, wie unheimlich diese Sache werden kann, aber ich weiß auch, dass Aufhören für mich nicht in Frage kommt. Ich bin an meinem Ziel vorbeigeschossen und muss wieder weiter zur Gegenwart kommen, sozusagen die Erinnerungen vorspulen. Ich, Darren, tue das, was ich zuerst versucht habe, um tiefer in die Gedanken einer anderen Person einzudringen, nur andersherum: Ich stelle mir vor, ich sei schwerer. Es funktioniert.

Wir haben uns monatelang mit Israel beschäftigt. Unser Erbe ruft uns, wie unsere Mutter Rose sagte. Ich, Darren, erkenne, dass Rose meine Großmutter ist und dass ich nahe am richtigen Zeitpunkt bin. Ich springe ein wenig weiter nach vorne.

Wir sind in Israel. Es ist unglaublich. Selbst Lucys anfänglicher schlechter Laune wegen: »Hier gibt es fast keine anderen Asiaten« ist nach einem Tag am Meer wie weggeblasen.

Wir schauen uns den Strand an. Der Anblick ist

fantastisch. Ich, Darren, behalte in meinem Hinterkopf, dort auch eines Tages mal hinfahren zu müssen.

»Hallo Leute«, sagt eine vertraute männliche Stimme.

Wir sind überrascht die M&Ms, Mark und Margret, auf uns zukommen zu sehen. Lucy auch, nehme ich an. Was machen sie hier in Israel? Es erwartet ja niemand, über den Ozean zu fliegen und dort zufällig Freunde aus New York zu treffen.

Ich, Darren, sehe sie, und Saras Überraschung verblasst gegen meine eigene. Sie sehen nicht genauso aus wie ich. Aber es ist, als ob ein Photoshop-Genie ihre Gesichtszüge genommen und sie mit einigen generelleren vermischt hätte, um das vertraute Gesicht zu erschaffen, das ich, Darren, jeden Tag im Spiegel sehe.

»Was macht ihr denn hier?«, möchte Lucy wissen und sieht besorgt aus.

»Wir müssen reden«, erwidert Mark. »Aber nicht hier.«

Ich, Darren, stelle mir wieder vor, schwerer zu werden, um ein wenig vorzuspulen.

Wir hören uns die verrückte Geschichte von M&M an.

»Wer ist hinter euch her? Wenn ihr mir das nicht sagt, wie soll ich euch dann helfen?«, entgegnet Lucy frustriert, nachdem sie sich alles angehört hat. Wir fühlen das Gleiche. Wir können es gar nicht glauben, dass unsere Freunde uns mit so einem Anliegen überfallen und uns dabei so gut wie nichts sagen.

»Besteh nicht darauf, Lucy. Wenn ich dir das sagen würde, würde ich dich und auch das ungeborene Kind in Gefahr bringen«, sagt Mark. Ich, Darren, bemerke, dass seine Stimme tief ist, sehr ähnlich der Stimme auf meinem Anrufbeantworter. Meiner Stimme.

»Aber was ist mit dir?«, möchten wir wissen und schauen Margret an. »Wie wirst du damit zurechtkommen?«

Margret, die während dieser ganzen Unterhaltung sehr schweigsam gewesen war, beginnt zu weinen, und wir fühlen uns wie ein Dummkopf.

»Margie und ich werden alles dafür tun, dass unser Kind leben wird«, antwortet Mark für sie. »Auch wenn es mehr als schmerzhaft ist, uns auf diese Weise zurückziehen zu müssen.«

»Ihr werdet also nicht nach New York zurückkommen?«, möchte Lucy wissen. Das ist mein Mädchen, immer im Dienst und damit beschäftigt, alle Teile zusammenzufügen.

Er schüttelt seinen Kopf. »Meine Kündigung ist schon vorbereitet. Wir werden in Israel bleiben, bis das Baby geboren ist. Dann kommen wir für ein Jahr zurück nach New York, um euch zu helfen, und danach ziehen wir nach Kalifornien. Wir hoffen, ihr könnt uns dann mal besuchen kommen, wenn das Baby älter ist. Erzählt ihr – oder ihm – einfach, dass wir alte Freunde sind.« Marks Stimme bricht ab.

»Aber das ergibt keinen Sinn«, entgegnet Lucy und

spricht damit das aus, was ich auch gerade denke. »Wenn du schon kündigst und wegziehst, sollte das Kind doch in Sicherheit sein.«

»Nein«, widerspricht Mark. »Umziehen mindert das Risiko kaum. Die Menschen, die unseren Tod wollen, können uns überall erreichen. Bitte stelle mir keine weiteren Fragen Lucy. Denk doch einfach daran, wie schön es wäre, ein Kind zu haben. Hattet ihr nicht sowieso vor, zu adoptieren?«

»Wir könnten uns niemand Besseren dafür vorstellen«, fällt Margret ein. »Bitte helft uns.«

Wir haben den Eindruck, dass sie sich selbst davon überzeugen will, dass diese Entscheidung die richtige ist. Wir können uns kaum vorstellen, wie sie sich fühlen muss.

»Wir werden für alles zahlen«, erklärt Mark und wechselt damit das Thema.

Genau wie Lucy möchten wir das Geld nicht, aber letztendlich überzeugen uns die M&Ms, ihr überaus großzügiges Angebot anzunehmen. Wir hatten nicht einmal gewusst, dass sie so viel besaßen. Wir kennen Marks grobes Einkommen, da er mit Lucy arbeitet und nicht sehr viel mehr als sie bekommen kann. Niemand mit einem solchen Einkommen verfügt über einen derartigen Geldbetrag. Wir denken auch nicht, dass Margret so viel verdient. Vielleicht hat das viele Geld etwas mit der paranoiden Geschichte über diese Menschen zu tun, die hinter ihnen her sind.

Ich, Darren, denke nicht, dass es das Geld ist.

Könnten es die Strippenzieher sein? Immerhin haben sie ja auch Mira und Eugenes Familie umgebracht. Könnten sie auch hinter dem Mord an meinen Eltern stecken? Plötzlich wird es für mich zu einem persönlichen Anliegen, mehr über die Strippenzieher zu erfahren.

Ich, Darren, halte diese sich anbahnende Tragödie nicht länger aus. Vielleicht komme ich eines Tages hierhin zurück, aber in diesem Augenblick kann ich nicht damit umgehen. Trotzdem schaue ich mir wie ein Masochist weitere Erinnerungen an.

Wir kommen von Margret und Marks Beerdigung zurück. Die meiste Zeit des Rückwegs haben wir geschwiegen. Ich habe Lucy noch nie so aufgewühlt gesehen.

»Bitte, sprich mit mir, Schatz«, sagen wir, um die belastende Stille zu brechen.

»Ich habe die Leichen gefunden«, sagt Lucy in einer völlig fremden Stimme. »Und ich habe den Tatort mit der Lupe abgesucht. Aber trotzdem habe ich nichts. Es ist wie das perfekte, unlösbare Verbrechen aus einem Kriminalroman. Ich kann das nicht hinnehmen. Ich bin es Mark schuldig, dieses Arschloch zu finden, das es getan hat ...«

»Sei nicht so hart zu dir selbst«, sagen wir. »Du wirst es herausbekommen. Wenn du das nicht schaffst, schafft es niemand.«

»Wir hätten umziehen sollen«, sagt Lucy.

Sie legt ihren Finger auf einen wunden Punkt –

unsere eigenen Schuldgefühle. Wir wünschen uns, dass wir Mark und Margret gesagt hätten, das erste Jahr nicht nach New York zu kommen, wenn das so gefährlich ist. Aber das haben wir nicht getan. Wir hätten ihnen anbieten können, für ein Jahr nach Kalifornien zu ziehen. Irgendetwas. Unsere größten Schuldgefühle haben wir allerdings, weil wir insgeheim gedacht haben, die M&Ms seien verrückt. Wir haben uns aber nicht weiter in diese Geschichte vertieft, sondern uns auf ihr wundervolles Geschenk – Darren – konzentriert. Jetzt sind sie allerdings tot, und das ändert einiges. Wir denken nicht mehr, dass sie verrückt sind. Wir fühlen uns nur schrecklich dabei, dieses Unglück nicht irgendwie verhindert zu haben.

Ich, Darren, kann jetzt wirklich nichts weiter aufnehmen. Ich springe aus Saras Kopf.

* * *

Ich bin zurück in der Stille und schaue Sara an. Der Großteil meines Ärgers ist verschwunden. Wie könnte ich auch wütend sein, nachdem ich gerade erlebt habe, wie viel diese Frau für mich empfindet? Einen Moment lang überkommt mich eine Welle von Schuldgefühlen, so tief in die Privatsphäre meiner Mutter eingedrungen zu sein, um die Wahrheit herauszufinden. Aber getan ist getan.

Ich gehe zu mir und berühre meinen Ellenbogen.

Obwohl ich nicht mehr in der Stille bin, verharrt Sara unbeweglich, während sie auf meine Reaktion wartet.

»Ich weiß nicht, was ich sagen soll«, erwidere ich wahrheitsgemäß.

»Das ist völlig in Ordnung. Du hast ja auch eine Menge zu verarbeiten«, sagt Lucy.

»Meinst du?«, entgegne ich unfreundlich und bedauere es sofort, als sie zusammenzuckt.

»Es tut mir wirklich leid, dass wir so lange gebraucht haben, um es dir zu erzählen«, entschuldigt sich Sara schuldbewusst.

»Heute habt ihr es mir ja auch nicht gerade freiwillig gesagt«, kann ich mir einfach nicht verkneifen. Ich denke, ich habe es ihnen immer noch nicht ganz verziehen – dass sie mich so lange im Dunkeln darüber gelassen haben.

»Da hast du Recht«, gibt Sara zu. »Und wie Lucy schon gesagt hat, ist es uns jahrelang schwergefallen, darüber zu reden. Wenn du erst einmal anfängst, über etwas nicht zu reden, wird es irgendwann zu einem eigenartigen Tabuthema. Aber wenn du nichts davon gewusst hast, was wolltest du dann eigentlich von uns hören?« Sie schaut mich fragend an.

»Das ist jetzt nicht wichtig«, erwidere ich. Ich werde doch jetzt nicht anfangen, wie ein Verrückter darüber zu reden, dass ich Teil einer geheimen Gruppe von Menschen bin, die Zeit einfrieren und in die Gedanken anderer eindringen können. Darüber wollte ich nur reden, als ich dachte, Sara sei selbst ein Leser. »Das, was ihr wissen solltet, ist, dass diese Tatsache nichts an dem ändert, was ich für euch fühle.«

Da ich ihre Gedanken gelesen habe, weiß ich, dass sie das am liebsten hören möchten. Und ich meine es auch so. Ja, ich bin gerade wütend und verwirrt, aber ich weiß, dass das, was ich gesagt habe, bald zu einhundert Prozent zutreffen wird. Es wird alles wieder so sein, als habe dieses Gespräch niemals stattgefunden.

Für diese Worte werde ich mit sichtbarer Erleichterung auf ihren Gesichtern belohnt.

»Wenn das für euch in Ordnung ist, würde ich jetzt am liebsten nach Hause fahren. Ich muss das erst einmal verdauen«, erkläre ich ihnen. Das ist schon komplizierter. Ich weiß, dass es sie freuen würde, wenn ich bliebe und Zeit mit ihnen verbrächte. Aber an diesem Punkt bin ich schon mehr als erschöpft.

»Natürlich«, erwidert Sara, aber ich weiß, dass sie enttäuscht ist.

»Wir sind hier, falls du noch Fragen haben solltest«, fügt Lucy hinzu. Ihr Gesichtsausdruck ist schwieriger zu lesen.

Lucy hat Recht. Ich könnte später noch mehr Fragen haben. Aber jetzt umarme ich sie und gebe ihnen einen Kuss, bevor ich so schnell wie möglich von hier verschwinde.

Ich fahre nach Tribeka, ohne es mitzubekommen. Erst als ich einen Parkplatz suche, wird mir dieser Automatismus bewusst. Parken in der Stadt ist fast unmöglich, deshalb habe ich auch kein Auto. Ich entscheide mich für eines der Parkhäuser, auch wenn ich morgen ein Vermögen dafür zahlen werde. In diesem Moment ist mir das egal. Ich möchte einfach nur nach Hause.

Als ich in meinem Apartment ankomme, kann ich nur noch essen und duschen. Danach schlafe ich ein, sobald ich ins Bett sinke.

VIERZEHNTES KAPITEL

Es ist erstaunlich, was Schlaf für die Psyche tut. Als ich am nächsten Morgen mein Müsli esse, sehe ich die Ereignisse und Enthüllungen des vorherigen Tages in einem ganz anderen Licht. Sogar meine Adoption scheint etwas zu sein, mit dem ich umgehen kann.

Ich versuche, mich in meine Mutter hineinzuversetzen. Nehmen wir mal an, mein Freund Bert würde mir ein eigenartiges Geheimnis erzählen. Und dann, sagen wir, bittet er mich, niemandem davon zu erzählen und stirbt. Das würde ja quasi als letzter Wille zählen. Und als letzter Wille wäre es zweifellos schwer, das Geheimnis unter diesen Umständen zu verraten. Könnte das auch ein Grund für die Verschwiegenheit meiner Mütter sein?

So ausgeruht erkenne ich auch einen weiteren Aspekt

meiner neuen Situation: Vielleicht habe ich Verwandte, die ich noch nie getroffen habe. Großmütter und Großväter, von denen ich nichts wusste. Vielleicht Onkel, Tanten, Cousins und Cousinen. Alle diese neuen Familienmitglieder sind wahrscheinlich dort draußen in der geheimnisvollen Lesergemeinschaft. Es ist wirklich ärgerlich, dass Eugene und Mira nicht dazugehören. Täten sie das, könnte ich über sie weitere Leser kennenlernen. Vielleicht sogar entfernte Verwandte treffen und etwas über meine Herkunft erfahren.

Jetzt, da ich nicht mehr so angespannt bin, denke ich über meine aufregenden neuen Fähigkeiten nach. Ich meine, denken Sie doch mal an die ganzen Möglichkeiten. Es erinnert mich an die Mittelschule, als ich begann, die Stille zu nutzen. Ich hatte eine Menge Spaß dabei, mich unbeobachtet in die Mädchenumkleidekabine zu schleichen, das Tagebuch meiner ersten Freundin zu lesen oder ältere Damen auszuspionieren ... Wenn ich darüber nachdenke, fällt mir auf, dass die frühe Nutzung der Stille ein gewisses Muster aufweist.

Diese ganzen Dinge verblassen allerdings im Vergleich zu dem, was ich mit dem Lesen alles machen kann. Es ist fast besser, dass ich es erst jetzt herausgefunden habe. Jetzt bin ich reifer und kann mit der Verantwortung, die mit dieser Macht einhergeht, besser umgehen.

Die Auswahl meines ersten Opfers ist einfach.

Ich beende das Frühstück und ziehe mich an. Ich

schnappe mir eine Blu-ray, die ich schon vor Ewigkeiten hätte zurückgeben sollen, und gehe in die dritte Etage meines Gebäudes.

Ich habe mich nur einige Male mit Jenny getroffen. Sie unterscheidet sich nicht wesentlich von meinen anderen Ex-Freundinnen, außer darin, dass sie mir sehr nahe ist. Sie lebt in meinem Haus, weshalb ich zuerst ihr einen Besuch abstatte. Was habe ich gerade noch über die nötige Reife zum Übernehmen einer solchen Verantwortung gesagt?

Ich bleibe vor ihrer Tür stehen und klingele.

Jenny öffnet. »Darren?«, fragt sie und schaut mich an. Ich überlege kurz, zu verneinen, aber ich habe den Eindruck, dass sie nicht in der Stimmung für Scherze ist.

»Ich habe den Film gefunden, den ich mir mal von dir geliehen habe«, antworte ich stattdessen. »Ich wollte ihn dir zurückgeben.«

»Oh, danke schön. Ich bin einfach überrascht, dich zu sehen.« Sie sieht nicht einfach nur überrascht aus – sondern eher verärgert. Oder zumindest ein wenig genervt. Ich verliere keine Zeit und begebe mich in die Stille.

Das leichte Summen im Hausflur wird mir erst jetzt bewusst, weil es auf einmal verschwunden ist. Es ist interessant, wie wir beständige Geräusche wie dieses einfach ausblenden. Mir ist diese Tatsache, dass wir vieles unserer Umgebung nicht wahrnehmen, erst dann aufgefallen, als ich begann, mich in die Stille zu begeben. Viele Dinge, die um uns herum geschehen, nehmen wir nicht bewusst wahr.

Ich berühre Jennys Stirn. Zuerst hatte ich Bedenken, Frauen in der Stille zu berühren, aber dann habe ich beschlossen, dass das hier etwas anderes ist. Oder eben, dass das Lesen es wert ist. Es ist leicht, mich selbst davon zu überzeugen, gegen bestimmte Prinzipien zu verstoßen, wenn sie dem im Weg stehen, was ich wirklich möchte.

Ich versuche in die Kohärenz zu gelangen. Dieses Mal ist es sogar noch einfacher.

* * *

Wir sind in einem Klub und ich knutsche mit einer Freundin, um die Aufmerksamkeit der Jungen auf mich zu ziehen. Auch wenn es nicht gerade das ist, wo ich, Darren, hinmöchte, bleibe ich trotzdem gerne einen Moment bei dieser Erinnerung. Ich versuche, jeden Augenblick aufzunehmen. Wir tanzen und reiben uns aneinander. Es ist nicht ernst gemeint, sondern nur, um Aufmerksamkeit zu bekommen. Irgendwann verliere ich, Darren, das Interesse daran und sinke tiefer ein.

Wir machen uns fertig, um uns erneut mit Darren zu treffen. Wir sind ein wenig unglücklich mit unserer Beziehung zu ihm. Er war so heiß – bis er uns seine Aufmerksamkeit schenkte. Zu diesem Zeitpunkt sank seine Anziehungskraft rapide. Warum passiert uns das immer?

Nein, wir sollten nicht unser heftigster Kritiker sein.

Es könnte sein, dass Darren das Problem ist, nicht wir. Als wir ihn auf dieser Party im Penthouse sahen, schien er so selbstsicher und von sich überzeugt zu sein. Genau der Typ von Mann, auf den wir stehen. Aber dann hat er uns in jener Nacht nicht mit zu sich nach Hause genommen, sondern sich für einen Kaffee mit uns verabredet. Es ist seine Schuld. Außer natürlich, wir machen uns Gedanken darüber, eine Schlampe zu sein. Wir wünschen uns, dass diese Selbstkritik eines Tages endlich verstummen wird.

Wir wählen unser Outfit für den Abend sorgfältig aus. Das neue BH-und-Höschen-Set wird hoffentlich zum Einsatz kommen. Ich, Darren, erkenne, was für ein Tag das ist, und spule weiter nach vorne, zu dem Teil, für den ich hierhergekommen bin.

Darren steht oberkörperfrei in unserem Schlafzimmer. Er ist in toller Form. Ich hoffe, wir machen ihn heiß. Als die Dinge voranschreiten, machen wir uns um das alles weniger Gedanken und konzentrieren uns stattdessen auf das, was wir fühlen, während wir unseren körperlichen Instinkten freien Lauf lassen.

Als dieser Teil vorüber ist, ziehe ich, Darren, mich zurück.

* * *

Ich bin wieder in der Stille. Ja, ok. Ich wollte wissen, wie es ist, als Mädchen Sex zu haben. Und gibt es einen besseren Weg, um herauszufinden, wie es ist, Sex mit mir zu haben? Außerdem bin ich mir nicht sicher, wie der Sex als Mädchen mit einem Mann ist, der nicht ich bin. Das werde ich auf keinen Fall meiner Therapeutin erzählen. Das wäre ein gefundenes Fressen für sie.

Die Kohärenz und das Fortbewegen in den Erinnerungen anderer Menschen wird einfacher für mich. Das erinnert mich an die erste Zeit nach der Entdeckung der Stille.

Übung macht den Meister. Für die ersten Ausflüge in die Stille musste ich fast Todesangst haben, um dieses Erlebnis hervorrufen zu können. Der Sturz vom Fahrrad war nur das erste. Es gab danach noch den Fall von einem Dach in den Sandkasten und einen Haufen anderer Stunts, die ihren Höhepunkt erreichten, als ich in den Gully fiel. Verrückt, richtig? Wer fällt schon in einen Gully? Nach dem, was meine Mütter erzählen, war mein Spitzname Taz, nach dem Tasmanischen Teufel aus den Cartoons. Das nahm ich alles auf mich, um hineinzugleiten. Aber zumindest verfüge ich jetzt über Nahtoderfahrungen.

Irgendwann passierte es auch unter weniger tragischen Umständen, wie bei der Prügelei mit dem Schultyrannen John. Ich hasse diesen Typen immer noch. Ich bin einen Moment lang versucht, ihn zu finden, seine Gedanken zu lesen und dann mit ihm zu spielen. Aber jetzt gibt es wichtigere Dinge, die ich zu tun habe. Ich müsste dieses Arschloch erst ausfindig machen, und dafür habe ich gerade keine Zeit.

Im Laufe der Zeit glitt ich schon in die Stille hinüber, während ich etwas so Unwichtiges tat wie einen guten Horrorfilm zu schauen. Nach und nach habe ich mich bis dorthin vorgearbeitet, wo ich heute bin. Ich brauche nur eine leichte Sorge oder Nervosität zu verspüren, um mich aus der normalen Welt zurückzuziehen. Ich frage mich, wie das wohl bei Eugene und Mira war. Ich darf nicht vergessen, sie danach zu fragen.

Als ich an die beiden denke, frage ich mich, ob ich einfach zu ihnen gehen sollte, anstatt weiter allein mit meinen neuen Fähigkeiten herumzuspielen. Nein, entscheide ich mich. Noch nicht. Nicht, bis ich noch weitere Erinnerungen gelesen habe.

Ich schaue Jenny an. Sie hält die Tür fest, so als möchte sie mich so schnell wie möglich loswerden. Ich werde von Schuldgefühlen übermannt und komme zurück.

»Entschuldige bitte die Störung«, sage ich. »Ich hätte ihn wohl besser einfach vor der Tür liegen gelassen. Ich habe mir einfach gedacht, es wäre schön, ihn dir persönlich vorbeizubringen, da wir ja Freunde bleiben wollten.«

»Natürlich«, antwortet sie. Man muss kein Leser sein, um zu erkennen, dass sie das mit dem Freundebleiben nicht ernst gemeint hat, als sie es sagte. »Es war sehr nett von dir, das hier zurückzubringen, und ich bin froh, dass du es nicht einfach wie irgendein Fremder vor der Tür liegen gelassen hast.«

»Gern geschehen. Entschuldige bitte, dass ich dich genervt habe. Wir sehen uns«, meine ich. Es ist eigenartig, aber ich bedauere das nicht. Jenny sieht so aus, als spüre sie, etwas verpasst zu haben. Da es aber unmöglich ist, dass sie errät, was gerade passiert ist, kümmert es mich nicht.

Die Tür fällt ins Schloss, und ich bin bereit für eine kleine Tour durch die Stadt.

Spontan entscheide ich mich dafür, ins Fitnessstudio zu gehen. Dort befinden sich viele Menschen, die ich lesen kann. Außerdem wäre ein kleines Workout auch nicht schlecht. Ich trainiere hauptsächlich, weil ich eitel bin. Außerdem hört man immer wieder, wie gut Sport nicht nur dem Körper, sondern auch dem Geist tut, und ich mag diesen Aspekt. Mehr Leistung für das gleiche Geld.

Anstatt zu meinem üblichen Studio in Tribeka zu gehen, wähle ich ein anderes an der Wall Street – ich habe ja schließlich ein Auto, also sollte ich es auch benutzen. Die Zweigstelle an der Wall Street hat mehr Klasse.

Als ich dort ankomme, und das ist nach einem kurzen Stück, verfluche ich meine Idee mit dem Auto. Ich wäre zu Fuß viel schneller gewesen, wenn man den Verkehr und die Zeit berücksichtigt, die man braucht, um einen Parkplatz zu finden. Das ist Manhattan. Dieses Viertel hat auch seine Nachteile.

Ich gehe durch die große Drehtür. Diese Studiokette ist generell hypermodern eingerichtet, aber dieses

Studio hier ganz besonders. Der Mitgliedsbeitrag ist völlig überhöht, aber ich kann es mir ja leisten. Es ist hübsch und sauber, was für mich ein großer Extrapunkt ist. Ich bin leichten Zwangshandlungen ausgeliefert, was Sauberkeit betrifft.

Ich frage mich, ob es Sinn macht, weiterhin in der Stille zu trainieren. Das habe ich ab und an gemacht, wenn ich keine Zeit hatte, aber da wusste ich noch nicht, dass man dort nicht altert. Jetzt, da ich es weiß, scheint es logisch zu sein, dass die Muskeln von dem Training in der Stille nicht wachsen werden. Und wachsende Muskelmasse ist der einzige wirkliche Grund, weshalb ich das tue.

Ich bin mir allerdings nicht sicher, ob es wirklich stimmt, dass es generell nutzlos ist, in der Stille Sport zu treiben. Einige Fähigkeiten behält man mit Sicherheit bei. Erst in der letzten Woche war ich davon überzeugt gewesen, dass mir mein erstes Golfspiel bevorstünde. Ich übte also in der Stille so lange, bis mein spielerisches Können beeindruckender auf meine Kollegen wirken musste. Das Training hat definitiv geholfen, also muss es eine Art motorisches Gedächtnis geben, welches in den Muskeln erhalten bleibt. Eine weitere Frage für Eugene, schätze ich.

Jetzt gerade habe ich aber Lust auf ein Workout in der realen Welt.

Als ich anfangen möchte, Brustpressen zu machen, erblicke ich ein bekanntes Gesicht. In dieses Studio gehen viele Promis, und ich versuche mich daran zu erinnern, wer das ist. Und dann fällt es mir plötzlich ein. Kann er es wirklich sein? Es wäre möglich – der Hauptsitz seiner Bank befindet sich ganz in der Nähe. Falls er in einem für jedermann zugänglichen Studio trainieren würde, dann hier.

Ich gehe zu ihm, um herauszufinden, ob ich Recht habe.

»Entschuldigung, könnten Sie mich bitte im Auge behalten?«, frage ich ihn und zeige auf die Bank, die ich benutze.

»Natürlich«, erwidert er. »Soll ich anheben?«

»Ich habe das im Griff«, antworte ich, und das habe ich auch. Er ist es. Jason Spades, der CEO. Dieser Mann ist bei unserem Fonds ein Held. Seine Bank ist die einzige, die unbeschadet die Bankkrise überstanden hat – und das wird zum Großteil ihm zugeschrieben. Von dem, was ich gehört habe, hat er sich seinen Ruf verdient.

»Danke«, meine ich zu ihm, als ich mit meiner Übung fertig bin.

Er geht weg, und ich gleite sofort in die Stille. Im Fitnessstudio ist das besonders leicht – das Herz rast schon und für das Gehirn scheint das ähnlich zu sein wie Angst oder andere Erregungszustände.

Diese Menschen, die ihre schweren Gewichte mitten in der Luft halten, sehen eigenartig aus. Es scheint, als würden ihre Hände das Gewicht jeden Augenblick nicht mehr halten können.

Ich gehe zu Jason Spades und berühre seine Schläfe.

Es ist an der Zeit, meine Lesemuskeln noch ein wenig zu dehnen. Einen Moment lang muss ich meditieren, bevor ich die Kohärenz erreiche. Danach stelle ich mir vor, ich sei so leicht wie eine Feder. Ich hoffe, ich kann weiter in seine Erinnerungen eintauchen als dorthin, wo man automatisch zu sinken scheint.

* * *

»Geh heute ins Fitnessstudio, nimm dir einen Tag frei und mache ein paar Sachen im Garten. Du kannst dich nicht so überarbeiten«, erklärt uns seine Frau am Frühstückstisch. »Von dem ganzen Stress wirst du noch einen Herzanfall bekommen.«

»Das verstehst du nicht, Schatz. Das werden die schlechtesten Quartalsumsätze der Firmengeschichte werden. Damals wären die Vorstandsvorsitzenden dafür aus dem Fenster gesprungen«, erwidern wir. Wir sind ihr sehr dankbar für ihre Unterstützung, aber wir haben den Eindruck, dass sie das Problem einfach nicht versteht, sie dessen Ausmaß nicht erkennt. Alles, für das wir jemals gearbeitet haben, wird ruiniert sein. All die Jahre ohne Wochenenden und Ferien, dafür voller schlafloser Nächte – das alles wäre umsonst gewesen.

Wir denken auch über diese andere Sache nach, diese Sache, die wir ihr gegenüber nicht erwähnt haben. Einer der Trader ist unautorisierte Risiken eingegangen und hat einen Batzen Geld der Bank verloren. Wir werden von den Investoren auch dafür zur Verantwortung gezogen werden. Dieser Vorfall, zusammen mit den vierteljährlichen Ergebnissen, wird uns wie einen Idioten aussehen lassen – wie eines der restlichen Vorstandsmitglieder der Bank. Das ist nicht das Erbe, das wir uns erhofft hatten.

Ich, Darren, habe genug gesehen und ziehe mich aus seinen Gedanken zurück.

* * *

Ich bin sprachlos. Hin- und hergerissen zwischen Mitleid und Schadenfreude.

Es tut mir leid für Jason. Es schmerzt, solche Legenden fallen zu sehen. Ihre Enttäuschung ist groß. Seine Frau hilft ihm allerdings dabei, sie zu überwinden, und das macht Mut. Vielleicht ist ja an diesem ganzen Hochzeitskram doch etwas dran. Und wahrscheinlich liegt er bei seiner Frau falsch – ich wette, sie weiß, was passieren wird. Sie findet wahrscheinlich einfach nur die richtigen Worte für ihren Mann. Und ein wenig positiv ist zumindest die Tatsache, dass ich nicht sehen konnte, dass er etwas Verrücktes vorhatte, so, wie sich das Leben zu nehmen. Ich weiß nicht, was ich in diesem Fall tun würde. Würde ich versuchen, ihn davon abzuhalten? Wahrscheinlich würde ich das, auch wenn ich noch keine Ahnung habe, wie ich das Gespräch beginnen sollte, ohne wie ein Irrer zu wirken.

Ich habe jetzt allerdings keine Zeit, um über solche deprimierenden Dinge nachzudenken. Nicht, wenn

Johns Tragödie mir im Handumdrehen zu unverschämtem Reichtum verhelfen kann.

Ich kehre zurück, und aus einer Eingebung heraus greife ich zu meinem Telefon. Habe ich schon erwähnt, dass ich Smartphones liebe? Auf jeden Fall öffne ich meine Trading-App. Der Aktienkurs der Bank ist der höchste der vergangenen vier Jahre. Offensichtlich ahnt niemand, was wirklich passieren wird.

Ich muss handeln. Ich hole mir den Preis für die Verkaufsoptionen. Diese sind grob gesagt Verträge mit jemandem, der versichert, die Aktien zu einem vereinbarten Preis innerhalb einer bestimmten Zeitspanne zu kaufen. Die Verkaufsoptionen, die einen niedrigeren Preis als den des derzeitigen Kurses haben, sind spottbillig. Der Grund dafür ist, dass Verkaufsoptionen wie Versicherungen sind, und in diesem Fall sind sich alle sicher, dass der Kurs stabil bleiben, wenn nicht sogar weiter steigen wird. Mir stehen auf meinem Handelskonto zweiunddreißigtausend Dollar zur Verfügung, und ich kaufe davon so viele Verkaufsoptionen wie möglich.

Sehr vorsichtig kalkuliert könnte ich schon bei einem Kursverlust von zehn Prozent viel Geld verdienen, entweder indem ich die Optionen verkaufe oder einlöse. Falls der Kurs komplett in den Keller geht, so wie der der Banken, die während der Krise als »zu groß um Fehler zu machen« angesehen wurden, könnte ich aus dem Geld, was ich eben investiert habe, eine Million machen. Und ich werde natürlich noch mehr Geld investieren, sobald ich einen Computer zur Hand habe. Man kann nicht alles mit dem Handy machen. Ich überlege sogar, mein Erspartes zu investieren, auch wenn ich vorsichtig sein muss. Die Börsenaufsichtsbehörde könnte misstrauisch werden, wenn ich übertreibe. Und was wäre, wenn ich beim Lesen einer anderen Person einen noch besseren Tipp bekäme? Außerdem käme ich einige Wochen lang nicht an mein Geld heran. Aber ich muss zugeben, dass ich mir kaum eine bessere Gelegenheit vorstellen kann.

Und was die Aufsichtsbehörde anbelangt, wüsste ich einfach gerne, ab wann man auf ihrem Radar erscheint. Nicht, dass sie etwas gegen mich in der Hand hätten, sollten sie meine Aktivitäten bemerkt haben. Im Gegensatz zu den Kasinos arbeiten sie mit Beweisen – wie Telefonaufzeichnungen oder E-Mail-Verläufen. Dinge, die sie in meinem Fall nicht hätten. Aber ich möchte trotzdem keine Untersuchung auslösen.

Ich kann nicht glauben, dass Mira ihr Geld durch Kartenspielen mit Kriminellen verdient. So ist es doch viel einfacher. Ich hoffe wirklich, dass sie es nicht für Geld macht. Ich frage mich, ob Eugene und sie Geld von mir annehmen würden, sollte ich herausfinden, dass genau das der Fall ist. Ich denke, sie könnte zu stolz sein, aber ich muss es versuchen. Ich bin gerade in Spendierlaune. Ich hatte noch nie Probleme mit Geld, auch nicht vor dem Job bei dem Fonds. Jetzt aber wird mir klar, wie schnell ich mit dem Lesen ein neues Niveau finanzieller Unabhängigkeit erreichen kann.

Ich bin so geladen, dass ich mich während des restlichen Trainings härter rannehme. Gewichte zu heben scheint für einen klaren Kopf zu sorgen. Ich bin mir nicht sicher, ob das generell oder nur bei mir so ist. Es gibt allerdings nur einen Weg, um das herauszufinden, weshalb ich zu Forschungszwecken weitere Personen lese. Nach meiner informellen Studie im Fitnessstudio fühlen sich auch andere Menschen nach dem Gewichtheben besser. Gut zu wissen.

Als ich mit meinem Training fertig bin und schon in meinem Auto sitze, schreibe ich eine Nachricht an Amy. Sie ist eine Bekannte aus Harvard. Das ist ganz nebenbei gesagt ein weiterer Grund dafür, dorthin zu gehen – um wichtige Beziehungen zu bekommen, die einem zu Jobs verhelfen.

Networking ist allerdings nicht der Grund, weshalb ich Amy heute treffen möchte. Ich mache es, weil sie verrückt ist, auf genau die Art und Weise, die ich brauche.

Sie möchte Sushi, und nach einigem Hin und Her stimme ich zu. Ich nehme an, ich kann wohl zweimal hintereinander Sushi essen. Es ist gut, dass ich das Zeug so gerne mag.

Wir treffen uns in meinem Lieblingsrestaurant in der Innenstadt und erzählen uns erst einmal, was seit unserem letzten Treffen alles passiert ist. Sie arbeitet bei einem anderen Fonds, was es leicht macht, sie davon zu überzeugen, es handele sich hier um ein spontanes Networking. Nur dass ich aus einem ganz anderen

Grund hier bin.

Amy liebt alle Arten von extremen Erfahrungen. Sie ist teilweise das Gegenteil von mir. Zum Beispiel hat sie gerade in Fugu Sashimi gebissen. Fugu ist dieser giftige Kugelfisch, den der japanische Kaiser nie essen durfte. Der Fisch enthält Tetrodotoxin, ein Nervengift, das tödlich für Menschen und andere Lebewesen ist. Wenn dem Küchenchef bei Amys Bestellung ein Fehler unterlaufen sein sollte, könnte das tödlich enden. Jeder Fisch ist giftig genug, um etwa dreißig Menschen umzubringen, und Amy isst ihn, als sei das nichts Besonderes. Sie ist so eine Person. Für mich ist das perfekt. Ich begebe mich in die Stille.

Amy ist bewegungslos und ihre Stäbchen sind dabei, ihre potentiell tödliche Last in ihren Mund zu befördern. Sie zuckt nicht einmal. Dafür hat sie sich meinen Respekt verdient.

Ich nähere mich ihr und dringe in ihre Gedanken ein, ohne mich damit aufzuhalten, Ereignisse zurückzuspulen.

* * *

Wir kauen den Fugu. Ich, Amy, kann nicht genug davon bekommen, während ich, Darren, ernsthaft enttäuscht bin. Der Geschmack ist viel zu sanft für mich. Es schmeckt kaum nach irgendetwas. Wenn man die Gesundheitsrisiken bedenkt, hätte ich vermutet, es schmeckt wie Hummer, nur 100-mal besser.

Ich lasse mich tiefer sinken.

Wir sind in einem Flugzeug. Das ist unser erster Nicht-Tandem-Sprung und wir spüren den Adrenalinrausch schon, seit wir das Flugzeug betreten haben. Als wir eine Höhe von 4500 Metern erreichen, haben wir unseren ersten »Feargasm«, wie wir das gerne nennen.

Als wir endlich springen, überkommt uns das Gefühl des freien Falls in seiner ungebremsten Stärke. Es ist so, wie wir gedacht hatten, aber viel intensiver. Trotzdem vergessen wir das Wichtigste nicht – die Reißleine des Fallschirms nach 60 Sekunden des Rausches, die uns wie eine Millisekunde vorkamen, zu ziehen.

Wir fragen uns schon, was wir als Nächstes machen könnten. Vielleicht nackt springen? Vielleicht unter Drogeneinfluss?

Der Flug mit dem geöffneten Fallschirm wird langweilig, also suche ich, Darren, etwas Anderes.

Dieses Mal sind wir snowboarden ...

∗ ∗ ∗

Ich verlasse Amys Kopf. Ich habe es ihr zu verdanken, dass ich jetzt 90 % aller Dinge, die ich in meinem Leben noch machen wollte, abhaken kann. Durch ihre Augen bin ich gesurft, habe einen Bungee Jump absolviert, war klettern, snowboarden und basejumpen in einem Flügelanzug.

Ich hätte keines dieser Dinge im wirklichen Leben

gemacht. Erst recht nicht seit gestern, seit ich etwas herausgefunden habe, das ich immer noch nicht ganz begreifen kann. Ich kann meine subjektive Lebensspanne dadurch verlängern, dass ich mich in der Stille aufhalte. Das bedeutet, dass ich viel mehr zu verlieren habe als normale Menschen.

Ich bestehe darauf, die Rechnung zu übernehmen. Das ist das Mindeste, was ich dafür tun kann, gerade all diese Erfahrungen durch sie gemacht zu haben. Ich verstehe jetzt die Beweggründe besser, die sie und andere verrückte Menschen dazu bringen, solche Dinge zu tun. Das Meiste war fantastisch – besonders das Springen aus dem Flugzeug.

Natürlich nicht fantastisch genug, um dafür mein Leben zu riskieren. Dank des Lesens muss ich das jetzt aber auch nicht mehr. Ich kann mich einfach immer mal wieder mit Amy treffen. Ich denke, wir werden jetzt häufiger zusammen mittagessen.

Als ich wieder allein in meinem Auto bin, fühle ich mich, unglaublicherweise, als hätte ich für heute genug gelesen. Ich möchte mich mit meinen neuen Freunden aus Brooklyn einen Tag eher treffen.

Ich schicke Eugene eine Nachricht, und er bittet mich erfreut, zu ihm zu kommen.

Jetzt ist das blöde Auto endlich praktisch.

FÜNFZEHNTES KAPITEL

Nach einer ereignislosen Fahrt parke ich vor Eugenes und Miras Haus. Der Parkplatz ist in der Nähe eines Feuerhydranten, aber weit genug von ihm entfernt, um keinen Strafzettel zu bekommen. Das Gute an diesen Plätzen nahe der Hydranten ist, dass man niemanden vor sich stehen hat. Das bedeutet ein leichteres Einparken, etwas, das ich immer noch nicht beherrsche. Es gibt auch keine Parkuhren. Es handelt sich um einen ganz gewöhnlichen Straßenrand, an dem das Parken nur montags während der Straßenreinigung zu einem Problem wird. Beeindruckend. Ich denke, eine der guten Seiten an Brooklyn ist, einfach so auf der Straße parken zu können.

Ich gehe zum Eingang des Gebäudes. Eine freundliche ältere Dame hält mir die Tür auf.

Offensichtlich hat sie nicht den Eindruck, ich sei ein Einbrecher, da sie mich sofort hineinlässt. Ich freue mich, weil ich auf diese Weise nicht wieder mit der Gegensprechanlage spielen muss.

Bevor sich die Tür hinter mir schließt, bekomme ich wieder dieses komische Gefühl.

Jemand hat mich in die Stille gezogen.

Die Tür ist halb geöffnet, die Welt ist still und ich stehe neben mir und der nicht gefrorenen Mira. Ich frage mich kurz, an welcher Stelle meines Körpers sie mich berührt hat, um mich zu sich zu holen, aber dann sehe ich ihren aufgebrachten Blick und vergesse alles andere.

»Mira, was ist passiert?«

»Wir haben keine Zeit«, erwidert sie und rennt zur Treppe. »Folge mir.«

Ich folge ihr schnell und versuche das Ganze zu verstehen.

»Sie haben mich gefunden«, ruft sie über ihre Schulter. »Sie haben uns gefunden.«

»Wer hat euch gefunden?«, frage ich sie, als ich sie endlich einhole.

Sie antwortet mir nicht; stattdessen bleibt sie abrupt stehen. Vor uns auf der Treppe, die in den ersten Stock führt, stehen Statuen eingefrorener Männer.

Endlich erholt sie sich von ihrem Schock und beginnt die Taschen eines großen, stämmigen Mannes zu durchwühlen. Offensichtlich findet sie nicht die Information, die sie sucht, also berührt sie seine

Schläfen und konzentriert sich aufs Lesen.

Als sie damit fertig ist, zieht sie eine Pistole aus der Innentasche des Mannes und erschießt ihn damit. Das Geräusch des Schusses lässt mich fast taub werden, obwohl die Waffe einen Schalldämpfer hat, und ich lege meine Hände über meine Ohren. Sie hört gar nicht mehr mit dem Schießen auf. Als der Waffe nur noch klickende Laute entweichen, benutzt sie die leere Pistole, um das Gesicht des Mannes zu einem blutigen Klumpen zu schlagen. Ich habe noch niemals jemanden so wütend gesehen, so außer Kontrolle wie sie. In ihren Augen steigen Tränen der Frustration auf, aber sie verlassen sie nicht.

»Mira«, sage ich sanft. »Du wirst ihn damit nicht umbringen. Er ist immer noch am Leben, sobald wir die Stille verlassen.«

Sie fährt mit ihren aggressiven Angriffen fort, bis ihr die Waffe aus den Fingern gleitet. Sie dreht sich zu mir um, und die Tränen laufen ihr jetzt übers Gesicht. Sie wischt sie ungeduldig weg, und es ist ihr sichtlich unangenehm, dass ich dabei zugesehen habe, wie sie die Kontrolle verlor. »Das weiß ich – glaub mir, das weiß ich sehr gut. Es macht keinen Unterschied, egal, was ich mit ihnen mache. Aber ich brauchte das.« Sie atmet tief ein und nimmt sich zusammen. »Und jetzt müssen wir rennen.«

»Warte«, sage ich. »Kannst du mir bitte erklären, was hier gerade vor sich geht?«

»Die Freunde dieser Arschlöcher haben mich gerade

entführt«, erklärt sie und schiebt sich durch die restlichen drei Freunde des »toten« Mannes.

»Was? Wie?«

»Sie sind hinter Eugene her«, erwidert sie und rennt die Stufen fast noch schneller hoch. »Sie nehmen mich als Geisel, für den Fall, dass sie ihn nicht zu Hause antreffen. Sie wollen mich benutzen, um ihn gegebenenfalls herauszulocken. Aber er ist leider zu Hause.«

»Was wollen sie von ihm?«, frage ich verwirrt. Eugene ist einer der nettesten Menschen, die ich jemals getroffen habe. Ich hatte einfach angenommen, dass diese Entführung von Mira etwas mit ihren Glücksspiel-Abenteuern zu tun habe. Diese vier Männer sahen genauso aus wie der Kerl, den wir gestern zufällig in dem Sushi-Restaurant getroffen haben. Warum sollten sie hinter Eugene her sein?

»Ich habe jetzt keine Zeit, dir das zu erklären, Darren«, meint sie und hält in der zweiten Etage an. Sie dreht sich zu mir um, stellt sich gerade hin und schaut mich zum ersten Mal an.

»Hör mir gut zu«, sagt sie zu mir, »ich werde es nicht mehr bis in die nächste Etage schaffen, geschweige denn bis ins Apartment. Ich falle gerade aus der Gedankendimension – ich merke schon, wie ich entgleite. Hierherzulaufen war ein verzweifelter Versuch. Selbst wenn ich dich nicht zu mir geholt hätte, hätte ich es nicht geschafft. Also brauche ich deine Hilfe.«

»Natürlich – was kann ich denn für dich tun?« Ich habe Angst. Ich habe Mira noch nie so gesehen. Sarkastisch – ja, wütend – einige Male bestimmt. Sogar amüsiert. Aber nicht verletzlich, so wie jetzt.

»Versprich mir, meinen Bruder zu retten.«

»Das werde ich«, verspreche ich ihr, und es hört sich sehr feierlich an. »Aber kannst du mir jetzt endlich sagen, was hier vor sich geht?«

»In Ordnung, pass auf. Es könnte sein, dass ich keine Zeit mehr haben werde, es zu wiederholen. Sobald meine Zeit aufgebraucht ist, musst du dich in die Gedankendimension, die Stille, wie du sie nennst, begeben. Sobald du dort bist und die Zeit für alle anderen um dich herum angehalten hat, musst du über diese Treppen hier zum Apartment gehen. Auf dem Weg dorthin nimm eine ihrer Waffen –«, sie zeigt auf den Mann weiter unten, »– und schieße auf das Türschloss, um hineinzukommen. Hole Eugene zu dir in die Gedankendimension. Erzähle ihm, dass diese Typen auf dem Weg nach oben sind.« Das alles sagt sie in einem Atemzug, während sie ihre Augen mit ihrem Ärmel abtupft. Bei jemand anderem könnte das widerlich sein, aber Mira schafft es sogar, diesen Anblick erträglich zu machen. »Wenn dir das gelingt und du ihn aus diesem Schlamassel herausholst, stehe ich für immer in deiner Schuld.«

»Ich hole ihn da raus, Mira«, sage ich und beginne mit meinen strategischen Überlegungen. »Ich verspreche dir, dass ich ihn aus dem Gebäude schaffen werde. Ich habe gleich davor geparkt. Eigentlich sollte das kein Problem sein.«

»Danke schön«, erwidert sie. Im nächsten Augenblick ist sie auch schon bei mir. Sie umarmt mich, und ich streichele ihr ungeschickt über den Rücken. Ich weiß einfach nicht, wie ich mich weinenden Frauen gegenüber verhalten soll. Geduldig klopfe ich ihr sanft auf den Rücken und hoffe, sie fühlt sich dadurch besser.

Danach stellt sie sich auf ihre Zehenspitzen und küsst mich. Der Kuss, die sanfte Berührung ihrer Lippen auf meinen, ist innig und verzweifelt. Er kommt völlig überraschend für mich, aber ich erwidere ihn, ohne darüber nachzudenken. So viel zum Thema strategisches Denken.

»Sag Eugene, dass es mir leidtut«, sagt sie, als sie sich nach einigen Minuten von mir zurückzieht. »Sag ihm, es ist mein Fehler. Ich habe sie hierhergeführt. Sie haben mich im Fitnessstudio aufgespürt und ich hatte Post dabei.«

»Im Fitnessstudio?«, vergewissere ich mich.

»Ja. Ich bin so ein unglaublicher Idiot. Ich habe die Post heute Morgen aus dem Briefkasten genommen. Sie haben sie bei mir gefunden. Und unsere Adresse stand darauf«, erklärt sie mir bitter.

»Mein Freund hat dich auch über das Fitnessstudio gefunden«, gebe ich zu. »Du benutzt dort eines deiner älteren Pseudonyme. Es tut mir so leid. Das hätte ich dir sagen sollen.«

»Nein, du wusstest ja nicht, dass wir in Gefahr sind.

Das Ganze ist definitiv meine Schuld. Ich hätte dich fragen sollen, wie du mich gefunden hast. Und ich hätte in verschiedene Fitnessstudios gehen sollen. Wir hätten schon vor einer verdammt langen Zeit unseren Wohnort wechseln müssen –«

»Wo bist du gerade, und, noch viel wichtiger, wer sind diese Menschen? Das musst du mir noch sagen, bevor deine Zeit um ist«, unterbreche ich sie hektisch.

»Die Männer in diesem Gebäude arbeiten mit denjenigen zusammen, die mich entführt haben. Ich bin mir nicht sicher, aber ich denke, sie haben alle mit den Personen zu tun, die unsere Eltern umgebracht haben. Die gleiche russische Mannschaft. Wahrscheinlich werden sie alle vom gleichen Strippenzieher gesteuert. Eugene kann dir mehr darüber erzählen. Ich bin in dem Auto, in das mich die Freunde dieses Arschlochs da unten gepackt haben. Zuerst haben sie mich irgendwie ohnmächtig gemacht, vielleicht mit Chloroform oder einem anderen Betäubungsmittel. Ich erinnere mich nicht daran. Ich habe keinerlei Schrammen, also bezweifle ich, dass sie mir auf den Kopf geschlagen haben. Als ich wieder zu mir kam, vielleicht zwanzig Minuten später, habe ich gesplittet und den Fahrer gelesen. Sie haben unsere Adresse jemandem gegeben, und daraufhin wurde diese Gruppe hierhergeschickt. Sie arbeiten schnell; ich hatte nicht erwartet, dass sie schon hier sind. Diejenigen, die mich festhalten, gehen zu dieser Adresse in Sunset Park.« Sie reicht mir ein kleines Stück Papier, und ich präge mir die Adresse ein, die daraufsteht. »Danach habe ich wieder gesplittet und bin zu Fuß hierhergelaufen. Aber es war zu weit. Wenn ich dich nicht getroffen hätte –«

Ich komme in die Realität zurück, bevor sie ihren letzten Satz beenden kann. Plötzlich stehe ich wieder unten neben der Tür, die immer noch dabei ist, sich zu schließen.

Mira ist weg.

So, wie sie es mir gesagt hat, begebe ich mich sofort in die Stille.

Ich renne, auch wenn ich rational weiß, dass ich viel Zeit habe. Im Gegensatz zu Mira kann ich eine unglaublich lange Zeit in der Stille verbringen.

Während ich laufe, verdaue ich die Tatsache, dass ich hinausgeschmissen wurde, nachdem ihre Zeit aufgebraucht war. Das ist auch etwas, das ich mich gefragt hatte – was passiert wohl, wenn du jemanden mit hineinziehst, aber selbst diese Dimension verlässt. Es sieht so aus, als sei dein Gast in der Stille mit dir verbunden. Wenn du hinausgehst, müssen sie auch gehen.

Meine Überlegungen über die Regeln dieser neuen Welt werden durch die Menschen auf den Stufen unterbrochen. Der Mann in der Lederjacke ist zurück und steht da, als sei nichts passiert – was Sinn macht, da ja auch nichts passiert ist, zumindest nicht außerhalb des Aufenthalts in Miras Stille. Ich nehme seine Waffe, so wie sie es mir geraten hat. Ich bin versucht, ihn zu lesen, entscheide mich aber dafür, zuerst den wichtigen

Teil zu erledigen.

Ich renne in die fünfte Etage. Als ich in ihren Flur einbiege, sehe ich Eugene. Er trägt einen alten Kapuzenpullover und ausgebeulte Schlafanzughosen. Ich frage mich kurz, was aus dem weißen Arztkittel geworden ist.

Er bringt gerade Müll hinaus, was bedeutet, dass ich das Türschloss zum Glück nicht aufschießen muss.

Ich berühre ihn, und einen Moment lang schaut er mich verwirrt an.

»Eugene, Mira steckt in Schwierigkeiten«, sage ich zur Begrüßung.

»Was? Was meinst du damit?« Er schaut besorgt aus.

»Das ist nicht ganz so einfach zu erklären. Sie war gerade hier, in der Stille. Sie sagt, sie wurde entführt. Sie sagt, sie seien hinter dir her.«

»Wer ist hinter mir her?« Jetzt wirkt er panisch. »Wovon sprichst du?«

»Komm mit«, fordere ich ihn auf und nehme an, dass ein Bild mehr als tausend Worte sagt. »Ich erzähle dir auf dem Weg nach unten, was sie mir gesagt hat. Du musst sie selber sehen.«

»Wen sehen?«, möchte er wissen, während er mir schon folgt. »Kannst du mir das bitte erklären?«

»Sie sind eine Art Gangster, die deinetwegen hierhergekommen sind. Ich bringe dich zu ihnen«, sage ich und werde schneller. »Mira meinte, es seien die gleichen, die eure Eltern getötet haben. Und dass sie von Pushern kontrolliert werden. Sie sagte, du könntest mir das erklären.«

»Und sie haben Mira?«, fragt er mit leiser Stimme von hinten.

»Ja. Sie ist in einem Auto und wird zu einem Ort in Sunset Park gebracht. Ich habe die Adresse«, erkläre ich ihm, während wir zu den vier Männern auf der Treppe gehen. »Sie sind das Problem«, füge ich hinzu und zeige auf sie.

Eugene nähert sich den Männern. Sein Gesichtsausdruck ist unleserlich, fast ängstlich.

Ohne weitere Fragen zu stellen geht er zu dem Mann im blauen Trainingsanzug und berührt dessen Schläfen. Ich entscheide mich dazu, mich ebenfalls dem Lesen zu widmen, da ich ja sowieso auf Eugene warten muss. Ich gehe zu dem Mann in der Lederjacke, dessen Waffe ich doch nicht benutzen musste.

* * *

Wir fahren zu der Adresse, die wir bekommen haben. Wir sind glücklich darüber, den Beifahrersitz ergattert zu haben, während Boris, Alex und Dmitri sich hinten streiten. Alex, der in der Mitte sitzt, hat wohl seine Beine zu weit geöffnet, so dass die anderen beiden nicht mehr bequem sitzen können.

Wir mussten uns beeilen, als wir den Anruf bekamen, also haben wir das Restaurant verlassen, ohne die Rechnung zu bezahlen oder wenigstens aufzuessen.

Wir sind schnell in Sergeys Auto eingestiegen und losgefahren. Höchste Priorität und das alles.

»Warte hier«, weisen wir Sergey – den Fahrer – auf Russisch an. Ich, Darren verstehe das wieder, auch wenn sich die Worte fremd für mich anhören.

Als Nächstes reichen wir Sergey unser Handy mit dem Foto des Opfers. Wenn das Opfer das Gebäude hinter uns betritt, soll Sergey uns sofort eine Nachricht schicken.

Ich, Darren, bin in der Lage, eine sehr starke mentale Distanz zwischen mir und meinem Gastgeber zu spüren, dessen Name Big Boris ist. Ich bin in dieser Erinnerung weniger verloren und auch froh darüber. Ich denke, ich werde besser, was das Lesen anbelangt. Sein Gedächtnis scheint mit dieser leichten Extra-Entfernung weniger geheimnisvoll für mich zu sein.

Ermutigt versuche ich mich darauf zu konzentrieren, wie er – oder ich, oder wir – darauf gekommen ist, zu diesem Gebäude zu fahren. Ich suche ganz speziell nach weiteren Einzelheiten zu diesem Anruf, an den wir denken. Und plötzlich bin ich da.

Wir sind in einem Restaurant und essen Lamm-Shish-Kebab, als mein Telefon klingelt. Wir schauen auf das Display und sehen die Nummer, die wir vor langer Zeit abgespeichert hatten. »Arkady« wird angezeigt. Ein Stück Fleisch bleibt in unserem Hals stecken. Es ist der Chef, und er macht uns immer nervös.

»Geh zu der Adresse, die ich dir jetzt schicke«, sagt er, und wir willigen sofort ein.

Wir sind noch nicht fertig mit dem Essen, aber das erzählen wir unserem Chef nicht. Nicht am Telefon. Und auch gegenüber der Mannschaft erwähne ich meinen leichten Unwillen nicht. Es fiele uns im Traum nicht ein, uns mit Arkady anzulegen: er ist der verrückteste, stärkste, rücksichtsloseste Hurensohn, den wir jemals getroffen haben.

Ich, Darren, wiederhole Arkadys Telefonnummer unzählige Male in meinem Kopf, damit ich mich später an sie erinnern kann, sollte ich sie brauchen. Zum Glück bin ich sehr gut darin, mir Zahlen zu merken. Trotzdem werde ich die Nummer und die Adresse, zu der Mira gebracht wird, sobald ich kann aufschreiben.

Mir fällt auf, dass ich in Big Boris' Gedanken gesprungen bin, ohne dass ich das Gefühl der Leichtigkeit dafür benutzt habe. Im Nachhinein betrachtet fühlte ich mich in diesem Moment gerade leicht; aber nur auf einem unterbewussten Niveau, so als mache ich das gerade automatisch. Ich muss damit noch mehr herumspielen, mit diesem Herumhüpfen in den Erinnerungen anderer Menschen – aber nicht jetzt. Ich muss aus diesem Kopf heraus und Eugene helfen, aus dieser problematischen Situation herauszukommen.

* * *

Als ich Boris verlassen habe, blickt Eugene mich schon an.

»Ich habe keinen Beweis dafür finden können, dass

diese Menschen die gleichen sind, die unsere Eltern umgebracht haben«, sagt er.

»Das ist gerade nicht das, worauf es ankommt«, entgegne ich. »Zuerst müssen wir hier rauskommen. Wir müssen Mira retten.«

»Entschuldige bitte, du hast Recht.« Er schüttelt seinen Kopf, so als widere er sich selbst an. »Wir haben keine Zeit, um über Rache nachzudenken – nicht dass ich gerade überhaupt etwas gegen sie unternehmen könnte. Ich bin nicht gut darin, unter Druck nachzudenken.«

»Kein Problem. Aber wir müssen vorsichtig sein«, sage ich ihm, als ich mich an das erinnere, was ich gerade gesehen habe. »Ihr Fahrer weiß, wie du aussiehst.«

»So viel habe ich auch bei Boris herausgefunden«, meint er und zeigt dabei auf den kurzen, stämmigen Mann in dem Trainingsanzug, dessen Gedanken er gerade gelesen hatte. Ich muss innerlich auflachen, als ich den Grund dafür verstehe, warum Big Boris das »Big« vor seinem Namen braucht. Es gibt noch einen anderen Boris in der Gruppe.

»Lass uns ein Stück zusammen gehen«, sage ich. »Ich möchte dir zeigen, wo ich mein Auto geparkt habe.«

Während ich Eugene zu meinem Auto führe, frage ich ihn: »Gibt es irgendwo einen Hinterausgang aus diesem Gebäude?«

»Nicht dass ich wüsste«, antwortet er und kratzt sich seinen Kopf, als wir vor meinem geparkten Auto ankommen.

»Gibt es einen Weg aufs Dach?«

»Über die sechste Etage«, lässt er mich wissen und schiebt sich seine Brille weiter nach oben. »Ich denke, ich könnte dorthin gelangen, wenn ich müsste.«

»In Ordnung. Hoffentlich musst du nicht. Zuerst versuchen wir es mit der Eingangstür. Sie gehen die Treppen hinauf. Sie werden einen Moment brauchen, bis sie bei dir sind. Ich habe eine Idee – komm mit«, rufe ich Eugene zu und laufe wieder Richtung Gebäude zurück.

Ich renne die Stufen hoch und stoße die Gangster aus meinem Weg. Eugene folgt mir. Ich ziehe an der Fahrstuhltür in der zweiten Etage. Sie ist verschlossen. Ich renne weiter in die dritte Etage, um das Gleiche mit dem gleichen Ergebnis zu machen. Die Tür in der vierten fliegt auf. So weit, so gut. Ich renne weiter nach oben und kontrolliere auf jeder Etage die Fahrstühle, bis wir ganz oben in der sechsten ankommen.

»Okay, Eugene. Hier ist mein Plan: Sie denken, dein Fahrstuhl sei kaputt. Das verbessert deine Möglichkeiten um einiges. Sobald ich die Stille verlasse und du in der richtigen Welt bist, rufe den Fahrstuhl. Da er sich im vierten Stock befindet, sollte er schnell genug da sein. Auf keiner der anderen Etagen befindet sich jemand in der Nähe der Fahrstühle, also sollte es keine Verzögerungen geben.«

»Das habe ich verstanden, Darren.« Zum ersten Mal heute seit ich ihn gesehen habe lächelt er. »Weißt du, darauf wäre ich auch alleine gekommen. Du erklärst mir gerade, ich soll den Fahrstuhl nehmen und das Gebäude verlassen.«

»Ja, ich denke das tue ich. Und setz dir die Kapuze auf und versuche dich nach vorne zu beugen, wenn du hinausgehst. Geh direkt zum Auto. Ich werde mit laufendem Motor auf dich warten«, vollende ich meinen Plan. Das klingt machbar, aber trotzdem möchte ich gerade nicht in Eugenes Haut stecken. »Sollte etwas schieflaufen, renne auf das Dach und schick mir eine Nachricht. Dann komme ich in die Stille und wir reden. Kannst du alle paar Sekunden in die Dimension eintauchen und hinuntergehen, um zu sehen, wie weit die bösen Jungs schon sind?«

»Ja«, erwidert er. »Da ich nur einen Bruchteil der mir verfügbaren Zeit aufbrauche, sollte ich ohne allzu lange Erholungspause wieder zurückkehren können. Ich danke dir.«

»Danke mir, wenn das alles vorbei ist«, entgegne ich und beginne, die Stufen wieder hinunterzugehen. Er folgt mir weiterhin.

»Darren«, sagt er, als wir bei meinem gefrorenen Körper in der Lobby ankommen. »Falls mir etwas passiert versprich mir, dass du Mira helfen wirst.«

»Das verspreche ich dir«, sage ich. Ich habe keine Ahnung, wie ich das tun sollte, aber mir fällt ein, dass ich Mira als Letztes versprechen musste, ihn zu retten, sollte sie es nicht schaffen. So wie die beiden sich um den jeweils anderen sorgen, wäre es vielleicht doch nicht so schlecht, einen Bruder oder eine Schwester zu haben.

»Schau auf keinen Fall schuldbewusst, wenn du das Gebäude verlässt«, warnt er mich und schaut in die Richtung in der Sergey, der Fahrer, auf seine Kameraden wartet.

»Das Gleiche gilt für dich«, erwidere ich. »Wir sehen uns in wenigen Minuten.«

Wir geben uns die Hand.

Ich atme tief ein und berühre mein eingefrorenes Ich auf der Stirn. Die Geräusche der Welt sind zurück.

SECHZEHNTES KAPITEL

Ich gebe mein Bestes, um nicht verdächtig auszusehen, falls Sergey mich vom Auto aus beobachtet. Ich taste meine Taschen ab, nehme die Autoschlüssel heraus und gehe selbstsicher zurück. Der Eindruck, den ich zu erwecken versuche, ist der, dass ich Tölpel etwas im Auto vergessen habe. Ich werde vielleicht keinen Oscar für meine schauspielerische Leistung bekommen, aber hoffentlich ist die Darbietung so gut, dass wir dem Russen nicht auffallen.

Sobald ich in dem Auto bin, hole ich als Erstes den Stift heraus, den ich benutzt habe, um die Belege für das Auto zu unterschreiben, und den Beleg selbst. Auf die Rückseite schreibe ich die Adresse und die Telefonnummer, die ich mir gemerkt habe.

Dann werfe ich den Motor an.

Ich bin nie so nervös. Ich starre auf die digitale Uhr des Autos, aber sie scheint stehengeblieben zu sein. Es fühlt sich an, als sei eine halbe Stunde vergangen, während sich der Zeiger der Uhr um eine Minute nach vorne bewegt.

Der Plan schien einfach genug zu sein – das heißt, ich muss bloß auf Eugene warten. Ich hatte nicht erwartet, dass die Spannung so quälend sein würde. Ich atme tief ein und zähle in Gedanken bis dreißig. Es funktioniert nicht.

Es gibt aber etwas, das ich tun kann, also begebe ich mich in die Stille.

Ich bin auf dem Rücksitz des Autos. Mein eingefrorenes Ich sitzt vorne. Ich habe mich schon immer gefragt, wonach der Körper, den ich in der Stille bekomme, entscheidet, wo er auftaucht. Natürlich hat Eugene erwähnt, dass es vielleicht kein richtiger Körper ist. Das beantwortet die Frage allerdings nicht völlig. Worin ich mich auch immer befinde, wer hat entschieden, dass er auf der Rückbank erscheinen sollte? Wie ist er hierhin gekommen? Warum erscheint er nicht zum Beispiel außerhalb des Autos?

Ich öffne die Tür und steige aus. Da Sergey jetzt nicht sehen kann, dass ich ihn anblicke, betrachte ich ihn genauer. Er sieht gelangweilt aus, also vermute ich, keinen Verdacht erregt zu haben. Gut. Ich bemerke außerdem, dass er ein wirklich schönes Auto fährt – einen Mercedes, nicht schlecht. Offensichtlich zahlt sich Verbrechen aus.

Ich betrete das Gebäude. Die Kerle sind jetzt fast auf der zweiten Etage. Es macht mir Angst, wie nahe sie Eugene kommen.

Ich renne bis in die fünfte Etage.

Erleichtert sehe ich, wie Eugene die Fahrstuhltür öffnet. Das ist gut. Der Plan funktioniert.

Ich gehe zum Auto zurück und verlasse die Stille.

Die Geräusche sind wieder da und die digitale Uhr des Fahrzeugs sollte auch normal arbeiten. Ich frage mich, ob die Aufenthalte in der Stille Einfluss auf unser Zeitempfinden haben. Ich meine, wie lang können ein paar Minuten sein?

Nach einer gefühlten weiteren halben Stunde, laut der Uhr nur drei Minuten, halte ich es nicht mehr aus und begebe mich wieder in die Stille. Eugene ist immer noch nicht im zweiten Stock aus dem Fahrstuhl gestiegen.

Ich gehe zurück, verlasse die Stille, warte zehn Sekunden und begebe mich wieder hinein. Ich wiederhole das einige Male, bis sich die Fahrstuhltür öffnet. Ja! Endlich.

Da ich schon einmal hier bin, gehe ich nach oben und sehe nach den Gangstern. Sie befinden sich zwischen der vierten und fünften Etage. Zufrieden gehe ich wieder zum Auto und komme in die Realität zurück.

Ich halte es aber nur wenige Sekunden dort aus. Ich muss einfach wieder in die Stille. Eugene geht auf die Tür in der Lobby zu. Er hat sich die Kapuze so tief wie möglich ins Gesicht gezogen. Sein Rücken ist unnatürlich gekrümmt, aber solange er nicht aussieht wie er selbst, sollten wir in ein paar Sekunden hier raus sein. Ich gehe wieder zum Auto und in die Realität zurück. Wieder nur wenige Sekunden lang.

Eugene geht auf mich zu. Sergey, der Fahrer, schaut ihn zu konzentriert an. Nein. Ich gehe zum Auto und berühre Sergeys Schläfe.

* * *

Wir blicken auf einen komischen Kerl, der gerade sehr verdächtig das Gebäude verlässt. Er versucht sein Gesicht zu verstecken, damit wir es nicht sehen können. Wir denken, er könnte das Opfer sein. Da wir wissen, dass wir auf Arkadys Befehl hin hier sind, müssen wir uns absichern. Wir nehmen unser Telefon heraus und schicken Big Boris eine Nachricht, dass wir etwas Verdächtiges gesehen haben. Jetzt kann niemand sagen, wir hätten es versaut.

* * *

Als ich damit fertig bin, den Fahrer zu lesen, renne ich zum Auto zurück und verlasse die Stille. Ich reiße das Lenkrad herum. Mein Fuß ist auf dem Gaspedal. Ich lege den Gang ein. Dann begebe ich mich wieder in die Stille.

Eugene ist einige Schritte vom Auto entfernt. Ich gehe zu ihm und berühre sein Handgelenk. Einen

Moment später steht ein weiterer Eugene neben mir, diesmal lebendig.

»Ich habe es geschafft«, sagt er und atmet aus, so als habe er die ganze Zeit die Luft angehalten.

»Nein. Wir sind noch lange nicht raus hier. Sergey, der Fahrer, hat dich gerade erkannt.«

»Scheiße. Was jetzt?«

»Du wirst in das Auto springen, und sobald du die Tür schließt, gebe ich Gas. Schnall dich so schnell wie möglich an – es könnte eine unruhige Fahrt werden.«

»Nochmal danke, Darren«, beginnt er zu sagen, aber ich winke ab.

»Wie ich dir schon vorhin gesagt habe, danke mir erst, wenn wir hier raus sind.« Ich eile zum Auto, atme tief durch und komme zurück.

An die nächsten Ereignisse erinnere ich mich nur verschwommen. Eugene rennt zur Tür und springt in das Auto. Sobald seine Tür geschlossen ist, trete ich das Gaspedal bis zum Anschlag durch, und innerhalb weniger Sekunden sind wir an der ersten Kreuzung.

Als wir über die nächste Kreuzung fahren, bemerke ich, dass ich nicht einmal weiß, wohin ich gerade fahre. Aber das ist erst einmal egal, Hauptsache weg von dem Gebäude. Spontan entscheide ich mich für geradeaus und trete aufs Gas.

Ich fahre gerade mit achtzig km/h, als ich sehe, dass die nächste Ampel, die nur wenige Meter vor uns ist, gelb wird.

Ich sehe mich gezwungen, mich in die Stille

zurückzuziehen. Dieses Mal ist es besonders unheimlich. Ich habe das noch nie in einem fahrenden Auto gemacht. Das Geräusch des Motors, der übertourig lief, damit wir schneller beschleunigen konnten, ist auf einmal weg. Das ist eigenartig genug. Was aber noch komischer ist, ist, dass das Auto selbst sich nicht mehr bewegt. Mein Verstand sagt mir, dass sich das Auto wegen der Trägheit der Masse zumindest noch ein Stück weiterbewegen müsste, aber das tut es nicht. Es ist augenblicklich bewegungslos wie ein Stein.

Mir fällt auf, dass ich schon an der letzten Ampel in die Stille hätte gehen sollen. Oder sogar noch eine davor. Jetzt ist es zu spät dafür, also konzentriere ich mich auf dieses Mal.

Ich nutze die Gelegenheit, um mich auch gleich nach unseren Verfolgern umzuschauen. Ich steige aus dem Auto aus und werfe einen Blick hinein. Durch die Windschutzscheibe sehe ich auf meinem und Eugenes Gesicht reines Entsetzen. Ich gehe zu Eugenes Seite und fasse durch das Fenster. Ich berühre seinen Hals, und seine Version der Stille erscheint auf der Rückbank.

»Darren, was zum Teufel machst du da? Du kannst doch nicht einfach splitten, mitten in einer Verfolgungsjagd mit dem Auto.«

»Warum nicht?«

»Zum Beispiel, weil du größere Schwierigkeiten haben wirst, das Auto zu kontrollieren, wenn du zurückkommst?«

»Das müssen wir in Kauf nehmen – ich werde

vorsichtig sein«, verspreche ich. »Ich musste das machen, weil diese Ampel gleich rot wird.«

»Scheiße«, meint Eugene und folgt meinem Blick. Obwohl in der Stille die Lichter der Ampel nicht leuchten, zweifelt er keinen Augenblick an meinem Beobachtungstalent. Und jetzt bin ich mir auch sicher, dass er mich versteht: Das rote Licht bedeutet, dass wir anhalten müssen. Anhalten ist allerdings nie eine gute Idee, wenn einem ein Auto voller böser Russen dicht auf den Fersen ist.

»Wir teilen uns auf«, schlage ich vor. »Ich sehe mich rund um diese Kreuzung um und du gehst zurück und schaust, was unsere neuen russischen Freunde machen.«

»In Ordnung«, meint er, dreht um und rennt zurück in Richtung Gebäude.

Ich gehe entspannt auf die Kreuzung zu. Eugene hat einen weiteren Weg, und ich möchte ihm einen Vorsprung geben.

Als ich unter der Ampel stehe, drehe ich mich nach links und betrachte die Straße.

Das nächste Auto ist noch ein ganzes Stück weit weg. Ich gehe zu ihm. Es ist ein kleines Auto, aber das kann mich auch nicht beruhigen. Klein oder nicht, wenn wir zusammenstoßen, wird es schmerzen.

Ich öffne die Autotür. Die Geschwindigkeitsanzeige ist tot – ein weiteres Beispiel dafür, dass elektronische Dinge in der Stille nicht funktionieren.

Ich lese den Fahrer. Durch seine Augen erkenne ich, dass er fünfzig fährt. Ich erfahre außerdem, dass er spät dran ist und gerade Gas geben will. Wie viel schneller er werden möchte, kann ich nicht herausfinden, aber ich nehme an, er wird merklich aufs Gas treten.

Ich führe einige schnelle Kalkulationen durch und komme zu dem Schluss, dass dieses Auto es mir unmöglich machen wird, nach rechts abzubiegen oder weiter geradeaus zu fahren. Ich muss wenigstens einen Moment lang bremsen und es vorbeilassen.

Aber zum Glück ist das Auto hinter uns noch einen Block weit entfernt. Da ich noch ein wenig Zeit übrig habe, während Eugene seinen Teil erledigt, laufe ich zu dem Auto und finde seine Geschwindigkeit heraus. Es fährt ebenfalls fünfzig, aber sein Fahrer hat es nicht eilig. Er ist der Typ von Fahrer, der abbremst, wenn er auf eine Ampel zufährt – er ist selten, aber liebenswert.

Ich gehe zu meinem Leihwagen zurück und erblicke Eugene, der zurückgerannt kommt. Ich muss zugeben, dass mich seine Geschwindigkeit beeindruckt.

»Das ist nicht gut, Darren«, meint er, als ich ihn endlich hören kann. »Sie sind schon in der Lobby und Sergey ist bereit, uns zu verfolgen.«

»Verdammt«, sage ich und widerstehe dem Verlangen, frustriert gegen das Auto zu treten. »Ich habe auch schlechte Neuigkeiten. Wir müssen an der Ampel auf jeden Fall halten. Zumindest, um dieses rücksichtslose Arschloch durchzulassen.«

»In Ordnung, aber sobald der Weg frei ist, müssen wir weiterfahren«, drängt er. »Ich habe noch weiter gelesen. Sie haben wirklich den Auftrag, mich zu ermorden – und weil ich weggerannt bin und ihnen dadurch Probleme mache, hat Big Boris beschlossen, es langsam zu tun, falls er die Möglichkeit dazu bekommt.«

»Es hört sich so an, als hätten wir nicht wirklich eine Wahl«, sage ich und versuche, nicht darüber nachzudenken, was Big Boris mit mir tun würde. Ich stehe nicht auf seiner Liste, aber ich wette für ihn wäre ich der Mittäterschaft schuldig, was ähnliche Konsequenzen haben könnte. »Hinter dem Problemauto kommt noch ein weiteres, aber ich denke, wir sollten es schaffen. Was meinst du, sollte ich hier rechts abbiegen oder geradeaus weiterfahren? Hast du eine Ahnung, wohin wir fahren könnten?«

Als ich ihm die letzte Frage stelle, fällt mir auf, dass ich sie schon lange vorher gestellt haben sollte.

»Es gibt einen Ort, der in Frage kommt«, antwortet Eugene. »Mira und ich sind dort nicht willkommen. Es ist die Gemeinschaft, in der die Leser Brooklyns leben. Es ist nicht sehr naheliegend, aber mir fällt niemand anderes ein, der uns helfen könnte. Sie befindet sich in Sheepshead.«

»Und wo genau ist Sheepshead?«, sehe ich mich gezwungen zu fragen. Meine Ortskenntnisse in Brooklyn weisen einige Lücken auf. Alles, was ich hier kenne, sind die Brooklyn Bridge und seit neuestem Miras und Eugenes Apartment.

»Noch ein Stück weiter geradeaus, dann nach links auf die Avenue Y. Das ist eine breitere Straße, die wir nach einigen weiteren Blocks erreichen werden. Wenn wir auf der sind, fahren wir geradeaus und danach rechts auf die Ocean Avenue. Dieser folgen wir, bis wir auf den Kanal treffen, und dort musst du nach links ...«

»Alles, was ich mir gemerkt habe, ist, dass wir jetzt weiter geradeaus fahren müssen. Sag mir einfach einen Block vorher an, wo wir abbiegen müssen.«

»In Ordnung«, stimmt er zu. »Wir sollten auch innerhalb kürzester Zeit erneut splitten, um zu sehen, wo sie sind.«

»Guter Plan«, sage ich und nähere mich dem Auto.

»Vorsichtig!«, erinnert er mich.

Ich atme ein paarmal tief durch und bereite mich darauf vor, gleich wieder am Steuer eines fahrenden Autos zu sitzen. Ich steige sogar über die Rückbank ein und hoffe, dass es eine mögliche Desorientierung verringert. Ich berühre meinen Hinterkopf, und im nächsten Moment befinde ich mich auf dem Fahrersitz des Autos. Mein Fuß bewegt sich instinktiv vom Gaspedal zur Bremse.

Ich bremse so stark, dass mein Sushi vom Mittagessen hochzukommen droht. Sobald das Auto mit dem Mann, der es eilig hat, vorbeigefahren ist, trete ich wieder auf das Gaspedal und überquere bei Rot. Das Auto hinter dem, welches wir durchgelassen haben, nähert sich der Kreuzung, aber wir haben sie schon sicher hinter uns gelassen.

An den nächsten Ampeln haben wir Glück – sie stehen alle auf grün. Es grenzt an ein Wunder, dass wir noch keinen Fußgänger getötet haben. In Manhattan hätte zu diesem Zeitpunkt schon mindestens einer sein Leben verloren. Die Fußgänger dort wechseln ständig die Straßenseite.

»Die nächste ist Avenue Y«, erinnert mich Eugene, auch wenn ich wusste, dass sie jetzt kommen würde – dank der alphabetisch geordneten Straßennamen. Wir sind gerade an W vorbeigefahren, also muss jetzt Y kommen.

»Die Ampel ist gelb«, sage ich und schaue nach vorne. »Wenn ich dort ankomme, wird sie rot sein.«

»Lass uns das Gleiche tun wie letztes Mal«, schlägt er vor, und ich stimme sofort zu.

Ich gleite in die Stille hinein und hole Eugene zu mir. Wir teilen uns genauso auf wie letztes Mal.

Als ich an der Avenue Y ankomme, sehe ich, dass wir ein großes Problem bekommen werden.

Hier sind zu viele Autos, um unser Manöver sicher wiederholen zu können.

Ich lese die Gedanken der Fahrer, die zu dem Zeitpunkt, an dem wir ankommen, der Kreuzung am nächsten sein werden. Niemand scheint es eilig zu haben oder plant zu beschleunigen. Aber das ändert nichts daran, dass wir es trotzdem nicht schaffen können.

»Sie sind schon bei der Avenue T«, erklärt mir Eugene, als er zurückkommt.

Also nur noch fünf Straßen entfernt.

»Wie schnell fahren sie?«

»Sie sind verrückt, sie fahren fast 160. Du hast den Mercedes gesehen, den sie fahren.«

Uns geht langsam das Glück aus. Meine Mietkarre wäre an ihren Grenzen, würde ich versuchen, so schnell zu fahren. Sollte ich das überhaupt riskieren wollen – was nicht der Fall ist.

»Können wir es uns leisten, darauf zu warten, dass die Ampel umspringt?«, möchte ich wissen.

»Meinen Berechnungen nach nicht. Wir müssen bei Rot fahren und an der nächsten Kreuzung rechts abbiegen. Wir müssen von der Hauptstraße runter, damit sie uns nicht mehr so leicht folgen können. Das ist mein Fehler. Ich hätte dich schon früher im Zickzack durch die Seitenstraßen lotsen sollen.«

»Ich glaube, wir müssen regelmäßig in die Stille kommen und das Abbiegen genau planen«, erwidere ich. Es scheint, als hätten wir keine andere Wahl.

Die nächste Minute ist wahrscheinlich die nervenaufreibendste meines ganzen Lebens.

Ich begebe mich sekündlich in die Stille, betrachte die Kreuzung und komme ins Auto zurück. Immer wieder. Es ist schwierig zu fahren, wenn man zurückkommt, und es ist unmöglich, das Ganze genau zu kalkulieren. Trotzdem denke ich immer noch – und Eugene bestätigt es –, dass ich abbiegen kann, wenn ich nur ein wenig langsamer werde, um den Honda, der uns am nächsten ist, durchzulassen.

Das ständige Wechseln der Dimensionen verlangsamt diesen Prozess zu einer Art Bild-für-Bild– Sequenz, wie in einem Ein-Sekunden-Stunt eines Spielfilms.

Der Honda streift zärtlich unsere hintere Stoßstange. Um uns herum quietschen Bremsen. Ich ziehe mich in die Stille zurück, um herauszubekommen, wie die anderen Fahrer reagieren werden. Gleichzeitig erfahre ich auch alles darüber, was sie über mein Manöver, mich und alle meine Vorfahren denken. Außerhalb der Stille zeigen sie ihren Unmut durch ein Hupkonzert. Diesem Durcheinander aus Hupen und Beleidigungen folgt ein lauter Knall.

Dem BMW, dem wir gerade den Weg abgeschnitten haben, fährt ein alter Kombi auf. Ich fühle eine Mischung aus Schadenfreude und Schuld. Obwohl niemand verletzt zu sein scheint, habe ich diesen Unfall immerhin verursacht. Andererseits könnte das unsere Verfolger aufhalten.

Ich gebe Gas und drehe das Lenkrad nach rechts, um von der Avenue Y abzufahren, so wie Eugene es mir geraten hatte.

»Ich kann gar nicht glauben, dass wir es geschafft haben«, meint er. »Jetzt brauchen wir noch einen Schleichweg und einen Split, um zu sehen, ob wir immer noch verfolgt werden.«

Auf der Avenue Z biege ich erneut ab, und wir erreichen die Ocean Avenue ohne weitere Zwischenfälle. Das einzige Problem ist, dass wir unsere Verfolger nicht mehr finden konnten. Zumindest nicht innerhalb der nächstliegenden Straßen. Wir werten das als ein gutes Zeichen. Wir müssen sie abgehängt haben.

»Fahre jetzt auf die Emmons Avenue und biege links

ab«, sagt Eugene. »Du kannst es nicht verfehlen.«

Er hat Recht. Kurz darauf habe ich nur noch die Wahl zwischen einer Art Kanal oder dem Umdrehen.

»Jetzt ist es nicht mehr weit«, merkt er an, als wir die Emmons Avenue einige Blöcke hinunterfahren, immer dem Wasser folgend. Ich bin froh, dass wir zu diesem Zeitpunkt nicht mehr verfolgt werden; in diesem Gebiet herrscht reger Verkehr.

»Fahr bei diesem Licht links ran«, bittet mich Eugene. »Wir sind aber fast da.«

Bevor ich überhaupt den Rand ansteuern kann, explodiert mein rechter Seitenspiegel.

SIEBZEHNTES KAPITEL

Ich begebe mich in die Stille, und der Straßenlärm verstummt. Ich hole Eugene zu mir. Während wir aus dem Auto aussteigen, beginnen wir uns umzuschauen.

»Darren, schau dir das an«, sagt Eugene. So ängstlich habe ich ihn seit Beginn dieses ganzen Schlamassels nicht gehört.

Er steht einige Zentimeter rechts neben dem Auto und zeigt auf etwas in der Luft. Als ich genauer hinsehe, setzt mein Herz einen Moment lang aus. Es ist eine Kugel. Eine auf ihrem Weg eingefrorene Kugel. Eine Kugel, die gerade das Auto verfehlt hat. Ihre Schwester muss den Rückspiegel getroffen haben.

»Jemand schießt auf uns«, bemerke ich dumm.

Eugenes Antwort darauf ist ein unverständliches Gemurmel.

Als wir unser Entsetzen überwunden haben, suchen wir frenetisch die Autos hinter uns ab. Wir brauchen nicht lange, um den Ursprung der Kugel zu finden. Es sind natürlich unsere Freunde.

Wie haben sie es geschafft, so nah an uns heranzukommen? Wie konnte ich nur so dumm sein – warum hatte ich so lange nicht nach ihnen gesehen? Warum war ich so überzeugt davon gewesen, dass wir sie abgehängt hatten?

»Eugene, wir müssen dorthin kommen, wo wir hinwollen. Und zwar schnell«, erkläre ich ihm.

»Es ist nicht mehr weit. Wenn wir jetzt abbiegen, sind wir schon fast da. Nur noch ein paar Straßen weiter.«

»Es könnten genauso gut Kilometer sein, wenn sie auf uns schießen.«

Das ist das erste Mal, dass auf mich geschossen wird, und ich hasse das Gefühl. Ich bin noch nicht bereit dazu, erschossen zu werden. Ich habe noch nicht genug gesehen und gemacht. Ich habe mein ganzes Leben noch vor mir – und die ganze zusätzliche Zeit in der Stille.

»Darren, träum nicht.« Ich höre Eugenes Stimme. »Lass uns schauen, ob wir hier links abbiegen können.«

Wir betrachten die Lage, und uns wird schnell klar, dass die Wahrscheinlichkeit eher gering ist, hier unbeschadet abzubiegen. Ein Jaguar kommt uns auf der anderen Straßenseite entgegen. Er fährt mit 60 Kilometern pro Stunde – und wir werden ihn wahrscheinlich rammen, wenn wir scharf nach links abbiegen. Wir denken trotzdem nicht allzu lange darüber nach. Ein Autounfall mit Airbag ist besser, als erschossen zu werden. Denke ich.

Ich gehe zum Auto, atme beruhigend durch und verlasse die Stille. Als ich das Steuer scharf nach links reiße, muss ich mich beherrschen, nicht in die Stille hineinzugleiten.

Mit einem lauten, quietschenden Geräusch berührt die Seite meines Autos die Stoßstange des Jaguars. Der Aufprall verschlägt mir den Atem, aber mein Gurt hält mich, und die Airbags aktivieren sich nicht. Ich bin froh, bis hierhin gekommen zu sein und trete aufs Gaspedal. Das Auto hört sich nicht gut an, aber wir sind ziemlich unbeschadet aus diesem tödlichen Manöver herausgekommen.

Als wir halb durch diesen Block hindurchgefahren sind, begebe ich mich in die Stille und hole Eugene zu mir.

Wir schauen uns an, was wir am Anfang der Straße verursacht haben. Wegen unseres verrückten Abbiegemanövers ist der Jaguar in den Camry vor ihm geknallt. Seine Stoßstange ist abgefallen, und das einst so schöne Auto sieht generell recht demoliert aus. Ich nehme an, dass der Fahrer ins Krankenhaus gebracht werden muss – und fühle mich ganz schlecht dabei. Außerdem ist die ganze Kreuzung mit Autos verstopft. Wenn sie nicht vorhaben, durch sie hindurchzufahren, können unsere schießfreudigen Freunde nicht vorbeikommen.

Eugene liest trotzdem lieber Sergeys Gedanken, man kann nie wissen.

»Darren, ich bin so ein Idiot«, sagt er und schlägt sich mit seiner Hand auf die Stirn.

»Was ist los?«

»Sie kennen unser Ziel. Ihr Chef hat ihnen die Adresse geschickt. Deshalb haben sie uns eingeholt. Mir hätte auffallen können, dass der Strippenzieher, mit dem sie arbeiten, die Adresse der Lesergemeinschaft kennen würde. Dass sie wissen würden, wohin wir wahrscheinlich fahren.«

»Es ist zu spät für Selbstvorwürfe«, erwidere ich. »Lass uns jetzt einfach dorthin fahren.«

»Ich bin mir nicht sicher, dass wir es schaffen werden. Sergey hat vor, dieses Auto zu rammen.« Er zeigt auf einen winzigen Smart, der das kleinste der in den Unfall verwickelten Autos ist, und mir fällt auf, dass wir ein Problem haben. Unsere Verfolger können die Kreuzung verlassen.

»Wir haben schon einen kleinen Vorsprung«, sage ich und versuche Optimismus zu versprühen, den ich nicht fühle. Wir müssen es einfach schaffen.«

»In Ordnung«, erwidert Eugene. »Von hier aus können wir zu Fuß zu unserem Ziel gelangen, bevor wir in die reale Welt zurückkehren. Auf diese Weise lernst du gleich den richtigen Weg dorthin kennen.«

Wir gehen. Ich bin erst überzeugt davon, dass wir es schaffen werden, wenn ich das Tor der Gemeinschaft sehe, zu der ich gelangen möchte. Ob Sergey dieses Auto erfolgreich rammt oder nicht, wir können es schaffen.

Wir sind nicht einmal drei Straßen von unserem Ziel entfernt.

Wieder im Auto angekommen, verlasse ich die Stille.

Ich hole alles aus dem kleinen Mietwagen heraus. Ich fahre 130, und die Reifen quietschen in der nächsten Kurve. Hinter uns höre ich ein lautes Knallen und weiß, dass Sergey seinen Plan durchgeführt hat.

Es ist aber zu spät für unsere Verfolger. Wir erreichen das Tor, welches uns noch von unserem Ziel trennt. Ich halte das Auto mitten auf der Straße an und bin gerade dabei, mich in die Stille zu begeben, als ich stattdessen von jemandem hineingezogen werde.

»Eugene, du warst schneller als ich«, meine ich, als alles still wird. Aber als ich mich nach rechts umdrehe, blicke ich nicht auf Eugene.

Ich schaue auf jemand anderen – jemanden, den ich noch niemals zuvor gesehen habe.

ACHTZEHNTES KAPITEL

Der Mann hält ein großes Militärmesser in der Hand. Bedrohend. Ich bin mir nicht sicher, was ich davon halten soll, da wir uns ja in der Stille befinden. Ich bin mir nicht sicher, was passieren wird, wenn er mich mit dem Messer verletzt. Ich möchte es auch nicht herausfinden. Er wirkt auf mich nicht wie der Typ leerer Drohungen. Ich behalte im Hinterkopf, mehr über das Risiko, in der Stille zu sterben, herauszufinden. Ich weiß, dass Verletzungen verschwinden. Und ja, ich habe mich selbst geschnitten, um das herauszufinden. Würde das nicht jeder machen? Meine Therapeutin dachte, es sei »interessant«, dass ich mich selbst in meiner Fantasiewelt schneide – ich erinnere mich daran, wie sie mir irgendeinen Unsinn darüber erzählte, dass der körperliche Schmerz mir dabei helfen würde, mit einem fiktiven, emotionalen Schmerz besser umzugehen.

»Den da habe ich schon einmal gesehen«, meint der Mann und zeigt mit seinem Messer auf den eingefrorenen Eugene. »Aber wer bist du?«

Ich starre ihn an. Ich weiß nicht, was ich aus dem muskulösen Körperbau, dem Kurzhaarschnitt und der Militärkleidung machen soll. Ist das eine Art Sicherheitskraft der Lesergemeinschaft?

»Ich werde dich das nur noch ein weiteres Mal fragen«, höre ich ihn sagen, und mir fällt auf, dass ich ihm nicht geantwortet habe.

»Mein Name ist Darren«, sage ich schnell. »Ich denke, ich bin ein Leser.«

»Du denkst?«

»Das Ganze ist neu für mich und ich habe mich noch nicht daran gewöhnt, es auszusprechen. Eugene und Mira sind die ersten Leser, die ich jemals getroffen habe.«

Die Augenbrauen des Mannes ziehen sich nach oben und er lacht unerwartet. »Ich habe Neuigkeiten für dich. Wenn das stimmt, was du sagst, dann hast du heute – genau jetzt – deinen ersten richtigen Leser getroffen. Nur wenige von uns sehen die Tsiolkovsky-Waisen als solche an.«

»Du klingst so, als seist du einer von ihnen«, sage ich aus einem Gefühl hinaus.

»Niemanden interessiert es, was ich denke; ich bin nur ein Soldat. Aber ich sage, dass man ein Leser ist, wenn man länger als eine Sekunde in der

Gedankendimension verbringen kann und mindestens einen Gedanken lesen kann. Ich bin eine einfache Person mit einfachen Gedanken, nehme ich an. Wen interessiert es, warum du es kannst?«

»Das ergibt Sinn«, sage ich. »Entschuldige bitte, ich habe deinen Namen nicht mitbekommen.«

»Das liegt daran, dass ich ihn dir nicht genannt habe«, erwidert der Mann, und jegliche Belustigung ist aus seinem Gesicht verschwunden. »Ich heiße Caleb. Und es wird dir nicht helfen, dass ich deinen Namen weiß, außer du hast eine Erklärung dafür, was ihr hier macht. Das ist Privatbesitz.«

»Eugenes Schwester Mira wurde entführt. Er selbst soll umgebracht werden und konnte seinen Mördern gerade so entkommen. Während wir hier sprechen, werden wir verfolgt«, versuche ich ihm zu erklären. »Oder zumindest werden sie hier sein, sobald wir die Gedankendimension verlassen.«

»Wie viele?«, fragt er langsam interessiert. Der Teil über Mira scheint ihn beeindruckt zu haben.

»Fünf. Sie fahren in einem Mercedes; sie könnten jede Sekunde hier sein.«

»Was sollte ich noch über sie wissen?«, fragt Caleb, und seine Hand umfasst das Messer fester.

»Sie sind eine Art russische Gang oder so. Sergey, zwei Boris –«

»Ihre Namen interessieren mich nicht«, unterbricht mich Caleb. »Wenn sie bewaffnet und auf dem Weg hierher sind, werden wir nicht so enge Freunde werden.«

»In Ordnung«, erwidere ich. Ich habe ein schlechtes Gefühl in der Magengegend.

»Bleib hier und bewege dich nicht. Sam und ich haben Pistolen auf deinen Kopf gerichtet. Solltest du auch nur niesen, werden wir dir dein Gehirn rausblasen.«

Ich habe keine Ahnung, wer Sam ist, aber Caleb macht auch nicht den Eindruck als sei er gerade in der Stimmung, Fragen zu beantworten. Während ich versuche, mit seiner Drohung zurechtzukommen, verlässt er das Auto, und nach einer Minute werde ich aus der Stille gedrängt.

»Eugene, beweg dich nicht.« Auf seiner Brust ist ein roter Punkt von einem Laser, so als habe jemand eine Waffe auf ihn gerichtet – was offensichtlich der Fall ist.

»Warum?«, fragt er verwirrt.

Anstatt ihm zu antworten, ziehe ich mich in die Stille zurück. Ich habe sogar Angst davor, zu reden, solange jemand eine Waffe auf mich richtet. Was passiert, wenn Caleb denkt, dass sprechen zu »sich bewegen« gehört und schießt? Ich befinde mich wieder auf dem Rücksitz und hole Eugene zu mir.

»Ich habe gerade mit einem angsteinflößend aussehenden Mann gesprochen, der diesen Ort bewacht. Er hat mich zu sich geholt«, erkläre ich ihm.

»Hat dieser Mann auch gesagt, dass sie uns helfen werden?«

»Nicht direkt. Er hat mir befohlen, mich nicht zu

bewegen, und sie halten Pistolen auf uns gerichtet.« Ich schlucke. »Ich habe den Laserpunkt auf dir gesehen.«

»Ich verstehe«, erwidert Eugene erstaunlich ruhig. »Wahrscheinlich wird uns nichts passieren. Ich denke, dass sie unsere Verfolger lesen werden, um zu sehen, ob du die Wahrheit gesagt hast.«

»Und was, wenn nicht?«, frage ich und kann mir die Antwort denken.

»In dem Fall werden sie uns unsere Probleme mit unseren Verfolgern alleine lösen lassen.«

»Toll. Und wir sollen einfach dasitzen und abwarten?«

»Ich weiß, dass ich das machen werde. Die Leser halten in der Regel nichts von leeren Drohungen. Wenn sie dir gesagt haben, dich nicht zu bewegen, dann bewege dich nicht.«

Ich bin von Eugenes stichhaltiger Argumentation genervt und gehe zurück in die reale Welt.

Ich halte es fünf Sekunden aus, ohne mich zu bewegen, und mir wird klar, dass das Warten vor Eugenes Haus ein Kinderspiel dagegen gewesen war. Ich wiederhole zwanzig Mal das Wort Mississippi, bevor ich mich wieder in die Stille begebe. Der Mercedes ist auf halber Strecke zwischen der Ecke, an der Sergey das Auto gerammt hat, und uns. Das hübsche Auto hat kaum etwas abbekommen, aber als ich Sergeys Gedanken lese, scheint er anderer Meinung zu sein. Er ist wütend über sein beschädigtes Auto und hat es sich in den Kopf gesetzt, dass wir diese Jagd bereuen werden, sobald er die Gelegenheit dazu bekommt. Als ich die Gedanken seines Freundes Big Boris lese, bekomme ich den Eindruck, dass sie einer Meinung sind, wenn es darum geht, schlimme Dinge mit uns anzustellen.

Ich gehe zurück und verlasse die Stille. Ich befinde mich wieder im Auto und warte auf das, was als Nächstes passieren wird.

Nach gefühlten Stunden meine ich, ein Motorgeräusch zu hören. Im gleichen Moment ertönt ein Schuss.

Diesmal gleite ich automatisch in die Stille zurück. Mein Gehirn dachte wohl, der Schuss sei auf mich gerichtet gewesen, und hat das als Nahtoderfahrung gewertet.

Ich steige aus dem Auto und schaue auf mein eingefrorenes Ich. Keine Schusswunde. Das ist gut. Das einzige Ungewöhnliche an meinem Gesicht ist die riesige Größe meiner Pupillen und meine weiße Gesichtsfarbe. Dadurch sieht mein eingefrorenes Ich etwas makaber aus. Eugene ist noch blasser und hält sich beschützend seine Hände vor den Kopf. So als könnten sie die Kugeln abwehren.

Ich schaue mich um. Ich kann die Motorhaube des Mercedes am Anfang der Straße erkennen. Ich gehe näher an das Auto heran und erkenne, dass seine Reifen gerade explodieren. Sie müssen angeschossen worden sein.

Wie in einem Nebel gehe ich zurück und verlasse die Stille.

Das Geräusch der explodierenden Reifen erreicht jetzt meine Ohren. Ihm folgt das Schleifen von Stahl auf Straßenbelag, als das Auto auf seinen Felgen rutscht. Weitere Schüsse fallen, und ich ziehe mich wieder in die Stille zurück.

Auch dieses Mal habe ich es nicht absichtlich gemacht. Es passiert einfach, wenn ich gestresst bin.

Ich steige aus dem Auto. Mein eingefrorenes Ich scheint keine Iris mehr zu besitzen, sondern nur noch Pupillen.

Ich gehe zum Mercedes. Als ich hineinblicke, wünsche ich mir, ich hätte das nicht getan.

Ich habe noch nie so etwas gesehen. Ich meine, ich habe schon Leichen in der Stille gesehen, aber diese Menschen waren ja nicht wirklich tot – also in der realen Welt. Das hier ist etwas ganz anderes. Etwas Echtes. Diese fünf Personen haben blutige Wunden in ihrer Brust, und ihre Gehirne sind im ganzen Auto verteilt.

Ich muss würgen, so als würde ich mich übergeben müssen, aber es kommt nichts hoch. Ich bin mir nicht sicher, ob man sich in der Stille überhaupt übergeben kann.

Ich fühle mich schlecht, weil diese Männer getötet worden sind. Das ist paradox, wenn man bedenkt, dass sie gerade erst vor einigen Minuten auf mich geschossen haben. Ich denke, es hat etwas damit zu tun, dass ich ihre Gedanken gelesen habe. Es hat eine Verbindung zwischen uns aufgebaut. Ich kann allerdings nichts machen; sie sind jetzt von uns gegangen.

»Ruhet in Frieden«, murmele ich und gehe in mein Auto zurück. Ich frage mich kurz, aus einem morbiden Impuls heraus, wie es wäre, jetzt einen von ihnen zu lesen. Um genau zu sein, frage ich mich, was ich fühlen würde, wenn ich jemanden genau in dem richtigen – oder falschen – Moment erwischen würde, um seinen Tod mitzuerleben.

Ich schüttele meinen Kopf. Das werde ich nicht tun. Außerdem kann ich das selbst erleben, sobald ich aus der Stille zurück bin; Eugene und ich könnten Calebs nächste Opfer sein.

Andererseits hat der Mercedes keine Reifen mehr. Der zusätzliche Widerstand sollte die Trägheit der Masse erhöhen und dazu führen, dass wir nicht von ihm gerammt werden. Ich bin jedoch kein Experte, was zerschossene Autoreifen anbelangt.

Ich gehe zum Auto zurück und verlasse die Stille.

Weitere Schüsse fallen, und der Mercedes bewegt sich noch einige Zentimeter, bevor er mit quietschenden Felgen stehen bleibt. Er ist noch ein Stück von uns entfernt, aber ich muss trotzdem schlucken.

Einige Sekunden lang herrscht eine bedrückende Stille bis sich das Tor öffnet, welches uns von der Gemeinschaft ausgeschlossen hatte.

Caleb, der böse Mann, den ich vorher getroffen hatte, tritt mit einigen gefährlich aussehenden Typen heraus. Einer von ihnen hält eine Waffe. Ich denke, das bedeutet, dass er Sam ist. Er und dieser Caleb sehen wie Zwillinge aus. Sie haben beide gemeißelte Gesichter mit viereckigem Kinn und harten Augen. Sam ist ein wenig größer, was ihn zu einem Riesen macht.

»Darren, Eugene, kommt mit mir mit«, weist uns Caleb kurz an, und ich sehe, wie Sam Eugene einen unfreundlichen Blick zuwirft.

»Und was passiert damit?«, möchte Eugene wissen und deutet auf das von Kugeln durchlöcherte Auto. Er versucht um jeden Preis, Sam nicht anzuschauen, was ich faszinierend finde.

»Wir werden uns um beide Autos kümmern, auch um eures. Niemand wird sie oder die Leichen darin jemals finden«, versichert uns Caleb.

Ich bin dankbar dafür, dass ich die zusätzliche Versicherung für den Mietwagen abgeschlossen habe, auch wenn das in Anbetracht der Umstände wohl eher nebensächlich ist.

»Wartet«, sage ich, als ich mich an die Papiere der Autovermietung erinnere. »Ich brauche noch die Adresse, an der Mira gefangen gehalten wird. Sie befindet sich im Handschuhfach.«

Caleb geht zum Auto und nimmt den Zettel, den ich brauche, heraus.

»Hier«, meint er und hält ihn mir hin. »Keine Verzögerungen mehr. Wir müssen reden.«

Damit und mit einer auf uns gerichteten Waffe betreten wir die private Lesergemeinschaft von Sheepshead Bay.

NEUNZEHNTES KAPITEL

Wir werden zu einer Art elegantem Vereinsheim gebracht. Es befindet sich im Zentrum dieser Gemeinschaft voller beeindruckender Häuser. Jedes Haus hier muss Millionen kosten. Ich wusste nicht einmal, dass ein solcher Ort in Brooklyn existiert – so etwas erwartet man eher in Miami. Allerdings macht ein so reiches Anwesen durchaus Sinn; mit ihren Fähigkeiten sollten Leser eine große Anzahl kreativer Möglichkeiten finden, zu Geld zu kommen. Oder, genauer gesagt, unseren Fähigkeiten. Ich muss mich an den Gedanken gewöhnen, dass ich ebenfalls ein Leser bin, rufe ich mir ins Gedächtnis, als ich an das Problem denke, welches ich mit Caleb hatte.

In dem Clubhaus gibt es einen Pool, ein großes, schickes Restaurant und eine Bar. Caleb geht daran vorbei und führt uns zu einer Art Konferenzraum.

Ein Dutzend Menschen verschiedener Altersstufen befinden sich schon dort und betrachten uns eingehend.

»Das ist wirklich Eugene«, sagt eine blonde Frau, die einige Jahre älter als Mira zu sein scheint. »Das kann ich garantieren.«

»So viel wusste ich auch schon«, sagt Caleb und nimmt endlich seine Waffe herunter. »Und dieser Typ?«

»Ich habe ihn noch nie gesehen«, sagt sie und schaut mich an. Ich gebe mein Bestes, um meine Augen auf ihr Gesicht zu richten und nicht über ihre einladenden Formen gleiten zu lassen. Höflich zu sein kann manchmal ganz schön lästig sein.

»Er hat gestern herausgefunden, dass er ein Leser ist«, erklärt Eugene. Dann lächelt er die blonde Frau warm an. »Hallo Julia.«

Die Frau lächelt zurück, aber ihr besorgter Gesichtsausdruck kehrt schnell zurück. »Bist du sicher, dass er ein Leser ist?«, möchte sie wissen und betrachtet mich eingehend.

»Ja«, erwidert Eugene. »Du kennst meine Familiengeschichte mit den Strippenziehern. Das war das Erste, das ich überprüft habe.«

»Entschuldige bitte, aber ich möchte das gerne selbst überprüfen«, erwidert Julia. »Du bist zu vertrauensselig, Eugene.«

Diese beiden kennen sich also. Das muss Eugene also damit gemeint haben, als er sagte, dass im modernen New York die Dinge weniger streng gehandhabt werden als in Russland zu den Zeiten seines Vaters. Obwohl Eugene und Mira aus der Gemeinschaft ausgeschlossen sind, sind sie nicht völlig von den anderen Lesern isoliert.

»Geh die Bedienung holen«, bittet Julia einen kleinen jungen Mann links neben sich. Er verlässt den Raum und kommt einige Momente später mit einer jungen, extrem hübschen Frau zurück.

»Stacy, ich wollte dir nur meinen neuesten Gast vorstellen«, sagt Julia und zeigt auf Eugene. »Seine Getränke gehen auf meine Rechnung.«

»Natürlich, Jules«, antwortet die Frau. Wahrscheinlich hatte sie mit etwas Wichtigerem gerechnet, nachdem sie extra geholt worden war. Stacy beginnt wegzugehen, als ich mich plötzlich in der Stille wiederfinde. Neben mir steht Julia, diese Frau, die Eugene kennt.

»Jetzt, Darren, möchte ich, dass du Stacy liest«, erklärt sie mir. »Erzähle mir etwas über sie, das sonst niemand wissen kann und ich werde sicher sein, dass du kein Strippenzieher bist.«

Das bestätigt mir eine meiner Vermutungen: Strippenzieher können nicht lesen. Sonst wäre dieser Test – der gleiche, den Eugene mich machen ließ, als wir uns trafen – sinnlos.

Ohne weitere Umstände zu machen gehe ich zu Stacy und berühre ihre Schläfen.

* * *

Wir betreten einen Raum mit Julia. *Mist, er ist hier,* fällt uns auf, als wir Caleb erblicken. Von den ganzen Malen, die ich mich wie ein Dummkopf aufgeführt habe, ist das eine Mal, an dem ich mich mit Caleb betrunken habe, aus irgendeinem Grund das schlimmste. Vielleicht weil er ein echter Kerl ist, im Gegensatz zu den anderen Typen hier. In dieser Gemeinschaft leben hauptsächlich reiche Muttersöhnchen. Abgesehen von Sam und den anderen Wachen.

Ich, Darren, versuche Abstand von Stacy zu gewinnen, so wie ich das gemacht habe, als ich die Gedanken des mittlerweile toten Sergeys las. Ich halte an dem Gedanken Caleb betreffend fest und versuche mich daran zu erinnern, was passiert ist. Ich bemerke, dass mich diesmal ein überwältigendes Gefühl der Leichtigkeit überkommt. Wenn ich mich noch leichter fühlen würde, würde ich schweben.

»Caleb, das kann man nicht wie Schnaps trinken. Das ist eine Sünde«, sagen wir, als wir unserem Lieblingskunden dabei zuschauen, wie er einen unglaublich teuren Louis-XIII-Cognac wie billigen Wodka hinunterspült.

»Wie sollte ich ihn denn trinken?«, fragt er und lächelt uns frech an. »Zeig's mir.«

»Lädst du mich ein?«, wollen wir wissen. »Ich kann mir kein Getränk leisten, das dreihundert Dollar kostet.«

»Natürlich«, erwidert er. »Was würde ich denn für

die ganze Flasche zahlen?«

Wir grinsen ihn an. »Das möchtest du nicht wissen. Mein Vorschlag wäre, zu einem guten Wodka zu wechseln.«

»Welcher ist gut?«

»Versuche den«, sagen wir und schenken zwei Schnapsgläser von Belvedere ein, dem Besseren der beiden teuren Wodkasorten, die hier verkauft werden.

Wir nehmen eines der Gläser in die Hand, überkreuzen unsere Arme mit Caleb und haben vor, ihm den Wodka in seinen Mund zu gießen. Wir hoffen, er wird umgekehrt das Gleiche machen. »Auf was trinken wir?«

Als wir den Ausdruck auf seinem Gesicht sehen, werden wir ernst.

»Es tut mir leid, Stacy. Ich habe nicht versucht bei dir zu landen«, sagt er und zieht sich vorsichtig ein Stück zurück.

Verdammt. Nicht das schon wieder. Was stimmt mit den Männern dieser Gemeinschaft nicht? Wir wissen, dass die anderen wahrscheinlich nur reiche Snobs sind, aber Caleb ist ihr Wachmann. Was ist sein Problem? Und Sams? Es ist, als dürfe man Mädchen hier nicht anfassen.

Ich, Darren, nehme wieder Abstand. Ich ekele mich ein wenig. Ich bin ja schließlich in dem Kopf eines Mädchens, welches eindeutig scharf auf diesen Kerl ist. Und was noch viel schlimmer ist, ist, dass ich durch das Lesen genau weiß, wie es sich anfühlt, einen Kerl mit nach Hause nehmen zu wollen. Ich muss aus Stacys Kopf heraus, und zwar schnell.

* * *

»Okay«, erkläre ich Julia, als ich wieder draußen bin. »Ich denke, ich habe etwas, mit dem ich dich überzeugen kann. Sie wollte mit ihm schlafen.« Ich deute auf Caleb. Ich betone das Wort »sie« zu sehr, und Julia muss wegen meines unguten Gefühls lächeln.

»Die Männer und ihre Homophobie«, bemerkt sie und geht zu Caleb hinüber.

Calebs Doppelgänger erscheint und schaut neugierig auf Julia.

»Er sagt, Stacy war an dir interessiert«, erklärt Julia ihm.

»Das ist sein Beweis?« Caleb grinst von einem Ohr zum anderen. »Für mich hört sich das einfach nach einer fundierten Vermutung an.«

»Weil jede Frau dich will?«, fragt Julia sarkastisch.

»Was denkst du?«

»Nicht, wenn du der letzte Mann auf dem Planeten wärst«, erwidert Julia scharf.

»Louis-XIII-Cognac«, sage ich ihres Hin und Hers müde. »Dreihundert Dollar für ein Schnapsglas voll; Wodkas; das Mädchen abblitzen lassen. Fällt bei irgendetwas der Groschen?«

Calebs Gesicht wird ernst. »Jetzt erinnere ich mich

daran«, sagt er und sieht mich stirnrunzelnd an. »Aber das ergibt keinen Sinn. Das ist schon Monate her.«

Er blickt mich eindringlich an, so als sähe er mich zum ersten Mal. Julia schaut mich auch an. Sie tauschen bedeutungsvolle Blicke aus.

»Darren«, sagt Julia und schaut wieder zu mir. »Du musst einer von uns sein.«

Sie geht zu sich selbst und berührt die Wange der eingefrorenen Julia.

Die Welt wird wieder zum Leben erweckt.

Julia schaut von mir zu Eugene und wieder zurück. Sie wartet darauf, dass Stacy den Raum verlässt. Als die Barfrau endlich draußen ist, schließt der kleine Mann, der sie geholt hatte, die Tür.

»Darren ist einer von uns«, sagt Julia. »Das kann ich garantieren. Er ist kein Strippenzieher-Abschaum.«

Alle scheinen sich zu entspannen. Bis jetzt war die Atmosphäre angespannt gewesen, aber diese Anspannung ist jetzt weg. Sie hassen die Strippenzieher wirklich. Wenn ich bedenke, was sie mit Eugenes Familie und wie ich vermute auch mit meinen Eltern getan haben, kann ich ihnen keinen Vorwurf daraus machen.

»Das erklärt aber immer noch nicht, was dieses degenerierte Halbblut hier macht«, sagt Sam, Calebs nerviger Doppelgänger. Einige Menschen nicken mit den Köpfen und murmeln zustimmend.

»Vorsichtig, Sam. Eugene ist mein persönlicher Freund«, erklärt Julia und zwingt ihn dazu, seinen Blick zu senken. Sam schnauft, schweigt aber. Als Julia sich wieder umdreht, wirft er Eugene allerdings noch feindseligere Blicke zu als vorher.

»Meine Schwester ist entführt worden«, erklärt Eugene und ignoriert Sam. »Und ich denke, dass die Strippenzieher dahinterstecken könnten.«

Mit dem letzten Teil wird ihm die Aufmerksamkeit aller Anwesenden zuteil, sogar die von Sam, dem Arschloch.

»Warum sollten die Strippenzieher hinter Mira her sein?«, will Caleb wissen und verengt seine Augen dabei. Es hört sich an, als würde er sie kennen.

»Sie sind nicht hinter ihr her, sondern hinter mir«, erklärt Eugene.

»Ist das die Fortsetzung der Geschichte, die du mir über deine Eltern erzählt hast?«, möchte Julia wissen.

Sam lacht höhnisch. »Du meinst diese verrückte Verschwörungstheorie –«

»Hör auf, Sam«, schneidet Caleb ihm das Wort ab. »Lass uns ohne sinnlose Abschweife zu den Tatsachen kommen.«

Ich sehe, dass Sam gerade dafür sterben würde, etwas zu erwidern, aber er tut es nicht. Ich denke, das bedeutet, dass Caleb hochrangiger ist oder so etwas.

»Bitte von Anfang an«, sagt Julia zu Eugene. »Erzähle allen das, was du mir erzählt hast.«

Es sieht ganz so aus, als habe ich vorhin Recht gehabt. Sie und Eugene haben definitiv eine gemeinsame Vergangenheit.

»Ich glaube«, sagt Eugene und sieht Sam entschlossen an, »dass meine Eltern von Pushern getötet wurden, die eigentlich mich und meinen Vater umbringen wollten.«

»Warum sollten sie das tun wollen?«, fragt Caleb.

»Wegen der Forschungen meines Vaters. Er arbeitete an einigen Dingen, die sie unnatürlich gefunden hätten«, sagt Eugene mit verärgerter Stimme. »Er wollte herausfinden, wie das Lesen und das Splitten in die Gedankendimension im Gehirn funktionieren.«

Die Stimmung im Raum wird wieder angespannt.

»Solche Nachforschungen sind verboten«, sagt Sam unfreundlich und runzelt seine Stirn.

»Sie sind nicht verboten«, verbessert ihn Julia. Wie Caleb scheint sie hier eine Autoritätsperson zu sein »Solange die Nachforschungen niemals veröffentlicht werden und nur mit anderen Lesern besprochen werden.«

»Mein Vater war sehr diskret, nur wenige Menschen wussten, woran er arbeitete«, wirft Eugene ein. »Ich glaube, dass die Strippenzieher dachten, dass erfolgreiche Nachforschungen einen kleinen Vorsprung für die Leser bedeutet hätte.«

»Und, hätten sie?«, fragt eine ältere Frau. Bis jetzt hatte sie geschwiegen, aber so wie jeder sie anschaut, bin ich mir sicher, dass sie wichtig ist.

»Ich bin mir nicht sicher«, sagt Eugene. »Ich kenne seine praktischen Versuche nicht, aber ich könnte es mir vorstellen. Jede gute Forschung trägt etwas zur realen

Welt bei.«

»Eugene interessiert sich mehr für die Theorie, Mutter«, erklärt Julia der älteren Frau. »Er steht über politischen Überlegungen.«

»Also versuchen sie dich zu töten, weil du die Nachforschungen deines Vaters weitergeführt hast?« Ich entscheide mich dafür, einzuhaken.

Alle schauen mich erstaunt an. Sie haben wohl gedacht, ich wisse das schon alles, weil ich mit Eugene gekommen bin.

»Genau«, erwidert Eugene. »Als ich die ersten Tests mit dir durchführte, um zu sehen, ob du ein Leser bist, habe ich eine Methode angewendet, die mein Vater damals in Russland entwickelt hatte. Die Tatsache, dass sie heute versucht haben, mich umzubringen, ist ein weiterer Beweis dafür, dass er wegen seiner Arbeit sterben musste. An jenem Tag verpassten sie mich. Ich war einkaufen.« Er hält inne und atmet tief ein. »Für diejenigen von euch, die es nicht wissen: meine Eltern starben, als ihr Auto genau vor unserem Haus explodierte. Meine Schwester kam gerade von der Schule – sie musste alles mit ansehen.«

Julia geht zu ihm hinüber und legt eine Hand auf seine Schulter. Ihre Mutter verzieht missbilligend das Gesicht, und Sam sieht wütend aus. Ich frage mich, ob er eine Schwäche für Julia hat oder Eugene einfach nur hasst, weil er ein Halbblut ist.

»Habt ihr in den Gedanken der Männer, die ihr draußen umgebracht habt, Beweise für das gesehen, was er behauptet?«, fragt Julias Mutter.

»Quasi«, antwortet Caleb. »Sam und ich haben sie gründlich durchsucht. In dem Kopf des Fahrers haben wir Zeichen von Aktivitäten der Strippenzieher gefunden. Während er seinen Chef irgendwohin fuhr, sprach dieser am Telefon mit einem Strippenzieher. Danach hat der Strippenzieher die Erinnerungen des Fahrers an das Gespräch entfernt. Wir konnten den Strippenzieher selbst natürlich auch nicht sehen.«

»Die Tatsache, dass ein Strippenzieher in diese Vorfälle verwickelt ist, ist für mich Grund genug, ihnen zu helfen«, sagt Julia.

»Richtig. Die Tatsache, dass seine Schwester mit der russischen Mafia rumhängt, hat natürlich nichts mit ihrer Festnahme zu tun«, sagt Sam und schnaubt erneut. Ich mag diesen Kerl wirklich nicht. Wenn er nicht so groß und furchteinflößend wäre, würde ich stark in Erwägung ziehen, ihm eine zu verpassen.

»Mira hat versucht, diejenigen zu finden, die unsere Eltern umgebracht haben«, verteidigt Eugene sie. »Ich habe ihr gesagt, es nicht zu tun, aber sie hat nicht auf mich gehört.«

»Mira ist nicht leicht zu kontrollieren«, sagt Caleb schmunzelnd. Ist das Bewunderung, was ich auf seinem Gesicht erkennen kann?

»Wenn du mich fragst, ist die einfachste Erklärung für die Entführung die Höhe ihrer Spielschulden«, meint Sam. »Und was die Explosion des Autos betrifft, ist es wahrscheinlicher, dass einer der Freunde seines

Vaters aus Russland damit zu tun hatte. Ist das nicht plausibler als eine verrückte Theorie über Strippenzieher?«

»Ich denke, der Strippenzieher hat die russische Mafia genau aus diesem Grund ausgewählt – damit die Polizei denkt, dass die Explosion etwas mit der Vergangenheit meines Vaters in Russland zu tun hat«, sagt Eugene, und sein Gesicht wird rot vor Wut. »Aber das ist alles Schwachsinn; mein Vater war der ehrlichste und friedlichste Mensch, den ich jemals kennengelernt habe.«

»Gut«, meint Julia. »Wir können das jetzt ewig weiterdiskutieren und werden nie zu einer Lösung kommen. Die einzige Möglichkeit herauszubekommen, was wirklich vor sich geht, ist, Mira zu retten – was wir meiner Meinung nach tun sollten.«

»Julia, du musst das mit deinem Vater besprechen«, ermahnt sie ihre Mutter, und Julia wirft ihr einen bösen Blick zu.

»Sie hat Recht«, meint Sam. »Jacob würde nicht wollen, dass du in die Angelegenheiten der Ausgeschlossenen hineingezogen wirst.«

»Lasst es uns doch herausfinden«, schlägt Julia vor und geht zu einem Schreibtisch, um einen Laptop zu holen.

ZWANZIGSTES KAPITEL

»Was hast du vor?«, möchte Julias Mutter wissen.

»Mit Vater skypen«, antwortet Julia und macht den Laptop an.

Als sich der Videoanruf aufbaut, bedeutet Julia Eugene, näher zu kommen. Wir versammeln uns um den Computer, und ich sehe einen Mann mittleren Alters mit müden, tränenden Augen.

Ein angewiderter Ausdruck erscheint auf seinem Gesicht, als er Eugene erblickt.

»Hallo Jacob, Sir«, begrüßt Eugene ihn respektvoll.

»Hallo Vater«, sagt Julia.

»Hallo«, melde ich mich freundlich zu Wort.

»Wer bist du?«, fragt Jakob und betrachtet mich.

»Das ist Darren, Vater«, antwortet Julia, »ein neuer Leser, den wir gefunden haben.«

»Ein neuer Leser?«, erwidert dieser und schaut mich weiterhin aufmerksam an. »Du siehst aus, als ob ich dich kennen würde, Kind. Wer sind deine Eltern?«

»Er weiß nicht, wer sie sind«, springt Eugene ein, und Jacobs Gesicht wird rot, als er die Stimme hört. Ich bin froh, dass Eugene diese Information in den Raum geworfen hat, weil ich mich schäme, nicht einmal die Nachnamen meiner Eltern zu kennen. Nur ihre Vornamen: Mark und Margret. Sobald wir das Ganze hinter uns gelassen haben, muss ich ihre Nachnamen herausfinden. Es könnte sogar sein, dass sich in diesem Raum entfernte Verwandte von mir befinden.

»Jeder weiß, wer seine Eltern sind«, erwidert Jacob, aber schaut Eugene dabei nicht an. Er durchbohrt mich immer noch mit seinen wässrigen Augen. »Aber diese Unterhaltung werden wir ein anderes Mal führen. Was ist denn der Grund für diesen Anruf?«, möchte er wissen und wendet seine Aufmerksamkeit Julia zu. »Und natürlich«, dabei deutet er auf Eugene, »was macht er in der Gemeinschaft?«

»Eugene braucht deine Hilfe, Vater«, erklärt Julia. Danach erzählt sie ihrem Vater eine viel sanftere, plausiblere Version der Theorie über Eugenes Eltern. Sie ist gut. Sie spielt die Forschungen, an denen Eugene und sein Vater gearbeitet haben, herunter, da sie in der Gemeinschaft umstritten zu sein scheinen. Dafür betont sie bei jeder Gelegenheit, die sich ihr bietet, dass die Strippenzieher damit zu tun haben. »Also möchte ich ihnen dabei helfen, mehr darüber herauszufinden«, sagt sie abschließend.

»Auf gar keinen Fall«, entgegnet ihr Vater und überrascht mich damit. »Ich habe dir doch ausdrücklich verboten, dich jemals mit diesem Halbblut einzulassen.«

»Das hier hat nichts mit meinem Privatleben zu tun; hier geht es darum, etwas gegen die Strippenzieher zu unternehmen«, antwortet Julia und starrt ihren Vater wütend an. Sie bekommt einen rebellischen Gesichtsausdruck, der mich an mein eigenes Verhaltensmuster mit Onkel Kyle denken lässt.

»Meine Entscheidung steht«, unterstreicht Jacob. »Ich möchte, dass er die Gemeinschaft verlässt. Er sollte dankbar dafür sein, dass unsere Sicherheitsleute sein Leben gerettet haben. Wenn ich mich auf dem Anwesen befunden hätte, wäre das nicht –«

Bevor Jacob seinen Satz aussprechen kann, schließt Julia den Laptop mit einem verärgerten Knall.

Es ist wie immer eine gute Zeit für mich, mich in die Stille zu begeben, und das tue ich auch.

Als alles still ist, sehe ich mich um. Julia ist sichtlich verärgert. Der Gesichtsausdruck ihrer Mutter ist neutral. Auch wenn Sam ein wenig abseits steht, hat er die Unterhaltung ganz klar mit angehört, das kann ich an seinem zufriedenen Gesichtsausdruck ablesen.

Es ist interessant, sich bewusst zu machen, dass jeder in diesem Raum jederzeit das Gleiche machen könnte. Beobachten mich diese Menschen in meinem eingefrorenen Zustand? Es ist schwer, mir vorzustellen wie ich dort bewegungslos stehe, ohne zu denken, und jemand anderes tut, was immer er auch tut, ohne dass ich etwas davon mitbekomme.

Ich schiebe diese Überlegungen für einen anderen Zeitpunkt beiseite und berühre Eugenes Unterarm.

»Was machen wir jetzt?«, möchte ich von ihm wissen, als er bei mir in der Stille ist. »Das war ein großer Reinfall.«

»Ich weiß nicht, was ich sagen soll«, erwidert Eugene. »Ich hatte nicht wirklich einen Plan.«

»Diese Julia, woher kennst du sie? Sie scheint nett zu sein.«

»Wir waren zusammen an der Uni. Und dann hat sie angefangen, sich aus irgendeinem Grund mit mir zu verabreden.« Er lächelt reumütig. »Bis ihr Vater herausgefunden hat, dass ich ein Halbblut bin, und ausgerastet ist. Er ist sehr traditionell.«

»Und das ist offener als in Russland?«

»Ich bin der lebende Beweis dafür«, sagt Eugene. »Ich dachte, sie würden mir helfen, weil Jacob Strippenzieher mehr hasst als alles andere. Unter normalen Umständen wird jeder, der Probleme mit ihnen hat, zum Feind des Feindes und somit zu einer Art Freund.«

»Außer dir«, entgegne ich und blicke ihn an.

»Genau. Ich denke, meine Geschichte mit Julia hat unser Verhältnis ein wenig beeinträchtigt. Das Problem ist, dass es hier um Miras Leben geht, nicht meines.«

»Wenn es dich nicht stört, würde ich gerne noch ein wenig mit Julia reden«, sage ich, da ich nicht bereit bin, schon aufzugeben.

»Von mir aus«, antwortet er. Er schaut mit einem angespannten Gesichtsausdruck zu ihr hinüber. An der Art, wie er sie anblickt, sehe ich, dass er noch lange nicht über sie hinweg ist. Dann schüttelt er seinen Kopf und dreht sich weg. »Ich bin mir aber nicht sicher, dass das helfen wird.«

Anstatt mit ihm zu diskutieren, gehe ich zu ihr und hole sie zu uns.

»Darren.« Sie lächelt mich an. »Ich wollte gerade splitten, um mit euch beiden zu reden. Es sieht so aus, als seid ihr schneller gewesen.«

»Es ist interessant, wie das funktioniert«, meint Eugene. »Ich habe diesen Algorithmus der Zeitaufspaltung entwickelt, der simuliert –«

»Eugene, das mit deinem Vater tut mir so leid«, unterbricht Julia ihn sanft. Ich denke, sie wollte die wissenschaftlichen Ausführungen beenden. Wahrscheinlich ist es nicht das erste Mal, dass sie das getan hat. »Lass uns darüber reden, was wir für Mira tun können, wenn es dir nichts ausmacht.«

»Nach dem Gespräch mit deinem Vater dachte ich, du könntest nichts für uns tun«, erwidert Eugene und sieht wieder besorgt aus.

»Ich komme mit euch«, sagt sie. »Zusammen werden wir sie da rausholen.«

»Nein«, widerspricht Eugene. »Das wäre zu gefährlich –«

»Ich werde es tun.« Sie blickt ihn entschlossen an. »Ich habe genug davon, dass mir immer jemand sagt, was ich zu tun und zu lassen habe.«

»Nein, Julia, ich will dir nicht vorschreiben, was du zu tun hast«, erklärt Eugene sofort. »Ich mache mir einfach Sorgen um dich, das ist alles ...«

Ihr eisiger Blick schmilzt dahin, und sie geht einen Schritt auf ihn zu.

»Mit allem Respekt«, werfe ich ein, »wie kannst du uns denn helfen, Julia? Es hört sich eher nach einem Job für jemanden wie ihn an.« Ich deute auf den bewegungslosen Caleb.

»Ich bin gut darin, mich an Orte zu begeben, an denen ich mich nicht aufhalten sollte – inklusive Schlösseraufbrechen und solche Dinge«, sagt Julia und dreht sich zu mir um. »Das sind Fähigkeiten, die bei dieser Mission nützlich sein könnten. Aber du hast Recht, wir brauchen Caleb oder einen seiner Männer. Wir müssen ihn davon überzeugen uns trotz des Verbots meines Vaters zu helfen.«

»Wie machen wir das?«, möchte Eugene wissen.

»Können wir ihn bezahlen?«, frage ich. Mit den Aktien, die ich im Fitnessstudio gekauft habe, werde ich bald leicht Geld machen können. Noch leichter, als ich es sowieso schon immer bekommen habe.

»Falls du gerade von Geld sprichst, dann leider nein«, antwortet Julia. »Aber es gibt andere Formen der Bezahlung.«

»Was meinst du?« Eugene sieht verwirrt aus.

»Nichts Düsteres.« Julia grinst. »Aber dein Freund scheint Caleb beeindruckt zu haben. Um genau zu sein, hat er uns beide mit seiner Lesetiefe beeindruckt.«

»Ja?«, fragt Eugene nach, und ich erinnere mich daran, dass das ein sensibles Thema für diese Menschen ist. Es ist etwa so wie nach der Gehaltsabrechnung zu fragen, war der Vergleich, erinnere ich mich.

»Was hat meine Lesetiefe mit Caleb zu tun?«, möchte ich wissen.

»Caleb ist besessen davon, seinen Kampfstil zu verbessern«, erklärt Julia. »Er wird schon als der beste Kämpfer der Leser angesehen. Aber er möchte immer besser werden.«

»Ich werde nicht gegen ihn antreten, falls du ihm das anbieten wolltest«, sage ich erschaudernd. Ich bin weder ein Freund von Gewalt noch suizidgefährdet. Dieser Typ wird mich wahrscheinlich umbringen, bevor ich auch nur einen Schlag ausführen kann.

Julia lacht. Wenn sie nicht gerade über mich lachen würde, dann hätte sie ein wirklich schönes Lachen. Sie ist generell ein hübsches Mädchen. Ich kann verstehen, warum Eugene sie mag, und dass er das wirklich tut, kann man sehen. Ich weiß nicht recht, warum das auf Gegenseitigkeit beruht, aber auf Grund der warmen Blicke, die sie ihm zuwirft, bin ich mir dessen sicher. Das ist verrückt – ich dachte immer, Strebertypen wie Eugene hätten kein Interesse an Frauen. Natürlich basierte diese Annahme nur auf meinen Erfahrungen mit meinem Freund Bert und ist deshalb nicht wirklich eine statistisch bewiesene Schlussfolgerung.

»Nein, Darren, ich danke dir dafür, dass du dich

anbietest, aber ich möchte dich nicht bitten, gegen Caleb anzutreten«, sagt sie und hat immer noch Schwierigkeiten, ein ernsthaftes Gesicht zu machen. Ich bin beleidigt. Woher will sie wissen, dass ich nicht insgeheim ein Kung-Fu-Meister bin?

»Du hast eine beeindruckende Lesetiefe«, fährt sie fort. »Du könntest ihm anbieten, ihn in die Gedanken einiger berühmter Kämpfer mitzunehmen. Ich nehme an, dass das ein reizvoller Vorschlag für ihn wäre.«

Eugene schaut besorgt von mir zu ihr. »Aber –«

»Eugene, bitte, ich versuche, deiner Schwester zu helfen«, unterbricht ihn Julia, und Eugene verstummt. Sein Gesicht entspannt sich.

»Ist das wirklich möglich? Eine andere Person zum Gedankenlesen mitzunehmen?«, möchte ich wissen und frage mich, was Eugene gerade sagen wollte. Er schien kurz über etwas besorgt zu sein.

»Ja«, antwortet sie, »definitiv. Es schwächt deine Kräfte zwar noch schneller, als jemanden zu dir zu holen, aber meiner Einschätzung nach solltest du kein Problem damit haben.«

»Warum kann Caleb das nicht selbst tun?«, frage ich. »Warum kann er nicht selber die Erinnerungen eines Kämpfers lesen?«

»Caleb kann zwar hervorragend kämpfen, aber er ist nicht besonders stark, was die Gedankendimension betrifft«, erklärt Julia. »Er kann beim Lesen nicht weit zurückgehen und es auch nicht besonders oft tun. Das ist genau der Grund dafür, dass ihn eine solche

Gelegenheit reizen könnte.«

Ich überlege kurz, ihr weitere Fragen zu stellen, um herauszufinden, wieso Eugene so besorgt ausgesehen hatte, tue es dann aber doch nicht. »Okay, ich werde es tun«, stimme ich zu. Ich sehe gerade keine andere Möglichkeit, Mira zu helfen, und finde den Gedanken spannend, zusammen einen Kämpfer zu lesen. Wenn Caleb das macht, um besser zu werden, bedeutet es vielleicht gleichzeitig, dass ich dadurch selbst ein besserer Kämpfer werde. Oder, um genauer zu sein, vielleicht werde ich dadurch überhaupt erst einmal kämpfen lernen.

»Toll, Eugene, lass uns gehen, damit sie ein wenig Privatsphäre haben«, meint Julia. Sie ergreift seinen Arm und zieht ihn zu ihren eingefrorenen Körpern.

»Ich weiß gar nicht, wie ich dir dafür danken kann, Darren«, ruft mir Eugene auf dem Weg zu seinem bewegungslosen Körper zu. Ich zucke nur mit meinen Schultern, da ich immer noch nicht weiß, was jetzt die große Sache daran ist.

Sobald ich allein bin, gehe ich zu Caleb und hole ihn zu mir.

»Darren«, sagt er grinsend. »Wie komme ich denn zu der Ehre, in deine Gedankendimension gezogen zu werden?«

»Julia denkt, dass du uns für eine angemessene Gegenleistung vielleicht helfen würdest«, beginne ich, und Caleb lacht.

»Hat sie das? Und was denkt sie, könnte diese

Gegenleistung sein?« Mit seinem Grinsen erinnert er mich an einen hungrigen Hai.

»Sie meint, du interessierst dich für alles, was mit Kämpfen zu tun hat«, erkläre ich ihm und hoffe, dass ich mich nicht verrückt anhöre. »Sie hatte die Idee, dass ich dich als Bezahlung für deine Hilfe in die Gedanken einiger Kämpfer mitnehmen könnte.«

»Interessant«, sagt er und verschränkt seine Arme vor seinem Körper. »Hat sie sonst noch etwas gesagt?«

»Nein, das ist alles.«

»Du hast wirklich erst gestern gelernt, wie man liest, stimmt's, Darren?«, fragt er und grinst dabei immer noch. »Was Julia ›vergessen‹ hat dir zu sagen, ist, dass nur wenige Leser mir so ein Angebot machen würden.«

»Warum?«, möchte ich von ihm wissen und frage mich, ob ich jetzt herausfinden werde, warum Eugene so angespannt ausgesehen hat.

»Weil es eine sehr persönliche, fast intime Erfahrung ist, jemanden mit zum Lesen zu nehmen«, erklärt mir Caleb, und sein Grinsen verschwindet. »Du erhältst Einblicke in die Gedanken des anderen Lesers und umgekehrt.«

»Oh.« Ich versuche zu verhindern, dass meine Kinnlade hinunterklappt. »Wie fühlt sich das an?«

»Ich habe es nur ein einziges Mal gemacht«, antwortet er mir und ist jetzt völlig ernst. »Aber jenes Mal war unglaublich.«

Ich blicke ihn einen Moment lang an, bevor ich mit den Schultern zucke. »Damit kann ich leben«, erwidere ich. »Wenn ich dadurch Mira retten kann, werde ich es tun. Ich werde dich in die Köpfe einiger Menschen deiner Wahl begleiten.«

Jetzt sieht Caleb wieder wie ein glücklicher Hai aus. »Dann haben wir einen Deal«, meint er und lächelt breit. »Ich werde dich wissen lassen, in welche Köpfe ich gerne hineinschauen möchte.«

Wieso fühle ich mich jetzt, als hätte ich etwas Unüberlegtes getan?

»Jetzt mach nicht so ein langes Gesicht«, sagt er, da er mein ungutes Gefühl spürt. »Ich verspreche dir, niemandem etwas über deine Tiefe zu sagen. Wir wissen beide, dass du sehr weit zurückgehen kannst, also wird es überhaupt kein Problem sein, sich die Gedanken einiger Kämpfer anzuschauen. Wir werden uns ja nicht die Anfänge ihrer Karrieren ansehen, sondern nur einige Sachen, die nicht sehr weit zurückliegen.«

»Alles klar.« Ich beschließe, mir später Gedanken darüber zu machen.

»Gut. Jetzt hole Eugene und Julia dazu.«

Ich mache, was er sagt.

»Hier ist mein Plan«, beginnt Caleb und übernimmt die Führung. »Eugene und Darren werden gehen und dabei sehr enttäuscht aussehen. Julia, wir treffen uns auf dem Parkplatz sobald ich einige Sachen besorgt habe, die ich brauche. Danach holen wir euch Herren von der Emmons Avenue ab.«

»Wer kommt außer uns noch mit?«, fragt Julia. »Ich nehme an, Sam nicht.«

»Damit hast du Recht«, bestätigt Caleb. »Nur ich werde kommen.«

»Nur du?« Julia runzelt ihre Stirn.

»Ein wenig Vertrauen bitte.« Caleb grinst sie an. »Einer wie ich ist wahrscheinlich schon zu viel für diese Mission.«

»Ja, bestimmt«, entgegnet sie. »Ich habe keine Zweifel an deiner Männlichkeit, Caleb; ich möchte lediglich, dass das Mädchen ihre Rettung auch überlebt.«

»Das wird sie«, versichert Caleb ihr. »Das verspreche ich dir.«

»Alles klar, dann lasst uns die Stille verlassen«, meint Julia.

»Einen Moment noch. Darren, es gibt da etwas, das du besser wissen solltest«, sagt Caleb und dreht sich zu mir um. »Ich kenne Mira schon eine ganze Weile. Sie ist ein gutes Mädchen. Ich hätte Eugene sowieso angeboten, ihm zu helfen – besonders da ich wusste, dass Julia etwas Unüberlegtes tun würde. Sollte ihr etwas zustoßen, wird Jacob mich in jedem Fall dafür zur Rechenschaft ziehen, selbst wenn ich nichts damit zu tun gehabt hätte. Außerdem mag ich gute Auseinandersetzungen.«

»Also hätte ich dir gar nichts anbieten müssen?«, frage ich trocken, und er schüttelt seinen Kopf.

»Nein. Hättest du nicht. Aber ein Deal ist ein Deal.« Er zwinkert mir zu. »Ich freue mich wirklich darauf.«

* * *

Eugene und ich verlassen die Gemeinschaft sichtlich enttäuscht und begeben uns zur Emmons Avenue, zu genau dem Ort, an dem wir unseren letzten Unfall verursacht haben. Auf dem Asphalt liegen immer noch Glas- und Plastiksplitter, obwohl die beschädigten Autos längst entfernt worden sind.

Ich bin tief in Gedanken versunken, da ich versuche herauszufinden, wie ich in diese verrückte Situation geraten konnte.

»Darren, was das Mitnehmen von Caleb in die Gedanken einer anderen Person betrifft –«, bricht Eugene die Stille.

»Er hat schon mit mir darüber gesprochen, dass man Einblicke in die Gedanken des jeweils anderen bekommt«, unterbreche ich ihn.

»Oh, gut. Es überrascht mich, dass Caleb so ehrlich war«, erklärt mir Eugene erleichtert. »Julia hätte dich warnen sollen. Sie kann etwas rücksichtslos sein, wenn sie etwas bekommen möchte.«

Bevor ich etwas erwidern kann werden wir von dem Hupen eines Autos unterbrochen. Es ist ein Hummer – und in ihm befinden sich Caleb und Julia.

Natürlich fährt Caleb einen Hummer denke ich, während ich einsteige.

»Gib mir die Adresse, Darren. Wir müssen einem Fräulein in Not helfen«, meint Caleb.

Ich gebe ihm die Adresse, und er gibt sie in sein

Navigationssystem ein. Mit einem Aufheulen setzt sich der Hummer in Bewegung und manövriert sich wie ein Panzer durch die Straßen von Brooklyn.

EINUNDZWANZIGSTES KAPITEL

Wir parken auf einem Costco-Parkplatz in Sunset Park.

Laut Google Maps ist der Ort, an dem Mira festgehalten wird, eine industrielle Lagerhalle. Was diese Kerle so weit weg von Brighton Beach machen, kann sich keiner von uns erklären. In Brighton Beach befindet sich Eugenes Meinung nach höchstwahrscheinlich das Hauptquartier der russischen Mafia. Ich hoffe, dass das zu unserem Vorteil sein wird. Falls sie Verstärkung rufen sollten, bräuchte diese 25 Minuten, wenn sie gut durch den Verkehr kommt, behauptet Julias Telefon. Das setzt natürlich voraus, dass sich die Verstärkung auch wirklich in Brighton Beach befindet und – das ist am wichtigsten – dass unsere Gegner auch Verstärkung gegen uns vier benötigen.

Caleb springt von seinem Sitz auf und wühlt im Kofferraum des Hummers herum.

»Gehen wir Ausrüstung kaufen?«, frage ich und schaue in die Richtung des großen Supermarktes. Es ist nur halb im Scherz gemeint.

»Ich habe alles, was ich brauche«, antwortet Julia und hängt sich einen Messenger Bag über ihre Schulter.

»Das, was ich benötige, wird nicht bei Costco verkauft«, erwidert Caleb und packt sein Gewehr in eine spezielle Tragetasche, die er sich umhängt. »Zumindest nicht in New York.«

Er zieht sich eine Weste mit speziellen Taschen über, um darin das riesige Messer, mit dem er mich bedroht hatte, und einige Handgranaten zu verstauen.

»Die ist für dich«, meint Caleb und gibt mir eine Pistole.

Die Ernsthaftigkeit der Situation wird mir wieder bewusst. Wir haben es mit bewaffneten Kriminellen zu tun. Und wir sind nur zu viert. Ein Wissenschaftler, ein Mädchen, dessen Stärke ich noch nicht ganz einschätzen kann und – ein Finanzanalyst. Caleb ist die einzige Person, die ansatzweise für diese Mission qualifiziert ist. Trotz seiner unerschütterlichen Überzeugung, dass wir es schaffen werden, haben wir meiner Meinung nach die schlechteren Karten.

Und ich muss wohl nicht extra erwähnen, dass unsere Kontrahenten ein Ass im Ärmel haben: eine Geisel.

Alles, was wir besitzen, sind unsere

außergewöhnlichen Fähigkeiten.

Caleb hat aber offensichtlich einen Plan. Er führt uns zu einer verlassenen Lagerhalle, die ein kleines Stück entfernt liegt.

Wir gehen in die oberste Etage, und Caleb öffnet geübt den Reißverschluss seiner Waffentasche, um mit dem Aufbau seiner Waffe zu beginnen. Sie ist riesig und sieht sehr professionell aus – sie verfügt über ein Zielfernrohr und einen Schalldämpfer. Ich frage mich, ob er damit vorhin unsere Verfolger erschossen hat. Eugene und Julia, die seit einer ganzen Weile nichts gesagt haben, tauschen beeindruckte Blicke aus. Eugene scheint wild entschlossen zu sein, während Julia nachdenklich aussieht.

Ich blicke mich in dem Raum um, in dem wir uns befinden. Er ist staubig, und trotz seiner riesigen Fenster, die vom Boden bis zur Decke reichen, dunkel – wahrscheinlich weil die betreffenden Fenster gelb und rußbedeckt sind. Caleb öffnet eines von ihnen, legt sich auf den Boden und richtet seine riesige Waffe auf das Lagerhaus auf der anderen Straßenseite. Dann sagt er: »Alles klar, Darren, hole uns in die Gedankendimension.«

Ich benutze meine vorhandene Angst vor dem, was jetzt passieren wird, und begebe mich schnell in die Stille. Danach berühre ich die anderen, um sie zu mir zu holen.

Sobald wir alle beisammen sind, gehen wir die Treppen hinunter und zu dem anderen Lagerhaus hinüber. Dieser Teil Brooklyns ist so verlassen, dass es gar nicht auffällt, dass wir uns in der Stille befinden. Zumindest nicht, bis wir die Straße überquert haben und Caleb mit wenigen Tritten die Tür zerstört. Selbst in einem so spärlich bewohnten Gebiet wie diesem hier hätte ein so plumpes Eindringen in der realen Welt auffallen und gemeldet werden können.

»Du weißt, ich hätte das Schloss aufbrechen können«, sagt Julia und schaut sich die auf dem Boden liegenden Überreste der Tür an.

»Du wirst deine Gelegenheit noch bekommen«, erklärt ihr Caleb, als er das Gebäude betritt.

Wir gehen durch die Tür und befinden uns in einem großen, offenen Raum. In ihm befinden sich einige Männer, die eingefroren wurden, während sie umherliefen. Jeder Einzelne von ihnen ist bewaffnet. Caleb geht zu jedem Einzelnen der Männer und prägt sich ihren Abstand zu den Fenstern ein. Danach betrachtet er eindringlich das Gebäude, aus dem wir gekommen sind.

Sein Plan beginnt mir zu dämmern.

Er möchte herausfinden, wie er sie von der anderen Lagerhalle aus treffen kann. Er plant die Schüsse, die er abfeuern wird, sobald wir die Stille verlassen werden.

Ich muss mir merken, mich nie mit Caleb anzulegen.

»Wo ist Mira?«, fragt Eugene, nachdem wir alles untersucht haben.

»Versucht, die Männer zu lesen«, entgegnet Caleb, ohne sich umzudrehen. »Wir müssen dieses Detail herausfinden, bevor wir in die echte Welt zurückkehren und die Information verlorengeht.«

Richtig. Man kann keine toten Menschen lesen. Ein Schauer fährt mir über den Rücken. Caleb ist zu ruhig bei der ganzen Sache. Zu sicher. Ich fühle mich unwohl. Ich frage mich, ob ich überhaupt jemanden töten könnte. Selbst wenn es sich bei der betreffenden Person um einen Feind handelt. Selbst wenn es in Notwehr ist. Ich weiß es nicht und ich hoffe, ich werde es heute auch nicht herausfinden.

Als Leseobjekt wähle ich einen großen Mann der neben einer der Säulen steht. Er muss entweder Steroide oder Wachstumshormone nehmen – oder beides. Obwohl er so groß ist wie ich, wiegt er bestimmt hundert Kilo mehr. Da er ein Russe ist, frage ich mich, ob er wie ein Bär aussehen möchte. Er erinnert mich eher an einen Gorilla. Ich erwische mich selbst dabei, wie ich hoffe, dass Caleb ihn nicht mit seiner Waffe verfehlt. Außer vielleicht bei einem Schusswechsel möchten wir ihn nicht als Gegner haben.

Ich lege meine Hand auf seine riesige Stirn und springe einige Stunden zurück.

* * *

Wir sehen, wie Mira mit Vasiliy Karten spielt. Neben ihr befindet sich noch ein weiterer Mann im Raum.

»Na tschuy ti s ney igrayesh?«, fragen wir. Wie immer

finde ich, Darren, es faszinierend, dass ich das verstehe. Er, Lenya, hat gefragt, warum sein idiotischer Bruder mit der Geisel Karten spielt. Mit einem Mädchen, welches dafür bekannt ist, beim Kartenspielen zu betrügen.

Er, Lenya, stellt sich vor, was er mit ihr tun würde. Wir sehen Bilder von Mira, wie sie gefesselt ist und missbraucht wird. Ich, Darren, nehme fast augenblicklich Abstand und muss mich fast übergeben – auch wenn das in meiner derzeitigen Position nicht sehr einfach ist. Kann man in Gedanken kotzen? Fast möchte ich aus dem Kopf dieses Arschlochs springen, so krank finde ich das. Ich fühle ein instinktives Bedürfnis, Mira davor zu beschützen, diesem Kerl jemals zu nahe zu kommen. Ich fühle mich schmutzig. Die beste Art und Weise, dieses Erlebnis zu beschreiben, ist, dass es sich anfühlt, als träume ich davon, dieser Abschaum zu sein. Ich überdenke meine Abneigung gegen das Töten.

Ich sollte seinen Kopf allerdings noch nicht verlassen, da er mir gerade die Informationen gibt, die ich benötige. Ich versuche mich darauf zu konzentrieren, wie sich der Körper dieses Kerls anfühlt – Schmerzen von dem gestrigen Training, wunde Fingergelenke durch das Verprügeln einer Person, auf alles außer diese kranken Vergewaltigungsfantasien. Dieser Ansatz erweist sich allerdings als wenig hilfreich, da ich dabei bemerke, dass ihn diese ekelerregenden Gedanken erregen. Bevor ich durch reines Entsetzen aus seinem Kopf gezwungen werde, konzentriert er sich zum Glück auf das, was er eigentlich gerade tun wollte. Und das ist, die Tür, die sich vor ihm befindet, von außen zu verschließen.

Wir schließen die Tür ab und sind froh, dass Tolik auch in dem Raum ist. Wenigstens hat er eine Waffe neben sich liegen und lässt sich nicht von dem Weib ablenken. Er hat außerdem darauf bestanden, dass ihre Beine an den Stuhl gefesselt bleiben. Tolik wird ein Auge auf Vasiliy haben.

Wir gehen auf den Flur hinaus und durch ein Labyrinth zementierter Gänge, bevor wir die Treppen erreichen. Schließlich betreten wir die große Halle, in der sich die restlichen Wachmänner aufhalten.

Ich, Darren, weiß jetzt, wo Mira festgehalten wird.

Fast will ich seinen Kopf verlassen, aber ich entscheide mich stattdessen dazu, tiefer in ihn einzudringen. Ich möchte wissen, wer ihm befohlen hat, die Tür von außen zu verschließen. Das ist sehr speziell. Wer auch immer das festgelegt hat, könnte vorgehabt haben, damit Miras Bewegungsfreiheit in der Stille einzuschränken – was darauf deuten würde, dass ein Strippenzieher dahintersteckt.

Ich springe weiter.

Wir sitzen in einer Banya. Ich, Darren, erfahre, dass eine Banya ein russisches Spa ist – ein wenig wie eine Sauna, nur heißer. So wie wir uns fühlen, wenn wir uns darin befinden, scheint es etwas zu sein, das ich auch einmal ausprobieren sollte.

Ich dringe noch tiefer ein und lasse Szenen aus dem

Leben dieses Mannes an mir vorbeiziehen.

Aha.

»Haltet die Türen geschlossen«, sagt Piotr. Wir schauen Piotr an und fragen uns, wer zum Teufel er eigentlich ist, dass er uns hier Befehle erteilen kann.

Mir, Darren, wird voller Enttäuschung klar, dass Piotr einer der anderen Russen ist, die ich in dem Raum gesehen habe, in dem wir uns gerade befinden.

Ich verlasse Lenyas Kopf.

* * *

»Darren, lass uns gehen«, sagt Caleb, sobald ich wieder zu mir komme.

»Eine Minute noch«, antworte ich. »Ich muss mir noch diesen Typen anschauen.« Ich zeige auf Piotr, der an einem Schreibtisch sitzt.

»Beeil dich«, sagt Caleb.

Ich gehe zu dem Mann hinüber. Er sieht ein wenig intelligenter aus als derjenige, in dessen Kopf ich noch vor einem Moment war. Ich lege meine Hand auf seine Stirn.

* * *

Ich bin in ihm, aber ich weiß nicht, wo ich anfangen soll. Intuitiv springe ich von Erinnerung zu Erinnerung, bis ich das finde, was ich suche.

255

Wir sehen uns gerade einen Boxkampf im Fernsehen an, als eine andere Person hinzukommt. Die Zeit hält an, und ich bin nicht mehr alleine in seinen Gedanken.

Mir wird klar, dass Piotr selbst es nicht merkt, wenn der Strippenzieher in seinen Kopf eindringt. Offensichtlich können die Menschen uns nicht bewusst wahrnehmen, wenn wir in sie eindringen. Aber für mich ist es mehr als deutlich. Es ist so, als gäbe es einen Geist. Ich lese weiter, und der Strippenzieher beginnt damit, Anweisungen zu erteilen.

»Anweisungen« ist ein schlechtes Wort dafür, aber mir fällt kein besseres ein. Eigentlich ist es fast so, als würde der Strippenzieher eine Art Erfahrung in das Gehirn des Mannes einfügen. Es ist das Gegenteil des Lesens. Der Strippenzieher hinterlässt Erfahrungen und Reaktionen auf sie. Wie genau er sicherstellt, dass dieser Mann tut, was er soll, weiß ich nicht, aber es scheint zu funktionieren. Für mich fühlt es sich ein wenig so an wie eine sehr detailreiche Geschichte darüber, was Piotr zu einem bestimmten Zeitpunkt erleben sollte.

In diesem Fall ist das Geschehen sehr einfach. »Nimm dein Telefon zur Hand« ist der erste Schritt. Der Strippenzieher scheint seiner Zielperson eine falsche Erinnerung zu hinterlassen. Jede Kleinigkeit dieses Vorgangs wird dabei bedacht: welche Hand, das Gewicht des Telefons und so weiter.

Danach folgt der Befehl: »Sende allen vertrauensvollen Personen die Nachricht, sich in einer Stunde im Tatyana-Restaurant zu treffen.«

Als Letztes erhält Piotr die Anweisung aufzustehen und sich auch dorthin zu begeben.

Danach verschwindet der Strippenzieher aus seinem Kopf. Da ich nur die Anwesenheit dieser Person in den Gedanken spüren kann, weiß ich nicht, ob es sich um eine Frau oder einen Mann handelt. Ich bin enttäuscht, dass sich diese Person niemals wirklich mit Piotr getroffen hat.

Ich lese noch eine Weile weiter. Ich bin neugierig, herauszufinden, ob er etwas von der Anwesenheit des Strippenziehers bemerkt hat. Wie ich erwartet hatte, erinnert er sich an nichts. Er kommt leicht belustigt am Restaurant an. *Ist es nicht eigenartig, dass man manchmal zu einem bestimmten Ort fährt, aber sich nicht einmal daran erinnert, wie man dorthin gefahren ist?*, denkt er.

Es scheint, als habe der Einfluss des Strippenziehers leichte Erinnerungslücken im Gedächtnis seines Opfers hinterlassen. Davon abgesehen handelt Piotr so, als sei es seine eigene Idee. Es ist interessant, dass er denkt, er bestimme sein eigenes Handeln. Die Tatsache, dass er sich nicht an die Autofahrt erinnert, tut er als eines dieser Male ab, an denen das Bewusstsein eine Pause macht und der Automatismus einsetzt. Diese Illusion des freien Willens ist perfekt. Mir wird erneut klar, wie gefährlich diese Strippenzieher sind. Was auch immer sie vorhaben, sie müssen es einfach nur in das Gehirn einer anderen Person pflanzen.

Vergewaltigung des Kopfes hat Eugene es genannt.

Jetzt verstehe ich, warum.

Da ich weiß, dass ich weiter nichts erfahren werde, verlasse ich Piotrs Gedanken. Die anderen warten auf mich.

* * *

Als ich wieder zu mir finde, steht Caleb neben mir und sieht aus, als wolle er etwas Missbilligendes sagen. Ich ignoriere ihn, gehe zum Ausgang und erkläre dabei den anderen, die mir folgen, wo sich Mira befindet.

»Das ist perfekt«, meint Caleb als ich meine Ausführungen beendet habe. »Wenn sie sich so tief in dem Gebäude befinden werden sie mit Sicherheit die Schüsse nicht hören.«

»Hat einer von euch einen Mann namens Arkady gelesen?«, frage ich. Da niemand antwortet, gehe ich davon aus, dass das nicht der Fall ist.

Wir gehen zu dem Raum im obersten Stockwerk des gegenüberliegenden Gebäudes zurück. Unsere eingefrorenen Körper sind um Caleb versammelt, der mit seinem Auge an der Zielvorrichtung der Waffe auf dem Boden liegt. Ich berühre meine Stirn.

Sobald ich die Stille verlasse, sind wir alle wieder zurück und Caleb feuert den ersten Schuss ab.

Danach noch einen.

Und noch einen.

Ich weiß nicht, wie viele Schüsse es insgesamt sind, da ich mir währenddessen die Ohren zuhalte. In Filmen funktionieren die Schalldämpfer viel besser als im richtigen Leben. Trotz des Apparates, den Caleb am Gewehr befestigt hat, ist der Lärm im Raum ohrenbetäubend. Ich hoffe, dass die Gegend abgelegen genug ist und niemand die Schüsse hört – oder dass wir von hier verschwunden sein werden, falls doch jemand die Polizei ruft.

Als Caleb fertig ist, steht er vom Boden auf.

»Jetzt sollten wir es dort drüben einfacher haben«, meint er und hebt seine Waffe auf. Er wischt seine Fingerabdrücke ab und lässt die Waffe zurück, während er zu der Treppe geht.

Wir folgen ihm ins Erdgeschoss.

»Darren, bring uns wieder in die Gedankendimension«, befiehlt Caleb, bevor wir hinausgehen. »Wir müssen uns einen Überblick über die Situation verschaffen.«

»Zu Befehl, Herr Oberst«, erwidert Julia sarkastisch. »Bevor wir erneut planlos herumlaufen, könntest du uns bitte erklären, was du vorhast?«

»Das werden wir sehen, wenn wir alles erkundet haben«, erklärt Caleb kurz. »Das einzige, was ich mit Sicherheit weiß, ist, dass sich zwei bewaffnete Wächter bei Mira befinden und wir deshalb besonders vorsichtig sein müssen. Ich an ihrer Stelle würde die Geisel erschießen, sobald mir auffällt, dass etwas nicht stimmt.«

Eugene sieht blass aus, und mich durchfährt ein Schauer. Ohne weiteres Zögern begebe ich mich wieder in die Stille und hole alle zu mir.

Wir überqueren die Straße. Ich fühle mich, als hätte ich ein Déjà-vu. Die Tür ist wieder verschlossen, was ja auch irgendwie logisch ist.

»Jetzt kannst du üben, das Schloss zu knacken«, meint Caleb zu Julia. »Wir wollen so schnell wie möglich hineinkommen.«

Sie greift in ihre Tasche und nimmt etwas heraus, das wahrscheinlich das Werkzeug eines professionellen Einbrechers ist. Ich frage mich, wo sie das gelernt hat. Die Menschen, die sie umgeben, machen nicht den Eindruck, als würden sie stehlen.

Sie braucht nur eine Minute, und wir sind drin.

»Kannst du das schneller hinbekommen, wenn wir wirklich hineingehen?«, will Caleb wissen.

»Ja. Ich kann es innerhalb von zwanzig Sekunden schaffen.«

Wir betreten das Lagerhaus, in dem wir uns schon einmal umgesehen haben. Auch wenn mich das, was ich dort sehe, nicht überrascht, habe ich Schwierigkeiten, mich nicht zu übergeben.

Sie sind alle tot. Jeder von ihnen hat eine Schussverletzung am Kopf. Überall ist eine riesige Menge Blut. Es ist zwar schon das zweite Mal an diesem Tag, dass ich so etwas sehe, aber es ist nicht weniger verstörend.

Julia sieht auch ein wenig blass aus, und ich fühle mich ein wenig besser, was meinen eigenen Zustand betrifft.

Caleb tritt über die Leichen und bahnt sich so seinen Weg zur Treppe. Wir folgen ihm vorsichtig und versuchen dabei, nicht auf die toten Männer zu blicken.

Nachdem wir einige Etagen hochgegangen sind, kommen wir zu einem Gang, der aussieht wie der, den wir suchen. Wir folgen Caleb in das Labyrinth der Flure, die laut Lenya – dem Gorilla, den ich gelesen habe – zu dem Raum führen, in dem Mira festgehalten wird.

Als wir dort ankommen, sehen wir einen Mann, der uns den Rücken zudreht, während er die Tür bewacht. Ein weiterer steht neben ihr und schaut in Richtung Gang. Das bedeutet, dass Mira nicht die Möglichkeit hat, aus dem Raum zu entkommen. Oder wir ihm uns unbemerkt nähern können. Das ist nicht gut.

»Alles klar«, sagt Caleb. »Wir müssen diese beiden Wachmänner überwältigen. Darren, Eugene, dieser ist eurer«, erklärt er und zeigt auf denjenigen, der mit dem Rücken zu uns steht.

»Unserer?«, fragt Eugene verwirrt.

»Ihr müsst ihn überwältigen«, erwidert Caleb mit einem kurzen Lächeln. »Lautlos, damit die beiden Männer, die bei Mira sind, uns nicht kommen hören.«

Caleb genießt das, bemerke ich. Entweder muss sich Eugene in der Vergangenheit ihm gegenüber überheblich verhalten haben, oder Caleb ist einfach ein sadistisches Arschloch. Wie auch immer, Caleb will ihn offensichtlich schockieren. Oder will er mich herausfordern?

»Ich könnte um die Ecke rennen, mir den Kerl

schnappen und ihn festhalten. Sobald er sich nicht mehr bewegen kann, erstichst du ihn«, schlage ich vor und schaue Eugene an.

»Guter Plan«, sagt Caleb zustimmend. »Ich habe einige zusätzliche Messer für euch, meine Herren.«

Eugene reagiert nicht so zögerlich auf meinen Vorschlag, jemanden zu erstechen, wie ich erwartet hätte. Habe ich ihn falsch eingeschätzt? Nur weil jemand ein kleiner Streber ist, bedeutet das ja schließlich nicht, dass er nicht auch hart sein kann. Oder bei jemandem landen kann, der so heiß ist wie Julia, rufe ich mir in Erinnerung.

»Was wirst du tun?«, will Julia herausfordernd von Caleb wissen.

»Ich kümmere mich um den anderen«, antwortet Caleb und deutet auf den Mann, der uns zugewandt steht.

»Moment mal – wird er nicht auf dich schießen, sobald du um die Ecke kommst?«, fragt Eugene. Ich bin mir sicher, dass er sich dafür eine arrogante Antwort von Caleb einfangen wird.

Doch anstatt etwas zu erwidern, geht Caleb zurück in den Flur, der zu dieser Abzweigung führt. Danach biegt er demonstrativ um die Ecke. Mit einer blitzschnellen Bewegung ergreift er sein Messer, welches sich im nächsten Moment auch schon in der Brust des Mannes befindet.

Angeber.

»Weitere Fragen?«, erkundigt sich Caleb. Niemand

antwortet. »In diesem Fall schauen wir doch einfach mal, wie schnell du das Schloss knacken kannst, Julia.«

Sie nimmt ihre Werkzeuge heraus und macht sich an die Arbeit. Julia benötigt etwa eine Minute.

»So wird das nichts«, bemerkt Caleb, als sie fertig ist. »Aber darum kümmern wir uns später.«

Ohne auf eine Einladung zu warten, betreten wir alle den Raum.

Er sieht immer noch genau so aus, wie ich es in Erinnerung habe. Oder, um genauer zu sein, wie es der jetzt leblose Lenya – der Gorilla – in seinem Kopf hatte.

Offensichtlich sollte das mal ein Lager werden. Es gibt keine Fenster, und die Wände sind in einem langweiligen Weiß gestrichen. An manchen Stellen ist die Farbe abgeplatzt.

Genau so wie in der Erinnerung, die ich gesehen habe, befindet sich in ihm ein Mann mit einer Waffe, auch wenn er gerade mit seinem Handy zu spielen scheint. Das ist ein eigenartiger Anblick, da das Telefon in einer rosafarbenen Hülle steckt. Genau wie in der Erinnerung ist Mira an den Stuhl gefesselt und spielt Karten mit dem zweiten Wächter. Allerdings sind alle Personen in dem Raum jetzt eingefroren.

Ich gehe zu Mira und berühre ihre Stirn.

Ihre Augen scheinen herausfallen zu wollen, als sie sich plötzlich in der Stille wiederfindet. Ihr Gesicht hat einen Ausdruck, den ich zuerst nicht deuten kann. Und dann erkenne ich ihn – ich habe sie noch nie bei meinem Anblick so glücklich gesehen. Sie schaut sich in dem

Raum um, und ihr Blick bleibt an Eugene hängen. Ihr Gesicht strahlt.

»Du hast es geschafft«, sagt sie und dreht sich zu mir um. Aus ihrer Stimme kann ich Freude und Ungläubigkeit heraushören. »Du hast ihn gerettet. Ich weiß gar nicht, wie ich dir dafür danken soll.«

»Ich habe es dir gesagt«, erwidere ich und versuche, nicht an all die Arten zu denken, auf die mir Mira ihre Dankbarkeit zeigen könnte. Zum ersten Mal in meinem Leben verstehe ich die Motivation dieser Helden-Typen. Für einen kurzen Moment fühle ich mich, als hätte ich etwas wirklich Wichtiges getan. Etwas Beeindruckendes. Es ist ein tolles Gefühl.

»Aber was macht ihr hier?«, möchte sie wissen, und ihr Gesichtsausdruck ändert sich, als sie die ganze Situation erfasst.

»Nach was sieht es denn aus?«, fragt Caleb. »Wir retten dich.«

»Aber warum habt ihr dann Eugene mitgebracht?« Sie schaut mich an, als sei ich ein Idiot, und meine ganzen Heldengefühle verschwinden. Als hätte ich deinen Bruder davon abbringen können, seine kleine Schwester zu retten.

»Es ist zu gefährlich«, sagt sie und dreht sich zu Eugene um. »Du hättest nicht kommen sollen.« Sie blickt von Caleb zu Julia und dann zu mir. Danach durch die geöffnete Tür auf den Gang. »Seid ihr alleine gekommen?«, fragt sie und lässt ihre Schultern hängen.

»Wir sind ausreichend«, erwidert Caleb.

Sie schüttelt ihren Kopf. »Das kann unmöglich funktionieren.« Ohne eine Antwort abzuwarten verlässt sie den Raum. Sie scheint noch nicht bemerkt zu haben, dass wir – na ja, Caleb – schon den Großteil ihrer Entführer außer Gefecht gesetzt haben.

»Genauso freundlich wie immer«, meint Caleb und zwinkert mir zu. »Julia, geh hinaus und schließe und öffne die Tür erneut. Versuche dieses Mal, schneller und leiser zu sein.«

Wir bleiben im Raum, um uns Julias Arbeit anzuschauen. Nach dem ersten Klicken ist das, was sie macht, sehr leise, aber immer noch hörbar, wenn man weiß, worauf man zu achten hat. Dieses Mal scheint sie schneller zu sein.

Caleb macht uns ein Zeichen, ihm zu folgen, und verlässt den Raum – um Mira zu suchen, nehme ich an.

»Mach das Gleiche noch zehn Mal«, wirft er Julia auf dem Weg nach draußen zu.

Wir drei versuchen Mira zu finden und gehen einige Etagen nach oben. Alles sieht verlassen aus. In der siebten Etage finden wir Mira, die gerade frustriert gegen die Wand tritt.

»Was ist denn los?«, fragt Eugene sie.

»Das Arschloch ist nicht hier«, antwortet sie und tritt erneut gegen die Steine.

»Wer?«, möchte Eugene wissen.

»Der Strippenzieher. Derjenige, der hinter allem steckt. Das Arschloch ist nicht hier. Das war das einzige Gute an dieser Geschichte, meine Silberstreifen am

Horizont. Ich dachte, er würde das Ganze überwachen.«

»Ich habe vorhin jemanden gelesen«, sage ich. »Der Strippenzieher, der die Gedanken manipuliert hat, war sehr sorgsam darauf bedacht, sich seinem Opfer nicht zu zeigen.«

»Dann hat das hier keinen Sinn. Ihr solltet zurückgehen und abwarten. Vielleicht taucht er doch noch auf«, sagt sie.

»Auf gar keinen Fall«, erwidert Caleb und stellt sich zwischen sie und die Wand, gegen die sie getreten hat. »Wir werden das hier durchziehen. Du wirst versuchen, so laut wie möglich zu sein, sobald du Geräusche von der anderen Seite der Tür hörst. Laut reden, Fragen stellen – oder, noch besser, mit dem Stuhl umfallen. Das würde sie ablenken und dich aus dem Gefahrenbereich bringen.«

»Ja sicher. Du versuchst gerade, einem Fisch das Schwimmen beizubringen«, murmelt sie. Dann holt sie tief Luft und wirft einen kurzen Blick auf Eugene, bevor sie ihre Aufmerksamkeit wieder Caleb zuwendet. »Trotz der Leichen, die ich gerade im Erdgeschoss gesehen habe, wird es gefährlich sein, hier einzudringen«, sagt sie in einem ruhigeren Ton. »Versprich mir, dass Eugene nicht dabei sein wird. Sie haben mich gefangen genommen, um an ihn heranzukommen. Sollte er also anwesend sein, serviert ihr ihn quasi auf einem Silbertablett.«

»Ja, das hat er uns erzählt. Abgemacht«, stimmt Caleb zu, bevor Eugene protestieren kann. »Ich werde

Eugene nicht dazu zwingen, uns dabei zu helfen.«

Mira schaut ihn ungläubig an, scheint aber ein wenig ruhiger zu sein, als wir wieder zurück in den Raum gehen, in dem sie gefangen gehalten wird. Ich habe den Eindruck, dass die beiden definitiv eine gemeinsame Vergangenheit haben. Das gefällt mir nicht. Auch wenn es nichts Romantisches gewesen sein kann, oder doch? Er ist ein wenig zu alt für sie und er hat sie »Kind« genannt. Vielleicht gibt es eine gewisse Verbundenheit zwischen zwei gleichartigen sarkastischen Nervensägen?

Julia ist immer noch damit beschäftigt, ergeben das Knacken der Tür zu üben, als wir zu ihr zurückkommen.

Auf Calebs Bitte hin schließt sie zum letzten Mal auf und ist unglaublich gut. Sie ist viel schneller und viel leiser als zuvor. Zum ersten Mal beginne ich zu denken, dass wir es schaffen könnten.

»Also, was ist jetzt der genaue Plan?«, frage ich.

»Während Julia mit der Tür beschäftigt ist, fällt Mira mit dem Stuhl um, und ich erschieße diese beiden«, erklärt Caleb und zeigt mit seinem Zeigefinger in Schussposition auf die beiden eingefrorenen Bewacher.

»Ich weiß nicht, ob ich so einfach umfallen kann«, wirft Mira ein und schaut auf ihr eingefrorenes Ich. Ihre Hände sind zwar frei, aber ihre Beine sind mit Klebeband am Stuhl fixiert.

»Wir werden diesen Teil auch üben müssen«, erwidert Caleb mit lachenden Augen. Ich habe den Eindruck, dass ihm dieser Gedanke gefällt.

»Du willst mich an den Stuhl fesseln, damit ich üben kann, mit ihm umzufallen?«, fragt Mira. Sie sieht nicht glücklich aus.

»Genau.« Caleb grinst. »Siehst du Eugene, du bist nicht der Cleverste in der Familie.«

Eugene und ich befreien die eingefrorene Mira von ihrem Stuhl und legen ihren bewegungslosen Körper vorsichtig in eine Ecke des Raumes. Ich berühre aus Versehen ihre nackte Haut, aber nichts passiert. Da sich Mira schon bei uns in der Stille befindet, nehme ich an, dass sich keine weiteren Miras generieren, wenn ich sie berühre. Obwohl es irgendwie cool gewesen wäre.

Mira setzt sich auf den Stuhl und murmelt etwas auf Russisch, während sie es über sich ergehen lässt, dass wir ihre Beine mit dem Duct Tape, das ihre Bewacher liegen gelassen haben, an den Stuhl fesseln. Jetzt befindet sie sich in genau der gleichen Position, in der sich ihr eingefrorenes Ich gerade noch befunden hat.

Sie lehnt ihren Körper nach rechts, aber der Stuhl fällt nicht um. Sie wackelt nach hinten und vorne, und endlich fällt der Stuhl langsam um.

»Bist du in Ordnung?«, möchte Eugene von ihr wissen.

»Ja. Stell mich wieder hin«, bittet sie ihn und versucht sich vom Boden abzustützen. Ihre Position sieht extrem unbequem aus.

»Das war zu langsam«, sagt Caleb. »Noch einmal.«

Ich stehe auf und gehe zu einem schmuddeligen Sofa, welches in einer Ecke auf der anderen Seite des Raumes steht. Ich nehme die Kissen, die auf ihm liegen, und platziere sie rund um Mira. Sie muss sich ja nicht mehr wehtun als unbedingt nötig.

»Danke, Darren«, sagt sie, bevor sie erneut beginnt, mit dem Stuhl zu kippeln.

Die Kissen helfen, aber es ist offensichtlich eine unangenehme Übung. Die nächsten zwanzig Minuten wiederholt sie das Gleiche immer wieder. Wir versuchen, ihr Ratschläge zu geben – die sie wie erwartet missachtet.

Irgendwann ist Caleb der Meinung, dass sie sich nicht weiter verbessern wird.

Innerhalb von etwa fünf Sekunden umzufallen ist das Schnellste, was sie schaffen kann.

»Wir brauchen eine andere Strategie, um sie abzulenken«, sage ich. »Du könntest schreien, während du versuchst umzufallen. Schrei im kritischen Moment einfach ›Maus‹ oder ›Spinne‹ und beginne, mit den Armen um dich zu schlagen, so als würdest du ausrasten, kurz bevor du umfällst.«

Julia lacht. Mira wirft mir einen tödlichen Blick zu. Caleb sieht so aus, als wolle er auch etwas dazu sagen, aber Eugene, der hinter Mira steht, schüttelt seinen Kopf. Offensichtlich denkt er, dass das keine gute Idee ist.

»Mach es einfach, Mira«, meint Eugene. »Es wäre ja auch nicht das erste Mal. Erinnerst du dich daran, wie du auf den Tisch gesprungen bist –«

»Halt den Mund«, unterbricht Mira ihn. »Ich mache

es.«

Und bevor ihr Bruder die Gelegenheit hat, etwas zu erwidern, geht sie schnell zu ihrem eingefrorenen Körper und berührt seine Stirn. Damit verlässt sie die Stille und lässt uns allein.

Die einzige Mira, die sich noch im Raum befindet, ist diejenige, die bewegungslos auf dem Boden liegt.

»Dabei wollte ich sie gerade bitten, die neue Taktik zu üben«, meint Caleb sichtlich enttäuscht.

Ich kann mich nicht länger zurückhalten und explodiere vor Lachen.

»Wir befinden uns in einer ziemlich ernsten Situation«, bemerkt Eugene, aber ich kann sehen, dass er sich sehr anstrengen muss, ein Lachen zu unterdrücken. Trotz der Gefahr, in der wir uns befinden – oder vielleicht gerade ihretwegen –, findet jeder die Vorstellung davon, dass Mira so ausrastet, urkomisch. Andererseits hatte Eugene angedeutet, dass sie so etwas schon einmal getan hat. Vielleicht als sie klein war? Ich kann mir das jetzt nur schwer vorstellen. Ich wünschte, ich könnte Eugenes oder Miras Gedanken lesen.

Wir verlassen den Raum. Caleb hält für alle die Tür auf und ich frage mich, seit wann er so ein Gentleman ist. Sobald wir draußen sind, finde ich es heraus.

Er hat sich dazu entschlossen, selbst ein wenig zu üben.

Alles, was ich hören kann, ist das leise Rascheln von Bekleidung, und im nächsten Moment hält Caleb in jeder Hand eine Waffe. Er feuert zeitgleich zwei Schüsse ab. Danach haben zwei der sich in dem Raum befindlichen Männer eine Kugel im Kopf.

Ich beginne immer mehr zu denken, dass diese ganze Angelegenheit doch noch gut enden könnte.

Wir gehen zu unseren Körpern zurück und verlassen die Stille.

»Letzte Worte?«, möchte Caleb von uns wissen.

»Ich komme mit euch«, sagt Eugene mit entschlossener Stimme.

»Natürlich«, erwidert Caleb. »Ich habe gesagt, dass ich dich nicht zwingen würde. Aber wenn du freiwillig mitkommst, ist das etwas anderes.« Er gibt Eugene ein Messer. »Es ist deine Aufgabe, den Typen im Flur zu erstechen, erinnerst du dich?«

Ich bekomme auch ein Messer. *Toll.* Als ob die Pistole, die er mir vorhin gegeben hat, nicht schon schlimm genug gewesen wäre.

Wir überqueren die Straße, diesmal in der Realität. Das Gebiet ist ziemlich ausgestorben, aber nachdem wir die Straße in der Stille überquert haben, fühlt sie sich jetzt um einiges Belebter an – hauptsächlich, weil die ganzen Umgebungsgeräusche Brooklyns zurück sind. Mit dem erhöhten Geräuschpegel steigt auch mein Adrenalinspiegel an.

Julia öffnet die Eingangstür innerhalb von zwanzig Sekunden – genau so, wie sie es vorausgesagt hat. So weit, so gut. Wir gehen durch die Lagerhalle. Meine Herzfrequenz beruhigt sich ein wenig. Dieser Teil hier unterscheidet sich nicht allzu sehr von unserem vorangegangenen Probelauf. Die dicken Wände schlucken die meisten Geräusche der Stadt. Die toten Männer sind genau so eingefroren, wie sie es in der Stille gewesen waren.

»Überblick über die Lage«, flüstert Caleb, als wir in der Nähe der Stufen ankommen.

Ich gleite in die Stille und hole die anderen zu mir. Wir steigen so lange die Treppen hinauf, bis wir zu dem richtigen Gang kommen, und biegen dann erneut um die Ecke. In den wenigen Minuten, die wir benötigt haben, um die Straße zu überqueren und durch die Halle zu gehen, haben sich die Männer kaum bewegt. Sie stehen fast unverändert an denselben Stellen wie vorher.

»Gut«, sagt Caleb. »Wir werden noch einmal alles überprüfen, bevor wir um die Ecke biegen. Das wird mein Signal sein.« Er hält seinen Daumen in die Höhe. Nicht gerade das einfallsreichste aller Zeichen, aber es ist ausreichend.

Wir gehen zurück und verlassen die Stille. Jetzt gehen wir die Stufen endlich im echten Leben hoch.

Wir versuchen alle, möglichst lautlos zu sein, aber der Einzige, dem das gelingt, ist Caleb. Wir kommen an der Ecke an, und er hebt seinen Daumen in die Höhe. Ich gleite in die Stille hinein, und kurz darauf sind sie erneut alle bei mir. Die Männer stehen auch noch genau an denselben Stellen.

»Seid ihr bereit?«, fragt Caleb und schaut dabei von mir zu Eugene.

»Bereit«, erwidere ich.

»Lasst es uns hinter uns bringen«, antwortet Eugene.

Mir fällt auf, dass Caleb uns niemals gebeten hat, diesen Teil zu üben. Ich wette, dass ich weiß, warum: er ist sich sicher, dass Eugene seine Nerven verlieren wird, wenn er zu viele Informationen erhält. Oder er denkt, dass ich meine verlieren werde.

Wir verlassen die Stille. Alle schauen mich erwartungsvoll an. Ich hole tief Luft und gehe um die Ecke.

Mein Herz rast, aber ich ignoriere es und ergreife den mir jetzt schon vertrauten Russen, sobald ich um die Ecke biege. Ich lege schnell meine Hand auf seinen Mund, um seinen Schrei zu ersticken. Ich halte ihn so fest wie ich nur kann, aber er wehrt sich, und ich weiß, uns bleibt nur wenig Zeit.

Aus meinem Augenwinkel sehe ich, wie Caleb seinen Teil der Aufgabe in Angriff nimmt. Ich kann allerdings gerade nicht auf ihn achten.

Ich drehe mich herum, und Eugene steht mit seinem Messer neben mir. Ich weiß nicht, ob er zusticht oder ob ich den Typen in das Messer stoße. Wie dem auch sei, es wird schnell deutlich, dass wir erfolgreich waren – das Messer befindet sich dort, wo es sollte, im Bauch des Mannes.

Ihm entfährt ein ächzendes Stöhnen. Mein eigener Magen zieht sich zusammen, aber ich gebe nicht nach.

Das Geräusch wiederholt sich bei einem anderen verwundeten Wächter – demjenigen, auf den Caleb das Messer geworfen hat.

Der Mann, den ich festhalte, hört auf, sich zu wehren, und ich merke, wie er erschlafft. Ich möchte nicht darüber nachdenken, was das bedeutet. Eugene sieht blass aus, als er zurücktritt und sein Messer auf den Boden fallen lässt.

Caleb ist schon bei dem Wächter, der neben der Tür steht. Seine Hände haben sich in einem eisernen Griff um den Hals des Mannes gelegt, der jetzt keine Luft mehr bekommt und deshalb auch keinen Laut mehr von sich geben kann.

Julia beginnt das Türschloss zu knacken. Ich versuche das ganze Blut zu ignorieren und gehe zu ihr und Caleb.

Aus dem Raum dringen gedämpfte Schreie. Mira muss mit ihrer Darbietung begonnen haben.

Caleb lässt den jetzt leblosen Körper des Wachmannes zu Boden gleiten.

Ich konzentriere mich auf die guten Dinge. Alles scheint problemlos nach Plan zu laufen.

Ich versuche, nicht an die grausigen Elemente zu denken.

Ich bin nicht überrascht, dass es nicht das Gleiche ist, einen Menschen in der Stille oder im realen Leben zu erstechen. Blut fließt. Menschen sterben wirklich. Der Unterschied ist riesig. In der echten Welt kann ich mich auch übergeben, allerdings versuche ich gerade krampfhaft, diesem Drang zu widerstehen.

Julia hat das Schloss geöffnet und schaut Eugene triumphierend an.

Innerhalb einer Millisekunde verändert sich ihr Gesichtsausdruck – er ist angstverzerrt. Ihre Furcht ist ansteckend. Ich drehe mich sofort herum, um zu sehen, was sie erblickt.

Eugene steht immer noch neben dem Mann, den er erstochen hat. Da er sich von ihm abgewendet hat, kann er allerdings nicht sehen, dass der Kerl nicht tot ist, so wie wir dachten. Er liegt mit auf uns gerichteter Waffe auf dem Boden.

Bevor ich diesen Anblick überhaupt verdauen kann, fällt ein Schuss.

Es ist das lauteste Geräusch, das ich jemals gehört habe. Es fühlt sich an, als würden meine Ohren explodieren. Wie der mächtigste Donner, den man sich vorstellen kann.

Alles scheint sich zu verlangsamen, und auf einmal herrscht Stille. Eine sehr vertraute Stille. Ich bemerke, dass ich unbewusst hineingeglitten bin. Nahtoderfahrungen scheinen heute zur Gewohnheit zu werden.

In der Sicherheit der eingefrorenen Welt schaue ich mich um. Auf Julias linker Schulter befindet sich ein blutiger Kreis. Ihr Gesicht ist entsetzt. Trotz allem bin ich erleichtert. Sie ist zwar angeschossen worden, aber auch ohne ein Arzt zu sein weiß ich, dass Schulterwunden selten tödlich sind. Der wahre Grund für meine Erleichterung ist aber der, dass mein eingefrorener Körper nichts abbekommen hat.

Die größte Überraschung ist allerdings Caleb, von

dem ich dachte, dass er gerade dabei sei, die Leiche auf den Boden zu legen. In der Zeit, die ich benötige, um in die Stille zu gleiten, hat er seine Waffe in die Hand genommen. Und die Pistole raucht an ihrem Ausgang. Er muss es geschafft haben, sie aufzunehmen und abzudrücken, sobald der andere Schuss abgefeuert wurde. Oder hatte er es erwartet? Vielleicht hat er sich im Sekundentakt in die Stille begeben und unsere Lage beobachtet – etwas, das ich hätte tun sollen, wie mir gerade auffällt. Trotzdem ist Calebs Geschwindigkeit beeindruckend.

Der unglaublichste Teil ist, dass ich die Kugel sehen kann. Sie befindet sich wenige Zentimeter vom Kopf des Schützen entfernt.

Angsterfüllt öffne ich die Tür zu dem Raum, in dem sich Mira befindet.

Es sieht übel aus.

Der Kerl, mit dem sie Karten gespielt hat, ist aufgestanden. Er versucht sich aus der Schusslinie seines Partners zu entfernen – dem misstrauischen Wächter, der jetzt seine Waffe auf Mira gerichtet hält. Sie liegt mit ihrem Stuhl auf ihrer Seite auf dem Boden. Sie hat das schwierige Manöver genau so durchgeführt, wie wir es geplant hatten. Nur dass es jetzt umsonst gewesen sein könnte. Der Lärm der Schüsse hat alles ruiniert.

Ich nähere mich dem argwöhnischen Wächter und schaue mir die Lage genauer an. Die Muskeln seiner Handgelenke sind angespannt. Er sieht aus, als würde er gleich abdrücken.

Ich weigere mich, das zu akzeptieren.
Ich berühre seine Stirn.

* * *

Wir überlegen gerade immer noch, was wir dem Bruder der Geisel schreiben werden, dessen Nummer wir in dem pinkfarbenen Handy des Mädchens gefunden haben, als wir draußen Schüsse hören.

Irgendjemand muss versuchen, die Geisel zu befreien. Unglaublich. Welcher Idiot würde versuchen, etwas so Dämliches zu tun?

Wir wissen, wir müssen den Anweisungen folgen, die für diesen Fall eindeutig waren. Wir mussten sie für Arkady laut wiederholen. Falls irgendetwas schiefläuft, müssen wir zuerst das Mädchen erschießen. Danach kümmern wir uns um diejenigen, die sie befreien wollen. Wenn wir ihren Bruder töten, bekommen wir einen riesigen Bonus.

Wir nehmen die Waffe zur Hand und zielen. Dann drücken wir ab.

* * *

Ich verlasse seinen Kopf. Jetzt habe ich keine Zweifel mehr. Er wird schießen. In seinem Kopf fühlte ich, wie mein – oder, besser gesagt, sein – Finger sich zum Abfeuern krümmt. Sein Gehirn hat die Anweisung schon an seinen Arm weitergegeben. Sobald ich die Stille verlassen werde, wird eine Sekunde später ein Schuss fallen. Ein Schuss, der direkt auf Mira abzielt.

Wenn er wenigstens erst nach seiner Waffe greifen würde. Wenn sein Partner stolpern und irgendwie auf sie fallen würde. Wenn die Tür schon weit offen stünde.

Ich will schreien. Ich bin bereit zu töten. Aber es ist zu spät.

Ich kann nicht einfach dabei zusehen, wie Mira stirbt. Ich muss etwas tun.

Ich bin mir nicht sicher, warum, aber ich nähere mich dem Kerl, der sich neben Mira befindet. Derjenige, der vorher Karten mit ihr gespielt hat. Vasiliy, erinnere ich mich.

Ich berühre seine Stirn.

* * *

Wir schauen auf das Mädchen, welches auf dem Boden liegt. Wir wissen, was Tolik gerade macht. Es tut uns ein wenig leid. Wir denken, sie sollte nicht getötet werden. Wir denken, es ist schade um ein so hübsches weibliches Exemplar unserer Rasse.

Ich, Darren, bemerke, dass er Mira auf seine eigene grobe Art mag. Eine Art und Weise, die sich von meiner eigenen nicht allzu sehr unterscheidet. Eine eigenartige Erfahrung. Diese Tatsache scheint mir allerdings bei dem zu helfen, was ich vorhabe.

Ohne mir dessen bewusst zu sein, konzentriere ich

mich auf sein Bedauern. Auf die Tatsache, dass er sie mag. Darauf, dass er sie begehrt.

Ich stelle mir vor, wie sein Verlangen sich steigert. Ich stelle mir vor, wie es wäre, jemanden zu verlieren, der mir so nahesteht, und übertrage dieses Bild auf Vasiliy. Ich erinnere mich daran, mit Mira Sex haben zu wollen, und leite diese Erinnerungen an ihn weiter. Ich erinnere mich daran, wie es sich angefühlt hat, als meine Großmutter gestorben ist. Das hat zwar nichts mit Mira zu tun, aber es scheint hilfreich zu sein, also übertrage ich ihm diese Gefühle ebenfalls. Es ist, als würde ich ihm Teile meines Wesens einpflanzen. So als würden wir einen Moment lang zu einer Person verschmelzen.

Es fühlt sich an, als würde ich etwas bewirken, also mache ich weiter, bis ich fast er werde.

Ich denke an Tolik. Er ist mein bester Freund. Wenn ich mich vor seine Waffe stelle, wird er niemals schießen. Er wird innehalten, und ich kann mit ihm reden, ihm erklären, dass er diesem Mädchen nichts antun kann. Ich stelle mir vor, wie wir einen Plan ausarbeiten. Wir werden Arkady erzählen, dass sie tot ist. Tolik wird die gesamte Anerkennung und einen riesigen Bonus bekommen. Sie und ich verlassen New York, vielleicht sogar die USA. Ich stelle mir vor, wie dankbar mir das Mädchen sein wird, wenn es begreift, dass es mir ihr Leben verdankt.

Zum Schluss male ich mir einen einfachen Ablauf aus, der das Ganze ermöglicht. Ich muss auf sie fallen. Von meinem jetzigen Standpunkt aus benötige ich weniger als eine Sekunde dafür.

Ich spüre ihren Körper unter meinem. Ich werde ihr starker Beschützer sein. Ein echter Mann. Alles, was ich jetzt tun muss, ist, Mut zu beweisen. Und dann wird Tolik aufhören. Er würde nie auf mich schießen. Alles, was er erkennen muss, ist, dass sie mir wichtig ist und alles wird vorbei sein ...

* * *

Wie in Trance fühle ich, wie ich regelrecht aus seinem Kopf gestoßen werde. Ich bin mir nicht sicher, was gerade passiert ist.

Mir wird klar, dass es in Wirklichkeit nur eine Sache gibt, die ich tun kann. Ich kann die Tür öffnen und Tolik erschießen. Und hoffen, dass es mir gelingt – hoffen, rechtzeitig abzudrücken.

Mein Verstand sagt mir, dass es unmöglich ist, so schnell abzufeuern, aber hoffe, dass das, was ich in Vasiliys Kopf getan habe, mir irgendwie helfen wird.

Ich öffne die Tür. Ich schiebe mein eingefrorenes Ich aus dem Weg und stelle mich auf seinen Platz. Ich schließe die Tür hinter mir.

Ich probiere es in der Stille. Es ist ein Test.

Ich öffne die Tür. Meine Hand ist ruhig. Ich schieße. Seine Schläfe färbt sich rot. Das Ganze dauert nicht länger als zwei Sekunden.

Ich bin bereit. Ich atme durch und komme zurück.

Diesmal öffne ich die Tür im richtigen Leben. Meine
Hand ist noch ruhiger, als sie es in der Stille war.
Ich höre, wie der Russe abfeuert, als ich abdrücke.

281

ZWEIUNDZWANZIGSTES KAPITEL

Mein eigener Schuss löst sich – aber ich höre ihn nicht. Ich begebe mich erneut in die Stille.

Toliks Kopf ist gerade dabei zu explodieren. Teile seines Schädels und seines Gehirns befinden sich im Flug auf die Wand hinter ihm. Ich habe ihn umgebracht, aber diese Tatsache nehme ich gar nicht wahr. Stattdessen richte ich meine Aufmerksamkeit auf etwas anderes – und von dem, was ich sehe, wird mir schlecht.

Vasiliy, der Kerl, in dessen Kopf ich mich noch vor einem Moment befunden habe, liegt auf Mira.

Er hat die Kugel abgefangen, die für sie bestimmt war.

Ich rolle ihn von ihr hinunter und kann keine Anzeichen dafür erkennen, dass die Kugel ihn durchschossen hat. Ich habe ihn genau in sein rechtes

Schulterblatt getroffen.

Mira ist unverletzt, abgesehen von einigen kleineren Schürfwunden vom Umfallen mit dem Stuhl. Sie ist nicht getötet worden.

Ich weiß, dass immer noch die Möglichkeit besteht, dass die Kugel durch Vasiliy hindurchgeht. Es könnte sein, dass ich einfach gerade in dem Moment in die Stille geglitten bin, in der die Kugel sich ihren Weg nach draußen bahnt.

Ich renne zu meinem Körper und pralle auf ihn. Ich bahne mir grob meinen Weg zu einem freiliegenden Stück Haut.

Ich bin wieder in der echten Welt und höre das laute Knallen eines Schusses, der sich gerade löst.

Ich renne in den Raum.

Ich ignoriere das Geräusch, welches Toliks Körper macht, als er auf den Boden fällt. Meine ganze Aufmerksamkeit ist auf Vasiliy gerichtet, der jetzt zusammengekrümmt auf Mira liegt.

Er stöhnt vor Schmerzen.

Sie gibt kein Geräusch von sich.

Meine Hoffnungen sinken.

Toliks Schuss muss sie durch Vasiliys Körper hindurch getroffen haben.

Panisch rolle ich ihn so schnell ich kann von ihr hinunter. Durch meine grobe Behandlung wird aus seinem Stöhnen ein Schreien. Ich nehme seine Schmerzen allerdings kaum zur Kenntnis, da ich nur auf Mira achte, die lebendig und unverletzt auf dem Boden liegt.

Genau so wie in der Stille.

Sie ist eigenartig ruhig, und ich denke, dass sie sich in einem Schockzustand befindet. Ein wenig ruhiger beginne ich, das Duct Tape von ihren Beinen zu lösen.

»Darren, du bist ein Held«, meint Caleb, der in der Tür steht. Zum ersten Mal kann ich keinen Sarkasmus aus seiner Stimme heraushören.«

»Du solltest nicht so leichtfertig mit Komplimenten um dich werfen. Hilf mir lieber, sie von ihren Fesseln zu befreien«, entgegne ich, weil ich nicht weiß, was ich sonst darauf antworten soll.

»Ich kann nicht«, erwidert er kurz. »Ich muss Julias Schulter verbinden.«

Ich erinnere mich an Julias Verletzung und nicke kurz, während ich mich allein um das Tape kümmere. Mira sagt immer noch nichts. Langsam beginnt mich ihre Schweigsamkeit zu beunruhigen.

Schließlich kann ich die Fesseln durchschneiden, und Mira steht langsam auf – weiterhin, ohne ein Wort zu sagen. Dann geht sie, ohne mich anzuschauen, zu der Waffe, die Tolik aus der Hand gefallen ist, und hebt sie auf.

Sie will Vasiliys Qualen ein Ende bereiten, wird mir klar.

Doch anstatt die Waffe auf den verletzten Verbrecher zu halten, richtet sie sie auf mich.

Ich habe kaum Gelegenheit, die Tränen in ihren Augen und das Zittern ihrer Hand wahrzunehmen, bevor ich instinktiv in die Stille gleite.

Ich kämpfe gegen mein Entsetzen und meine Ungläubigkeit an, nähere mich ihr und berühre mit meinen Fingern ihre eingefrorene Wange. Ich muss herausfinden, was der Grund für ihr eigenartiges Verhalten ist.

Sofort befindet sich eine lebendige Mira bei mir in der Stille. Sie wischt sich die Tränen aus ihrem Gesicht und schaut sich um. Als ihr Blick an mir hängen bleibt, verzieht sich ihr Gesicht voller Wut. Sie kommt auf mich zu und gibt mir eine Ohrfeige, genauso wie betrogene Ehefrauen in Filmen. Danach boxt sie mich in den Bauch.

Ich kann das gar nicht glauben. Was macht sie?

»Du dreckiger Strippenzieher!«, presst sie zwischen zusammengebissenen Zähnen heraus. »Komm mir niemals wieder zu nahe!«

Bevor ich reagieren kann, dreht sie sich herum und berührt ihr eingefrorenes Ich.

Wie betäubt schaue ich meinen eigenen eingefrorenen Körper an, der sich vor der Mündung ihrer Waffe befindet. Mein Gesicht sieht verwirrter aus als an dem Tag, an dem ich herausfand, die Zeit anhalten zu können.

Jetzt verstehe ich, was sie so wütend gemacht hat.

Jetzt verstehe ich, was ich mit Vasiliy getan habe.

Mira muss in die Stille geglitten sein, nachdem die Schüsse gefallen waren. Sie muss Vasiliy gelesen haben. Sie muss die Spuren der Geschichte gesehen haben, die ich in seinem Kopf hinterlassen habe.

Solche Zeichen wie diejenigen, die ich zuvor in Piotrs Kopf gesehen habe.

Zeichen für etwas, über das ich nicht nachdenken wollte. Bis jetzt.

Ich habe Vasiliy dazu gebracht, sie mit seinem Körper zu beschützen.

Ich habe ihn dazu gebracht, zu fallen.

Ich habe seinen freien Willen übergangen.

Ich habe seine Strippen gezogen.

Ich bin das, was sie mehr als alles andere in der Welt hasst.

Ein Strippenzieher.

Ich berühre meine eigene Stirn.

Ich bin zurück in der echten Welt, und Miras Waffe befindet sich vor meinem Gesicht. Ich zittere noch mehr als zuvor.

So wird es also enden? Wird sie mich umbringen? Ich fühle mich so betäubt, dass ich einfach nur dastehe und darauf warte, dass es passiert.

Aber nein. Langsam lässt sie die Waffe sinken. Danach rennt sie zu Toliks Leiche, nimmt ihr Telefon von dem Tisch, der neben ihm steht, und rennt aus dem Raum.

Endlich kann ich mein Taubheitsgefühl abschütteln und renne hinter ihr her.

»Was zum Teufel war das denn?«, ruft Caleb mir hinterher, aber ich habe keine Zeit, es ihm zu erklären.

Ich laufe einfach nur hinter ihr her und werde dabei

immer schneller. Aber sie ist wirklich schnell. Nachdem ich sie einige Etagen nach unten verfolgt habe, werde ich langsamer und bleibe schließlich stehen. Selbst wenn ich sie einholen könnte, wüsste ich überhaupt nicht, was ich ihr sagen sollte.

Ich fühle mich plötzlich erschöpft. Ich gehe zurück zu Eugene und Caleb, die sehr verwirrt aussehen. Julia blutet. Ihr Gesicht ist leichenblass, und Eugene hockt neben ihr. Sein Gesicht hat fast die gleiche Farbe.

»Was ist los?«, möchte Caleb wissen und schaut mich mit gerunzelter Stirn an.

»Frag lieber nicht«, sage ich. »Bitte.«

»Geht es Mira gut?«, fragt er.

»Ich denke schon«, erwidere ich ausweichend. »Sie ist nicht verletzt – zumindest nicht körperlich.«

»Gut. Dann hilf mir«, sagt Caleb. Er reicht Eugene die Schlüssel und weist uns an, zum Auto zu gehen. Gleichzeitig hebt er Julia auf, so als würde sie nichts wiegen, und beginnt die Treppen hinunterzugehen. Ich nehme das ganze Geschehen verschwommen wahr.

Eugene und ich gehen schweigend zum Auto. Er blickt sich zu Caleb und Julia um, bevor er die Umgebung mit seinen Augen absucht, wahrscheinlich in der Hoffnung, Mira zu erblicken. Sie ist nirgends zu sehen. Unser Auto befindet sich allerdings immer noch auf dem Costco-Parkplatz, wo wir es abgestellt hatten. Ich hole es und halte am Bordstein an, damit Caleb Julia vorsichtig auf die Rückbank legen kann. Caleb nimmt auf dem Fahrersitz Platz, und ich neben ihm. Eugene setzt sich nach hinten zu Julia. Ich höre sie leise miteinander reden, aber das Einzige, das ich verstehe, ist, dass sie immer wieder behauptet, es gehe ihr gut.

Innerhalb von fünf Minuten kommen wir am Lutheran Medical Center an. Caleb springt aus dem Auto, sobald wir stehen. Er beugt sich durch Julias Fenster hinein. »Hältst du noch durch?«

»Ja«, erwidert sie. »Wirklich. Mir geht's gut.« Sie sieht nicht gut aus – eher so, als würde sie gleich ohnmächtig werden. Eugene macht auch keinen besseren Eindruck.

»Ich bin gleich zurück«, meint Caleb. »Gebt mir eine Minute.«

Sobald er weg ist, höre ich, dass Eugene eine Nachricht auf seinem Handy bekommt. Ich weiß nicht warum, aber allein das Geräusch macht mir Angst.

»Darren«, sagt er nach einigen Sekunden. »Mira hat mir gerade geschrieben. Sie kommt zu Fuß hierher. Sie schreibt, dass sie möchte, dass du von hier verschwunden bist wenn sie ankommt.«

Ich weiß nicht, was ich sagen soll. »In Ordnung. Ich verschwinde gleich.«

»Was ist passiert?«, möchte Eugene wissen, und sein Gesichtsausdruck ist die pure Verwirrung.

»Sprich mit Mira«, antworte ich müde. »Ich möchte gerade nichts erklären.«

Es herrscht eine unangenehme Stille. Durch den Nebel, der mich umgibt, bekomme ich mit, dass Caleb einige Minuten später mit einem Rollstuhl für Julia zurückkommt. Woher hat er den so schnell bekommen? Hat er im Krankenhaus seine Waffe hervorgeholt? Definitiv nicht, oder das Sicherheitspersonal wäre sofort hier gewesen, überlege ich schwerfällig.

Caleb sagt etwas zu Eugene und schickt ihn mit Julia fort. Ich verstehe, dass es ihr gut geht und dass er das »Kind« nach Hause bringen wird. Er schlägt auch eine Geschichte vor, die die Schusswunde erklären würde. Ich höre ihm zwar zu, bin mit meinen Gedanken aber ganz woanders.

Als Eugene und Julia das Krankenhaus betreten, zündet Caleb den Motor.

»Bist du in Ordnung, Darren?«, fragt Caleb, während er vom Parkplatz fährt.

»Ja, sicher«, antworte ich ihm automatisch. Ich bin weit davon entfernt, in Ordnung zu sein, aber das muss er nicht wissen.

»Alles klar, ich bringe dich jetzt nach Hause. Wo wohnst du?«

Ich nenne ihm meine Adresse, und er gibt sie in sein Navi ein.

»Alles klar. Jetzt gib mir bitte noch deine Telefonnummer, und ich melde mich bald bei dir. Ich bin mir schon ziemlich sicher, welchen Kämpfer wir zuerst lesen werden.«

»Hervorragend.«

»Du bist in einem Schockzustand«, sagt Caleb. »Das kommt nach Kämpfen gelegentlich vor. Das passiert den Besten unter uns.«

Ich nicke nur. Mir sind seine Theorien und sein Lob egal. Mir ist alles egal. Ich möchte nicht nachdenken.

Mein Telefon klingelt. Es ist meine Mutter Sara.

»Stört es dich, wenn ich antworte?«, frage ich Caleb. Ich finde, dass es sehr unhöflich ist, in der Gegenwart einer anderen Person zu telefonieren.

»Überhaupt nicht«, antwortet er, und ich nehme das Gespräch an.

»Hallo?«, sage ich.

»Darren, ich habe mir schon Sorgen gemacht«, sagt Sara. Meine Benommenheit verschwindet ein wenig. Sara macht sich ständig Sorgen. Ich glaube, sie hat mich noch nie angerufen, ohne sich um irgendetwas Gedanken zu machen. Könnte sie sich auch nur ansatzweise vorstellen, was ich heute alles erlebt habe, würde sie sich schon in ihrem zweitliebsten Zustand befinden – sich panische Sorgen um mich zu machen.

»Mir geht's gut, Mama. Heute war einfach ein hektischer Tag.« Die Untertreibung des Jahrhunderts.

»Du bist nicht wütend auf uns?«, fragt sie, und mir wird in diesem Augenblick bewusst, dass ich ein Arschloch gewesen bin. Ich hätte sie anrufen müssen, um sie wegen der Sache mit der Adoption zu beruhigen.

»Nein, ich bin euch nicht böse«, sage ich und zwinge mich dazu, eine überzeugende Stimme zu haben. Lieber spät als nie, sage ich immer.

Sie scheint mir zu glauben, und wir gehen zu unserem täglichen Wie-geht-es-dir-Gespräch über. Das alles ist surreal.

Als ich auflege, befinden wir uns nur noch einige Straßen von meinem Zuhause entfernt. Die restliche Strecke verbringen wir in einem angenehmen Schweigen.

»Wir sind da«, meint Caleb, als wir bei dem Haus, in dem ich wohne, ankommen.

»Danke fürs Nachhausebringen«, sage ich und halte Caleb meine Hand hin. »Und dafür, dass du uns geholfen hast. Ich bin sehr beeindruckt von deiner Schießfertigkeit.«

Er verabschiedet mich mit einem festen Händedruck. »Gern geschehen. Du warst auch nicht schlecht, und ich verstehe etwas von diesen Dingen. Schlaf erstmal ein wenig«, erwidert er und ich nicke zustimmend.

Das ist der beste Vorschlag, den ich seit langem gehört habe.

Ich gehe in mein Apartment, esse etwas, dusche mich und gehe zu Bett. Ich bleibe noch einen Moment lang auf ihm sitzen und schaue nach draußen. Es ist immer noch hell, da die Sonne gerade erst beginnt unterzugehen. Das ist mir allerdings egal. Ich bin kaputt, also lege ich mich trotzdem hin.

Wenn ich so müde bin wie jetzt gerade, scheint die Zeit langsamer zu vergehen. Mein Kopf nähert sich dem Kissen in Zeitlupe.

Ich denke über alles nach, was ich heute erlebt habe. Ich denke über die Dinge nach, die bald passieren werden. In diesen Sekunden, die vergehen, bis mein Kopf das Kissen berührt, kann ich an nichts anderes denken als daran, dass Mira mich jetzt hasst. An nichts anderes als an die größte Frage von allen.

Was bin ich?

Schließlich kommt mein Kopf auf dem Kissen auf und ich bin weg. Noch nie in meinem Leben bin ich so schnell eingeschlafen.

LESEPROBEN

Vielen Dank, dass Sie dieses Buch gelesen haben! Ich würde mich sehr darüber freuen, wenn Sie eine Rezension hinterlassen würden.

Darrens Geschichte geht in *Die Strippenzieher – The Thought Pushers* weiter, dem zweiten Teil der Gedankendimensionen.

Bitte tragen Sie sich auf http://www.dimazales.com/series/deutsch/ für meinen Newsletter ein, damit Sie erfahren, wann das nächste Buch erscheint.

Falls Sie Hörbücher mögen, finden Sie unsere erschienen Bücher auf Audible.de.

Vielen Dank für Ihre Unterstützung! Sie bedeutet mir wirklich sehr viel.

Und jetzt blättern Sie bitte weiter, um einen Blick in meine nächsten Bücher zu werfen …

AUSZUG AUS
DER ZAUBERCODE VON DIMA ZALES

Blaise, einst ein respektiertes Mitglied des Rates der Zauberer und jetzt ein Außenseiter, hat das letzte Jahr damit verbracht, an einem ganz besonderen magischen Objekt zu arbeiten. Sein Ziel ist es, die Magie jedermann zugänglich zu machen, nicht nur den ausgewählten Zauberern. Das Resultat seiner Arbeit ist allerdings völlig anders, als er sich das jemals vorgestellt hätte – denn anstelle eines Objekts erschafft er *sie*.

Sie ist Gala und alles andere als seelenlos. Sie wurde in der Welt der Magie geboren, ist wunderschön und hochintelligent – und niemand weiß, wozu sie alles fähig ist.

Augusta, eine mächtige Zauberin, sieht Blaises Werk genau als das, was es ist: die vermessenste aller Anmaßungen. Sie hat immer noch Gefühle für Blaise und möchte ihn retten, bevor er den höchsten aller Preise zahlen muss ... für die Abscheulichkeit, die er erschaffen hat.

* * *

Da befand sich eine nackte Frau auf dem Fußboden in Blaises Arbeitszimmer.

Eine wunderschöne, nackte Frau.

Fassungslos starrte Blaise diese hinreißende Kreatur an, die gerade eben aus dem Nichts erschienen war. Sie schaute mit einem befremdlichen Gesichtsausdruck an sich hinunter. Offensichtlich war sie genauso überrascht darüber, hier zu sein, wie er es war, sie hier zu sehen. Ihr welliges, blondes Haar fiel ihren Rücken hinunter und verdeckte dadurch teilweise ihren Körper, der die Perfektion selbst zu sein schien. Blaise versuchte, nicht an diesen Körper zu denken, sondern sich stattdessen auf die Situation zu konzentrieren.

Eine Frau. *Sie* und kein *Es*. Blaise konnte das kaum glauben. War das möglich? Konnte dieses Mädchen das Objekt sein?

Sie saß mit ihren Beinen unter sich eingeschlagen da und stützte sich auf einem schlanken Arm ab. Diese Pose sah etwas unbeholfen aus, so als wüsste sie nicht so recht, was sie mit ihren eigenen Gliedmaßen anstellen sollte. Trotz ihrer Kurven, die sie als eine ausgewachsene Frau kennzeichneten, strahlte die völlig unbefangene Art und Weise, wie sie dort saß – die erkennen ließ, dass sie sich ihrer eigenen Reize nicht bewusst war – eine kindliche Unschuld aus.

Blaise räusperte sich und dachte darüber nach, was er sagen könnte. In seinen wildesten Träumen hätte er sich niemals vorstellen können, dass so etwas das Ergebnis dieses Projekts sein würde, welches in den letzten Monaten sein ganzes Leben bestimmt hatte.

Als sie das Geräusch hörte, drehte sie ihren Kopf, um ihn anzusehen, und Blaise bemerkte, dass sie ungewöhnlich hellblaue Augen hatte.

Sie blinzelte, legte ihren Kopf leicht zur Seite und nahm ihn mit sichtbarer Neugier in Augenschein. Blaise fragte sich, was sie wohl gerade sah. Er hatte seit zwei Wochen kein Tageslicht mehr gesehen, und es würde ihn nicht wundern, wenn er im Moment wie ein verrückter Zauberer aussah. Sein Gesicht war von etwa einer Woche alten Bartstoppeln übersät, und er wusste, dass sein dunkles Haar ungekämmt war und in alle Richtungen abstand. Hätte er gewusst, heute einer so wunderschönen Frau gegenüberzustehen, hätte er am Morgen einen Pflegezauber gewirkt.

»Wer bin ich?«, fragte sie und verunsicherte Blaise damit. Ihre Stimme war weich und feminin, genauso anziehend wie der Rest von ihr. »Wo bin ich? Was ist das hier für ein Ort?«

»Das weißt du nicht?« Blaise war froh, endlich einen

halb zusammenhängenden Satz herausbekommen zu haben. »Du weißt weder wer du bist noch wo du bist?«

Sie schüttelte ihren Kopf. »Nein.«

Blaise schluckte. »Ich verstehe.«

»Was bin ich?«, fragte sie erneut und blickte ihn mit diesen unglaublichen Augen an.

»Also«, sagte Blaise langsam, »wenn du kein grausamer Scherzbold oder ein Produkt meiner Einbildung bist, dann ist das jetzt etwas schwierig zu erklären ...«

Sie beobachtete seinen Mund, während er sprach, und als er aufhörte, sah sie wieder auf, und ihre Blicke trafen sich. »Das ist eigenartig«, sagte sie, »solche Worte in der Realität zu hören. Das waren gerade die ersten wirklichen Worte, die ich jemals gehört habe.«

Blaise fühlte, wie ihm ein Schauer über den Rücken lief. Er stand von seinem Stuhl auf und begann, hin und her zu gehen, sorgsam darauf bedacht, seinen Blick von ihrem nackten Körper abzuwenden. Er hatte damit gerechnet, dass etwas erschien. Ein magisches Objekt, eine Sache. Er hatte nur nicht gewusst, welche Form es annehmen würde. Ein Spiegel vielleicht, oder eine Lampe. Vielleicht sogar so etwas Ungewöhnliches wie die Lebensspeicher-Sphäre, die wie ein großer runder Diamant auf seinem Arbeitstisch stand.

Aber eine Person? Und dann auch noch weiblich?

Zugegeben, er hatte versucht, dem Objekt Intelligenz zu geben und die Fähigkeit, menschliche Sprache zu verstehen, um diese in den Code umzuwandeln.

Vielleicht sollte er gar nicht so überrascht sein, dass die Intelligenz, die er herbeigerufen hatte, eine menschliche Form angenommen hatte.

Eine wunderschöne, weibliche, sinnliche Hülle.

Konzentriere dich Blaise, konzentriere dich!

»Wieso läufst du so herum?« Sie stand langsam auf, und ihre Bewegungen waren dabei unsicher und eigenartig tollpatschig. »Sollte ich auch umhergehen? Unterhalten sich Menschen so miteinander?«

Blaise hielt vor ihr an und bemühte sich, seine Augen oberhalb ihres Halses zu behalten. »Es tut mir leid. Ich bin es nicht gewohnt, nackte Frauen in meinem Arbeitszimmer zu haben.«

Sie fuhr sich mit ihren Händen an ihrem Körper hinunter, so als würde sie ihn zum allerersten Mal fühlen. Was auch immer sie vorhatte, Blaise fand diese Bewegung höchst erotisch.

»Stimmt etwas mit meinem Aussehen nicht?«, wollte sie von ihm wissen. Das war so eine typisch weibliche Sorge, dass Blaise ein Lächeln unterdrücken musste.

»Ganz im Gegenteil«, versicherte er ihr. »Du siehst unvorstellbar gut aus.« So gut sogar, dass er Schwierigkeiten hatte, sich auf etwas anderes als auf ihre Rundungen zu konzentrieren. Sie war mittelgroß und so perfekt proportioniert, sie hätte als Vorlage für einen Bildhauer dienen können.

»Warum sehe ich so aus?« Ein leichtes Runzeln erschien auf ihrer glatten Stirn. »Was bin ich?« Der letzte Teil schien sie am meisten zu beschäftigen.

Blaise holte tief Luft und versuchte, seinen rasenden Puls zu beruhigen. »Ich denke, ich könnte da eine Vermutung wagen, aber bevor ich das mache, möchte ich dir erst einmal etwas zum Anziehen geben. Bitte warte hier – ich bin sofort wieder zurück.«

Ohne eine Antwort abzuwarten, eilte er zur Tür.

* * *

Er verließ sein Arbeitszimmer und ging rasch zum anderen Ende des Hauses, zu *ihrem Zimmer*, wie er den halbleeren Raum in Gedanken immer noch nannte. Dort hatte Augusta immer ihre Sachen aufbewahrt, als sie noch zusammen gewesen waren – eine Zeit, die jetzt Ewigkeiten her zu sein schien. Trotzdem war es für ihn genauso schmerzhaft, den verstaubten Raum zu betreten, wie es vor zwei Jahren gewesen war. Sich von der Frau zu trennen, mit der er acht Jahre zusammen gewesen war – der Frau, die er eigentlich gerade heiraten wollte –, war nicht leicht gewesen.

Blaise versuchte, sich auf sein eigentliches Anliegen zu konzentrieren, ging zum Kleiderschrank und warf einen Blick auf dessen Inhalt. Wie er gehofft hatte, befanden sich noch einige Dutzend Kleider in ihm. Wunderschöne lange Kleider aus Samt und Seide, Augustas Lieblingsstoffen. Nur Zauberer – die in der Gesellschaft die obersten Ränge bekleideten – konnten sich so einen Luxus leisten. Die normale Bevölkerung war viel zu arm, um etwas anderes als grobe, schlichte

Bekleidung tragen zu können. Blaise fühlte sich ganz schlecht, wenn er darüber nachdachte, über diese furchtbare Ungleichheit, die immer noch jeden Aspekt des Lebens in Koldun betraf.

Er erinnerte sich daran, wie er und Augusta sich immer darüber gestritten hatten. Sie hatte seine Sorgen um die Normalbevölkerung nie geteilt; stattdessen genoss sie die Stellung und die Privilegien, die einem respektierten Zauberer derzeit zugestanden wurden. Wenn Blaise sich richtig erinnerte, hatte sie jeden Tag ihres Lebens ein anderes Kleid getragen, ohne Scham ihren Reichtum zur Schau gestellt.

Wenigstens würden ihm die Kleider, die sie in seinem Haus zurückgelassen hatte, jetzt mehr als gelegen kommen. Blaise nahm sich eines von ihnen – eine blaue Seidenkreation, die zweifellos ein Vermögen gekostet hatte – und ein Paar hochwertige schwarze Samtschuhe, bevor er den Raum wieder verließ, während die Staubschichten und die bitteren Erinnerungen zurückblieben.

Auf seinem Rückweg rannte er in das nackte Lebewesen. Sie stand neben dem Eingang zu seinem Arbeitszimmer und schaute sich das Gemälde an, welches sein Bruder Louie geschaffen hatte. Es stellte eine sehr idyllische Szene in einem Dorf in Blaises Herrschaftsbereich dar – das Fest nach der großen Ernte. Lachende, rotwangige Bauern tanzten miteinander, während ein Harfenspieler auf Wanderschaft im Hintergrund spielte. Blaise schaute sich dieses Gemälde sehr gerne an. Es erinnerte ihn daran, dass seine Untertanen auch gute Zeiten erlebten, ihre Leben nicht nur aus Arbeit bestanden.

Das Mädchen schien es auch gerne zu   betrachten – und anzufassen. Ihre Finger strichen über den Rahmen, als würden sie versuchen, die Struktur zu begreifen. Ihr nackter Körper sah von hinten genauso großartig aus wie von vorne, und Blaise bemerkte, wie seine Gedanken schon wieder in eine unangemessene Richtung abschweiften.

»Hier«, sagte er schroff, trat in sein Arbeitszimmer ein und legte das Kleid und die Schuhe auf dem staubigen Sofa ab. »Bitte zieh das hier an.« Zum ersten Mal seit Louies Tod nahm er den Zustand seines Hauses wahr – und schämte sich dafür. Augustas Raum war nicht der einzige, der von Staub bedeckt war. Selbst hier, wo er den Großteil seiner Zeit verbrachte, war die Luft muffig und abgestanden.

Esther und Maya hatten ihm wiederholt angeboten, vorbeizukommen und sauberzumachen, aber das hatte er abgelehnt, da er niemanden sehen wollte. Nicht einmal die beiden Bäuerinnen, die für ihn wie seine Mütter gewesen waren. Nach dem Debakel mit Louie wollte er einfach nur allein sein und sich vor dem Rest der Welt verstecken. Was die anderen Zauberer betraf, wurde er geächtet, war ein Außenseiter, und das störte ihn auch überhaupt nicht. Er hasste sie ja auch alle. Manchmal dachte er, die Bitterkeit würde ihn auffressen – und wahrscheinlich hätte sie das auch, wenn es nicht seine Arbeit gäbe.

In diesem Moment hob das Ergebnis dieser Arbeit, immer noch nackt wie ein Neugeborenes, das Kleid hoch und betrachtete es neugierig. »Wie ziehe ich das an?«, wollte es wissen und schaute zu ihm auf.

Blaise blinzelte. Er hatte Erfahrung darin, Frauen auszuziehen, aber ihnen in die Kleider zu helfen? Trotzdem wusste er wahrscheinlich immer noch mehr darüber als das geheimnisvolle Wesen, das vor ihm stand. Er nahm ihr das Kleid aus den Händen, schnürte den Rücken auf und hielt es ihr hin. »Hier. Steig hinein und zieh es hoch, die Arme müssen dabei in die Ärmel gesteckt werden.« Dann drehte er sich weg und versuchte angestrengt, seine Reaktion auf ihre Schönheit zu kontrollieren.

Er hörte, wie sie irgendetwas mit dem Kleid machte.

»Ich könnte ein wenig Hilfe gebrauchen«, sagte sie.

Blaise drehte sich zu ihr herum und war erleichtert, festzustellen, dass sie nur noch Hilfe dabei brauchte, die Schnüre auf dem Rücken festzuziehen. Sie hatte auch schon selber herausgefunden, wie man sich Schuhe anzog. Das Kleid passte ihr erstaunlich gut; sie und Augusta mussten ungefähr die gleiche Größe haben, obwohl das Mädchen irgendwie zierlicher zu sein schien. »Heb dein Haar an«, forderte er sie auf, und sie hielt ihre blonden Locken mit einer unbewussten Anmut in die Höhe. Er schnürte ihr schnell das Kleid zu und trat dann sofort einen Schritt zurück, um ein wenig Abstand zwischen sie zu bringen.

Sie drehte ihm ihr Gesicht zu, und ihre Blicke trafen sich. Blaise kam nicht umhin, die kühle Intelligenz in ihrem Blick zu bemerken. Sie mochte jetzt vielleicht noch nichts wissen, aber sie lernte schnell – und funktionierte unglaublich gut, wenn das, was er über ihren Ursprung vermutete, stimmte.

Einige Sekunden lang sahen sie einander nur an, teilten ein angenehmes Schweigen. Sie schien es mit dem Reden nicht eilig zu haben. Stattdessen betrachtete sie ihn, ihre Augen fuhren über sein Gesicht und seinen Körper. Sie schien ihn genauso faszinierend zu finden wie er sie. Und das war ja auch kein Wunder – er war wahrscheinlich der erste Mensch, den sie traf.

Schließlich unterbrach sie die Stille. »Können wir jetzt reden?«

»Ja.« Blaise lächelte. »Wir können, und wir sollten.« Er ging zur Sofaecke, setzte sich in einen der Loungesessel neben den kleinen, runden Tisch. Die Frau folgte seinem Beispiel und setzte sich in den Sessel ihm gegenüber.

»Ich befürchte, wir werden viele Antworten auf deine Frage zusammen erarbeiten müssen«, erklärte ihr Blaise, und sie nickte.

»Ich möchte es verstehen können«, antwortete sie ihm. »Was bin ich?«

Blaise atmete tief ein. »Lass mich von Anfang an beginnen«, entgegnete er ihr und zermarterte sich sein Hirn, wie er in dieser Angelegenheit am besten vorgehen sollte. »Weißt du, ich habe eine lange Zeit nach einem

Weg gesucht, Magie den normalen Menschen einfacher zugänglich zu machen –«

»Steht sie im Moment nicht zur Verfügung?«, fragte sie und sah ihn eindringlich an. Er konnte sehen, dass sie sehr neugierig auf alles war und ihre Umgebung und jedes Wort, das er sagte, aufsaugte wie ein Schwamm.

»Nein, ist sie nicht. Im Moment können nur ein paar Auserwählte Magie anwenden – diejenigen, die die richtigen Voraussetzungen erfüllen, was die analytischen und mathematischen Neigungen ihres Gehirns anbelangt. Selbst die wenigen Glücklichen, die das besitzen, müssen sehr hart dafür studieren, komplexere Zauber zu wirken.«

Sie nickte, als würde das für sie Sinn ergeben. »Okay. Und was hat das alles mit mir zu tun?«

»Alles«, antwortete Blaise. »Es hat alles mit Lenard dem Großen begonnen. Er war der Erste, der herausgefunden hatte, die Zauberdimension anzuzapfen.«

»Die Zauberdimension?«

»Ja, so nennen wir den Ort, an dem der Zauber entsteht – der Ort, der es uns ermöglicht, Magie anzuwenden. Wir wissen nicht viel über sie, weil wir in der physischen Dimension leben – die wir als die reale Welt ansehen.« Blaise machte eine Pause, um zu sehen, ob sie bis jetzt Fragen dazu hatte. Er stellte sich vor, wie überwältigend das alles für sie sein musste.

Sie legte ihren Kopf auf die Seite. »Okay. Bitte mach weiter.«

»Vor etwa zweihundertundsiebzig Jahren hat Lenard der Große die ersten verbalen Zaubersprüche entwickelt – eine Möglichkeit für uns, mit der Zauberdimension zu interagieren und die Wirklichkeit der physischen Dimension zu ändern. Es war extrem schwierig, diese Zaubersprüche richtig zu formulieren, da man dafür eine spezielle Geheimsprache benötigte. Sie mussten ganz exakt ausgesprochen und vorbereitet werden, um das gewünschte Ergebnis zu erzielen. Erst vor kurzer Zeit wurde eine einfachere magische Sprache und ein leichterer Weg, Zaubersprüche anzuwenden, erfunden.«

»Wer hat das erfunden?«, fragte die Frau fasziniert.

»Augusta und ich«, gab Blais zu. »Sie ist meine frühere Verlobte. Wir sind das, was man Zauberer nennt – diejenigen, die eine Begabung für das Studium der Magie aufweisen. Augusta hat ein magisches Objekt erschaffen, welches Deutungsstein heißt, und ich habe eine einfachere magische Sprache gefunden, die dazu passt. Jetzt kann ein Zauberer seine Zaubersprüche in einer leichteren Sprache auf Karten schreiben und sie in den Stein einführen – anstatt einen schwierigen verbalen Spruch aufzusagen.«

Sie blinzelte. »Ich verstehe.«

»Unsere Arbeit sollte die Gesellschaft zum Besseren hin verändern«, fuhr Blaise fort und versuchte dabei, die Bitterkeit aus seiner Stimme zu halten. »Oder das war zumindest das, was ich gehofft hatte. Ich dachte, ein leichterer Weg, um Magie anzuwenden, würde es mehr

Menschen ermöglichen, Zugang zu ihr zu bekommen, aber so hat es sich nicht entwickelt. Die mächtige Klasse der Zauberer ist noch mächtiger geworden – und noch abgeneigter, ihr Wissen mit der einfachen Bevölkerung zu teilen.«

»Ist das schlimm?«, fragte sie und schaute ihn mit ihren hellblauen Augen an.

»Das kommt darauf an, wen du fragst«, antwortete ihr Blaise und dachte dabei an Augustas gelegentliche Geringschätzung der Landarbeiter. »Ich denke, das ist schrecklich, aber ich gehöre einer Minderheit an. Den meisten Zauberern gefällt es so, wie es ist. Sie sind reich und mächtig und es stört sie nicht, Untertanen zu haben, die in Elend und Armut leben.«

»Aber dich stört es«, sagte sie aufmerksam.

»Das tut es«, bestätigte Blaise. »Und als ich vor einem Jahr den Rat der Zauberer verlassen habe, beschloss ich, etwas dagegen zu unternehmen. Ich wollte ein magisches Objekt erschaffen, welches unsere normale Sprache versteht – ein Objekt, das von jedem benutzt werden kann, verstehst du? Auf diese Art und Weise könnte auch eine normale Person zaubern. Sie würde einfach sagen, was sie bräuchte, und das Objekt würde es umsetzen.«

Ihre Augen weiteten sich, und Blaise konnte sehen, wie sie anfing, das Ganze zu verstehen. »Willst du mir gerade sagen –?«

»Ja«, antwortete er ihr und blickte sie an. »Ich glaube, ich habe dieses Objekt erfolgreich erschaffen. Ich denke, du bist das Ergebnis meiner Arbeit.«

Einige Augenblicke lang saßen sie einfach nur schweigend da.

»Ich muss das Wort *Objekt* falsch verstehen«, meinte sie schließlich.

»Das tust du wahrscheinlich nicht. Der Stuhl, auf dem du sitzt, ist ein normales Objekt. Wenn du aus dem Fenster schaust, siehst du eine Chaise im Garten. Das ist ein magisches Objekt, es kann fliegen. Objekte leben nicht. Ich habe erwartet, du würdest so etwas wie ein sprechender Spiegel werden, aber du bist etwas völlig anderes!«

Ihre Stirn zog sich leicht in Falten. »Wenn du mich geschaffen hast, bist du dann mein Vater?«

»Nein«, wehrte Blaise sofort ab, da alles in ihm diese Vorstellung zurückwies. »Ich bin auf gar keinen Fall dein Vater.« Aus irgendeinem Grund war es für ihn wichtig, sicherzustellen, dass sie nicht so von ihm dachte. *Interessant, wohin meine Gedanken schon wieder abschweifen, dachte er selbstironisch.*

Sie sah immer noch verwirrt aus, also versuchte Blaise, es ihr näher zu erklären. »Ich denke, es wäre vielleicht sinnvoller, zu sagen, ich habe den Grundstein für eine Intelligenz gelegt – und habe sichergestellt, dass sie einiges an Wissen besitzt, um darauf aufzubauen –, aber alles Weitere musst du selber geschaffen haben.«

Er konnte einen Funken Wiedererkennung auf ihrem Gesicht sehen. Irgendetwas an seiner Aussage hatte bei ihr etwas zum Läuten gebracht, also musste sie mehr wissen, als es auf den ersten Blick schien.

»Kannst du mir etwas von dir erzählen?«, fragte Blaise und betrachtete die wunderschöne Kreatur vor sich. »Als Erstes, wie nennst du dich?«

»Ich nenne mich gar nichts«, antwortete sie. »Wie nennst du dich?«

»Ich bin Blaise, Sohn von Dasbraw. Ich nenne mich Blaise.«

»Blaise«, wiederholte sie langsam, als würde sie sich seinen Namen auf der Zunge zergehen lassen. Ihre Stimme war weich und sinnlich, unschuldig betörend. Blaise wurde sich schmerzhaft der Tatsache bewusst, dass er schon seit zwei Jahren keiner Frau mehr so nahe gewesen war.

»Ja, das ist richtig«, gelang es ihm ruhig zu sagen. »Und wir sollten auch einen Namen für dich finden.«

»Hast du eine Idee?«, fragte sie neugierig.

»Also, meine Großmutter hieß Galina. Würdest du meiner Familie die Ehre erweisen und ihren Namen annehmen? Du könntest Galina, Tochter der Zauberdimension sein. Ich würde dich dann kurz ›Gala‹ nennen.« Die unbezwingbare alte Dame war alles andere als dieses Mädchen gewesen, welches vor ihm saß, aber trotzdem erinnerte etwas dieser leuchtenden Intelligenz auf dem Gesicht dieser Frau ihn an sie. Er lächelte zärtlich bei diesen Erinnerungen.

»Gala«, versuchte sie zu sagen. Er konnte sehen, sie mochte den Namen, weil sie auch lächelte und ihm dabei ihre ebenmäßigen, weißen Zähne zeigte. Das

Lächeln erleuchtete ihr ganzes Gesicht, ließ sie strahlen.

»Ja.« Blaise konnte seine Augen nicht von ihrer blendenden Schönheit abwenden. »Gala. Das passt zu dir.«

»Gala«, wiederholte sie sanft. »Gala. Du hast recht. Das passt zu mir. Aber du sagtest auch, ich sei die Tochter der Zauberdimension. Ist das meine Mutter oder mein Vater?« Sie sah ihn voller Hoffnung an.

Blaise schüttelte seinen Kopf. »Nein, nicht im traditionellen Sinn. Die Zauberdimension ist der Ort, an dem du dich zu dem entwickelt hast, was du jetzt bist. Weißt du irgendetwas über diesen Platz?« Er machte eine Pause und schaute sich seine erstaunliche Kreation an. »Wie viel weißt du überhaupt von dem, was geschah, bevor du hier auf dem Boden meines Arbeitszimmers auftauchtest?«

AUSZUG AUS
GEFÄHRLICHE BEGEGNUNGEN VON
ANNA ZAIRES

Anmerkungen des Autors. Gefährliche Begegnungen ist eine Kollaboration von Dima Zales und Anna Zaires. Es handelt sich dabei um das erste Buch einer von Kritikern hochgelobten erotischen Science-Fiction-Romanserie, den »Krinar Chroniken«. Wegen seines expliziten sexuellen Inhalts ist das Buch für Leser unter 18 Jahren nicht geeignet.

* * *

Eine düstere und anregende Liebesgeschichte, die die Fans erotischer und turbulenter Beziehungen begeistern wird ...

In der nahen Zukunft herrschen die Krinar auf der Erde. Sie sind eine sehr fortgeschrittene Rasse aus einer anderen Galaxie und immer noch ein Geheimnis für uns – außerdem sind wir ihnen völlig ausgeliefert.

Mia Stalis, schüchtern und unschuldig, ist eine Studentin in New York, die ein sehr normales Leben führt. Wie die meisten Menschen hat sie nie etwas mit den Eindringlingen zu tun gehabt – bis zu diesem schicksalhaften Tag im Park, der ihr ganzes Leben auf den Kopf stellt. Da sie Korums Aufmerksamkeit auf sich gezogen hat, muss sie jetzt mit einem mächtigen, gefährlich verführerischen Krinar fertig werden, der sie besitzen möchte und vor nichts Halt machen wird, bis er sein Ziel erreicht.

Wie weit würden Sie gehen, um ihre Freiheit wiederzuerlangen? Wie viel würden sie aufgeben, um anderen Menschen zu helfen? Welche Wahl würden Sie treffen, wenn sie beginnen, sich in ihren Feind zu verlieben?

* * *

Die Luft war frisch und rein, als Mia mit schnellen Schritten einen gewundenen Pfad im Central Park entlangging. Überall zeigte sich schon der Frühling, in winzigen Knospen auf den noch immer kahlen Bäumen und in der rasch wachsenden Anzahl an Kindermädchen, die sich draußen mit ihren wilden Schützlingen über den ersten warmen Tag freuten.

Es war eigenartig, wie sehr sich alles in den letzten paar Jahren verändert hatte und wie sehr es doch gleich geblieben war. Wäre Mia vor zehn Jahren gefragt worden, was sie denke, wie ihr Leben wohl nach der Invasion einer anderen Rasse aussehen würde, hätte sie sich das bestimmt nicht so vorgestellt. Independence Day, Der Krieg der Welten – keiner dieser Filme näherte sich auch nur ansatzweise dem, was tatsächlich geschehen würde. Die Menschen trafen eine höher entwickelte Spezies, als diese zu ihnen auf die Erde kam. Es war weder zum Kampf, noch zu irgendeinem Widerstand auf der Regierungsebene gekommen. *Sie* hatten es nicht erlaubt. Rückblickend wurde klar, wie dumm diese Filme gewesen waren. Nuklearwaffen, Satelliten, Kampfjets waren nicht mehr als kleine Steine und Stöcke für diese uralte Zivilisation, die schneller als mit Lichtgeschwindigkeit das Universum durchqueren konnte.

Als sie eine leere Bank nahe am See sah, ging Mia dankbar auf diese zu. Auf ihren Schultern machte sich die Last des Rucksacks bemerkbar, in dem sie ihren schweren, zwölf Jahre alten Laptop und einige altmodische, noch auf Papier gedruckte Bücher hatte. Mit einundzwanzig fühlte sie sich manchmal alt, fehl am Platz in dieser schnellen neuen Welt der extra-schlanken Tablets und den in die Armbanduhren integrierten Handys. Die Geschwindigkeit der technischen Entwicklungen war seit dem K-Day nicht langsamer geworden, wenn überhaupt, waren jetzt viele neue Spielereien durch das beeinflusst, was die Krinar besaßen. Nicht dass die Krinar irgendetwas ihrer kostbaren Technologie preisgegeben hätten. Ihrer Meinung nach sollte ihr kleines Experiment ohne größere Beeinflussungen fortgeführt werden.

Mia öffnete den Reißverschluss ihres Rucksacks und holte ihren alten Mac heraus. Das Gerät war schwer und langsam, aber es funktionierte, und als arme Studentin konnte sich Mia nichts Besseres leisten. Sie loggte sich ein, öffnete ein neues Word-Dokument und machte sich bereit, sich durch das Schreiben ihrer Hausarbeit in Soziologie zu quälen.

Zehn Minuten und genau null Worte später gab sie auf. Wem wollte sie denn damit etwas vormachen? Hätte sie wirklich dieses verdammte Ding schreiben wollen, wäre sie doch niemals in den Central Park gekommen. So verlockend es auch war, sich fest vorzunehmen, die frische Luft zu genießen und gleichzeitig etwas zu arbeiten, in Wirklichkeit hatte Mia das noch nie hinbekommen. Eine muffige alte Bibliothek war ein viel besserer Ort für solche Tätigkeiten, die derartig das Hirn zermartern.

Mia gab sich in Gedanken einen Tritt für die eigene Faulheit, seufzte und sah sich trotzdem erst mal um. Die Menschen in New York zu beobachten amüsierte sie immer wieder.

Das Bild, was sie vor sich sah, war ein Klassiker, mit dem Obdachlosen auf der Parkbank – zum Glück nicht auf der neben ihr, er sah nämlich so aus, als würde er schon sehr streng riechen – und den beiden Kindermädchen, die miteinander auf Spanisch redeten, während sie langsam ihre Kinderwagen vor sich her schoben. Ein Mädchen mit leuchtend pinkfarbenen Reeboks, die einen schönen Kontrast zu ihren blauen Leggins bildeten, joggte auf einem Weg weiter vorne. Mias Blick folgte neidisch der Joggerin, als diese um die Ecke bog. Ihr eigener hektischer Tagesablauf ließ ihr nur wenig Zeit zum Trainieren, und sie bezweifelte, dass sie derzeitig auch nur einen Kilometer lang mit diesem Mädchen mithalten konnte.

Rechts konnte sie die Bogenbrücke sehen, die über den ganzen See reichte. Ein Mann lehnte am Brückengeländer und schaute über das Wasser. Sein Gesicht war von ihr weg gedreht, weshalb Mia nur einen Teil seines Profils sehen konnte. Trotzdem zog irgendetwas an ihm ihre Aufmerksamkeit auf sich.

Sie war sich nicht sicher, was es war. Er war zweifellos groß und schien unter seinem teuer aussehenden Trenchcoat auch einen gut gebauten Körper zu besitzen, aber das konnte es nicht sein. Große, gut aussehende Männer waren in dem von Modells überlaufenden New York nichts Besonderes. Nein, es war irgendetwas anderes. Vielleicht war es die Art und Weise, wie er dastand – völlig bewegungslos. Sein Haar war dunkel und glänzte in der hellen Nachmittagssonne, vorne gerade lang genug, um leicht im warmen Frühlingswind zu wehen.

Außerdem war er völlig allein.

Das ist es, bemerkte Mia auf einmal. Die normalerweise sehr beliebte und malerische Brücke war völlig leer, mit Ausnahme des Mannes, der dort am Geländer stand. Heute schien aus irgendeinem Grund jeder einen weiten Bogen um sie zu machen. Tatsächlich saß niemand außer ihr und ihrem hocharomatischen, obdachlosen Nachbarn auf den sonst so beliebten Bänken in der ersten Reihe am See, sie waren alle leer.

Als ob es ihren Blick auf sich spüren würde, drehte das Objekt ihrer Aufmerksamkeit langsam seinen Kopf und sah Mia direkt an. Bevor ihr Hirn sich dieser Tatsache bewusst werden konnte, fühlte sie, wie ihr Blut gefror und sie sich bewegungslos dem Feind ausgeliefert sah. Während sie ihn nur hilflos anstarren konnte, schien er sie sehr interessiert zu durchleuchten.

* * *

Atme, Mia, atme. Irgendwo in ihrem Hinterkopf wiederholte eine kleine rationale Stimme immer wieder diese Worte. Diesem seltsam objektiven Teil von ihr fiel auch sein symmetrisches Gesicht auf und die straffe, goldfarbene Haut, die sich eng an hohe Wangenknochen und ein energisches Kinn schmiegte. Die Bilder und Videos, die sie von den Krinar gesehen hatte, wurden ihnen kaum gerecht. Dieses Wesen, das weniger als 10 Meter von ihr entfernt stand, war einfach atemberaubend schön.

Während sie ihn weiterhin bewegungslos anstarrte, richtete er sich auf und ging auf sie zu. Er pirscht sich eher heran, kam ihr dummerweise in den Sinn, da jede seiner Bewegungen sie an eine junge Raubkatze erinnerte, die sich geschmeidig einer Gazelle annähert. Seine Augen ließen sie die ganze Zeit nicht aus dem Blick. Als er näherkam, konnte sie einzelne gelbe Sprenkel in seinen goldenen Augen erkennen und auch die vollen langen Wimpern sehen, die sie einrahmten.

Sie sah entsetzt und ungläubig, wie er sich weniger als einen Meter von ihr entfernt auf die gleiche Bank setzte und eine ebenmäßige Reihe weißer Zähne entblößte, als er sie anlächelte. Keine Fangzähne, bemerkte sie mit einem Teil ihres Gehirns, der noch zu funktionieren schien. Nicht die leiseste Spur von ihnen. Das war eines der Gerüchte über sie, genauso wie ihr vermeintlicher Abscheu vor der Sonne.

»Wie heißt du?« Das Wesen schnurrte die Frage förmlich. Seine Stimme war leise und weich, völlig ohne Akzent. Seine Nasenlöcher bebten leicht, als er ihren Duft einatmete.

»Ähm« Mia schluckte nervös. »M-Mia.«

»Mia«, wiederholte er langsam, und es schien, als würde er sich ihren Namen auf der Zunge zergehen lassen. »Mia, und weiter?«

»Mia Stalis.« Ach du Scheiße, warum wollte er denn ihren Namen wissen? Warum war er hier und redete mit ihr? Und überhaupt, was machte er eigentlich im Central Park, fernab aller Siedlungen der Krinar? *Atme, Mia, atme.*

»Entspanne dich, Mia Stalis.« Sein Lächeln wurde breiter, und es kam ein Grübchen in seiner linken Wange zum Vorschein. Ein Grübchen? Die Krinar hatten Grübchen? »Bist du bis jetzt noch nie auf einen von uns getroffen?«

»Nein, noch nie«, stieß Mia kurz hervor, und dabei fiel ihr auf, dass sie ihren Atem die ganze Zeit anhielt. Sie war stolz darauf, dass ihre Stimme nicht so zitterig klang, wie sie sich anfühlte. Sollte sie fragen? Wollte sie es wirklich wissen?

Sie nahm all ihren Mut zusammen. »Was, äh –« nochmal Schlucken. »Was willst du von mir?«

»Jetzt gerade, mich mit dir unterhalten.« Mit diesen goldenen Augen, die sich an den Winkeln leicht zusammenzogen, sah er aus, als würde er gleich über sie lachen.

Seltsamerweise machte sie das so wütend, dass sie dadurch ihre Angst verdrängte. Wenn es etwas gab, das Mia mehr hasste als alles andere, dann war das, ausgelacht zu werden. Mit ihrem kleinen, dünnen Körper und ihrem allgemeinen Mangel an sozialer Kompetenz seit Teenagerzeiten – sie hatte das komplette Albtraumprogramm absolviert: Zahnspange, krauses Haar und Brille – waren schon mehr als einmal Witze auf Mias Kosten gemacht worden.

Sie schob angriffslustig ihr Kinn in die Höhe. »Also

schön, und wie heißt du?«

»Korum.«

»Nur Korum?«

»Wir haben keine richtigen Nachnamen, zumindest nicht so, wie ihr das habt. Mein voller Name ist sehr viel länger, aber du könntest ihn nicht aussprechen, wenn ich ihn dir sagen würde.«

Okay, das war doch mal interessant. Sie erinnerte sich daran, mal so etwas in der *New York Times* gelesen zu haben. So weit, so gut. Ihre Beine hatten schon fast aufgehört zu zittern und ihre Atmung wurde auch wieder gleichmäßiger. Vielleicht hatte sie ja doch noch eine klitzekleine Chance, aus dieser Nummer lebend herauszukommen. Diese Unterhaltung schien recht ungefährlich zu sein, auch wenn es sie etwas aus der Fassung brachte, dass er sie die ganze Zeit mit diesen gelblichen Augen anstarrte, ohne zu blinzeln. Sie beschloss, ihn reden zu lassen.

»Was machst du hier, Korum?«

»Das habe ich dir doch gerade gesagt. Ich unterhalte mich mit dir, Mia.« Seine Stimme hatte wieder den Hauch eines Lachens.

Frustriert stieß Mia ihren Atem aus. »Ich meine, was machst du hier im Central Park? Überhaupt in New York City?«

Er lächelte wieder und neigte seinen Kopf leicht zu einer Seite. »Vielleicht habe ich gehofft, hier ein hübsches Mädchen mit Locken zu treffen.«

Also, das reichte jetzt wirklich. Er spielte ganz klar

mit ihr. Jetzt, da sie ihren Verstand wieder gebrauchen konnte, fiel ihr auf, dass sie sich mitten im Central Park befanden, in der Gegenwart einer Unmenge von Zeugen. Sie blickte sich verstohlen um, nur um sicherzugehen. Ja, obwohl die Menschen diese Bank und das darauf sitzende fremdartige Wesen offensichtlich mieden, gab es tatsächlich einige mutige Seelen, die aus sicherer Entfernung zu ihnen starrten. Ein Paar wagte es sogar, sie vorsichtig mit ihren in die Armbanduhren eingebauten Kameras zu filmen. Wenn der Krinar ihr irgendetwas antun sollte, wäre es umgehend auf YouTube zu sehen, und das müsste er auch wissen. Natürlich könnte ihm das auch egal sein.

Da sie immer noch davon ausging, dass sie relativ sicher war – sie hatte noch nie von Videos gehört, die Übergriffe der Krinar auf Studentinnen mitten im Central Park zeigten –, griff sie nach ihrem Laptop und hob ihn an, um ihn zurück in ihren Rucksack zu packen.

»Lass mich dir damit helfen, Mia –«

Und bevor sie auch nur blinzeln konnte, merkte sie, wie er den schweren Laptop aus ihren plötzlich kraftlosen Fingern nahm und dabei leicht deren Knöchel streifte. Als er sie berührte, durchfuhr Mia ein Gefühl wie ein elektrischer Schock, der, als er abebbte, kribbelnde Nervenverbindungen hinterließ.

Er nahm ihren Rucksack und packte den Laptop mit einer weichen und geschmeidigen Bewegung weg. »So, fertig.«

Oh Gott, er hatte sie berührt. Vielleicht war ihre

Theorie über die Sicherheit auf öffentlichen Plätzen doch falsch. Sie merkte, wie sich ihre Atmung wieder beschleunigte, und ihre Herzfrequenz befand sich wahrscheinlich auch schon im sauerstoffunabhängigen Bereich.

»Ich muss jetzt los ... Tschüss!«

Wie sie es schaffte, diese Worte herauszuquetschen, ohne zu hyperventilieren, würde sie wohl nie herausfinden. Sie griff sich den Riemen ihres Rucksacks, den er soeben losgelassen hatte, und sprang auf ihre Füße. Dabei fiel ihr irgendwo im Hinterkopf auf, dass die Lähmung von vorhin verschwunden war.

»Tschüs Mia. Bis später.« Seine Stimme mit dem leicht spottenden Unterton war noch lange in der klaren Frühlingsluft zu hören, als sie losging und fast rannte, weil sie es so eilig hatte, von ihm wegzukommen.

* * *

Wenn Sie mehr darüber erfahren möchten, besuchen Sie bitte Annas Webseite http://annazaires.com/series/deutsch/.

ÜBER DEN SCHRIFTSTELLER

Dima Zales ist ein *New York Times* und *USA Today* Bestsellerautor in den Genres Science-Fiction und Fantasy. Bevor er ein Schriftsteller wurde, hat er sowohl als Programmierer als auch als leitender Angestellter in der Softwareentwicklungsindustrie in New York gearbeitet. Von Hochfrequenzhandel-Software für große Banken bis hin zu Handy-Apps für bekannte Zeitschriften, Dima hat schon alles programmiert. 2013 verließ er dann die Software-Branche, um sich auf seine Karriere als Schriftsteller zu konzentrieren und nach Palm Coast, Florida zu ziehen, wo er derzeitig lebt.

Um mehr zu erfahren besuchen Sie bitte die Seite www.dimazales.com/series/deutsch/.